Der Fluch der Eris

Himmelsflüstern

Linnea Bennett

Deutsche Erstausgabe November 2021

Copyright © Stefanie Zainer
Lektorat: Yvonne Rose
Korrektorat: Stefanie Zainer
Covergestaltung: © Kristina Licht – Coverdesign
Bildmaterial: 123rf.com

Auflage 1 / 2021

Herstellung und Verlag: BoD - Books on Demand, Norderstedt.
ISBN: 978-3-7557-5120-5

Impressum:
Stefanie Zainer
Teesdorferstraße 4
2602 Blumau-Neurißhof

© 2021

Zeus & Hera

Weitere Bücher, die von der Autorin erschienen sind:

<u>Ruf der Magie</u>
Band 1: Dämonenblut
Band 2: Dämonenfeuer
Prequel: Seelensammler

<u>Der Fluch der Eris</u>
Meeresrufen
Himmelsflüstern
Band 3 – Frühjahr 2022

<u>Unter den Mondfüchsen sind erschienen:</u>
Band 1: Die Märchenwaldchronik
Band 2: erscheint im Frühjahr 2022

Wie viele Fehler ich auch mache,

es zieht mich immer zu *dir* zurück.

Mein *Herz* gehört dir, denn du

warst immer die *Eine* für mich.

Prolog

Es war alles so, wie es immer war. Sie war in ihrem riesigen Gemach, alleingelassen und verlassen. So fühlte sie sich, doch das alles war nichts Neues für sie. Für sie, Hera, die Göttin der Ehe. Sie war wohl eine der unglücklichsten verheirateten Frauen und gleichzeitig war sie sich sicher, dass sie eine der Meistbetrogensten war. Hera hatte aufgehört, die Liebschaften ihres Mannes zu zählen. Jedes neue Vergehen seinerseits tötete einen Teil ihrer Persönlichkeit ein kleines bisschen mehr. Großes hatte Hera von ihrem Leben erwartet, eine glückliche Ehe und doch hatte sie diese nie gefunden.

Elegant erhob sie sich von dem Ehebett, das sie sich mit Zeus teilte, und trat an den großen, goldenen Spiegel, der gegenüber dem Bett stand. Ihr Spiegelbild sah ihr entgegen.

Ihre Lippen waren dünn, zusammengepresst zu einem Strich, während die sonst so glatte und ebene Stirn in Falten lag. Zeus hätte hier sein sollen, sie hatten zusammen auf das Fest gehen wollen. Doch wie immer hatte er seine Versprechen nicht gehalten. Hera wollte nicht wissen, welchem Rock er nachlief und mit wem er sie gerade wieder betrog. Ihr Blick wanderte kurz zu Fenix, ihrem treuen Pfau, der neben ihr stand und leise gurrte. Er war ihr treuester Freund und neben den Hamadryaden ihre Zuflucht, wenn ihr alles zu viel wurde.

Sie war es leid, die Betrogene zu sein und sie war Zeus leid. Er und seine Großspurigkeit, sie konnte ihn nicht mehr ertragen. Jedes Mal, wenn sie in sein Gesicht sah, wenn sie in die himmelblauen Augen blickte, sah sie die Fratzen der Frauen, mit denen er sich lieber vergnügte als mit ihr.

Sie strich sich die goldblonden Haare zur Seite und reckte das Kinn nach oben. Das alles würde heute ein Ende haben. Zeus und seine Herrschaft würden noch an diesem Tag zugrunde gehen.

»Ich wusste, dass er dich auch heute allein lassen wird. Ob er weiß, dass er damit sein Schicksal und das von allen anderen besiegelt hat?«

Eris' Stimme riss Hera aus ihren qualvollen Gedanken, die sich stets mit Hass und Wut vermischten. Sie drehte den Kopf zur Seite, blickte zu der Göttin der Zwietracht, die Unheil über sie alle bringen würde.

Doch nicht über Hera, denn sie wäre weit weg, wenn die Götter zu fallen beginnen würden. Sie wäre in Sicherheit, wenn das System zerbrechen und Zeus, Poseidon und Hades ihre Kräfte verlieren würden. Das alles würde sie nicht mehr miterleben, das war ihr bewusst und doch war das Einzige, das sie bedauerte, dass sie nicht Zeus' Gesicht sehen könnte, wenn er dem Untergang geweiht war.

Schweigend betrachtete Hera Eris weiter, die langsam auf sie zuging und sich neben sie stellte. Sie war etwas kleiner als Hera, doch sie legte ihre Hände auf die Schultern der Ehegöttin und schenkte ihr ein Lächeln, das alles andere als freudig war.

»Sie werden alle leiden.«

Hera nickte und legte ihre Finger auf die Hand der Göttin der Zwietracht.

»Es tut mir fast leid, dass wir Amphitrite und Persephone ebenfalls verdammen werden«, murmelte Hera leise, doch Eris zuckte mit den Schultern.

»Wir werden sie nicht verdammen. Wir bekommen eine zweite Chance. Du eine Chance, ohne den Mann glücklich zu werden, der dich betrügt und dir Leid zufügt. Und ich eine zweite Chance, um ebenfalls endlich das zu bekommen, was ich mir so sehnlichst wünsche.«

Hera, die Göttin der Ehe, fühlte sich für ihre Freundinnen Amphitrite und Persephone schuldig, verantwortlich und wollte auch sie aus den Fesseln der Ehe retten, denn auch sie teilten dasselbe Schicksal wie Hera. Gefangen von Männern, die sie betrogen und nicht gut behandelten.

Amphitrite, die sich lange gegen die Ehe gewehrt hatte und sich dann doch hatte geschlagen geben müssen. Hera hatte die Beweggründe für diese Hochzeit nie verstanden und Persephone, die entführt worden war und gewiss nicht glücklich sein konnte.

»Die Zeit ist reif. Lass uns gehen.«

Hera warf einen letzten Blick in den Spiegel, ehe sie sich abwandte und Eris aus dem Zimmer folgte. In eine Zukunft, in der sie alle frei sein würden. Doch zunächst mussten sie die beiden anderen Göttinnen überzeugen, zuzustimmen.

*V*iele hundert Jahre später, nachdem die Brüder Zeus, Hades und Poseidon ihre Ehefrauen und einen Großteil ihrer Macht eingebüßt hatten, erblühte der Olivenbaum zum ersten Mal.

Die Prophezeiung Nemesis besagt, dass dieser Baum nur einmal blüht und jenes Zeitfenster öffnet, in dem es möglich ist, die ursprüngliche Macht zurückzuerhalten. Sie ist an die Liebe der verlorenen Frauen gebunden, die zugleich die Herrscherinsignien wirkungslos machten.

Zart sind die Knospen, die sich an die Oberfläche kämpfen. Zarte Knospen, die Hoffnung erwecken und Träume beflügeln.

Kapitel 1

it einem lauten Piepen riss der Wecker Hera aus dem Schlaf, der sie noch bis vor kurzem fest für sich beansprucht hatte. Seufzend öffnete sie die Augen einen Spalt weit, streckte die Hand aus und drückte auf den Kopf, der das nervenraubende Geräusch augenblicklich verstummen ließ. Instinktiv griff sie danach auf die linke Bettseite, doch diese war verwaist. Wie so oft sonst auch, doch während an den ersten Morgen dieser Zustand einen bitteren Beigeschmack hinterlassen hatte, hatte sie sich schon daran gewöhnt. Immerhin war ihr Freund Lucien ein guter Mann, der Beste, den sie sich hatte aussuchen können.

Hera erlaubte es sich, noch einen Moment liegen zu bleiben, ehe sie sich langsam aufrichtete und doch noch immer im Bett sitzen blieb. Es dauerte immer etwas, bis sie in die Gänge kam und richtig in den Tag starten konnte. Lucien, er musste schon länger weg sein, denn die Bettseite, auf der er sonst schlief, war nicht nur leer, sondern auch kalt. Sie versuchte, sich an seinen Dienstplan bei den Rettungssanitätern zu erinnern, allerdings kam ihr die Antwort nicht in den Sinn.

»Egal, es ändert sowieso nichts daran«, murmelte sie zu sich selbst, ehe sie es endlich geschafft hatte, und sich schwerfällig aus dem Bett hievte. Wie jeden Tag führten sie ihre Schritte zuerst in das Badezimmer, wo sie einen skeptischen Blick in den Spiegel warf. Sie sah nicht mehr so aus wie vor tausenden Jahren. Mit jedem neuen Leben hatte sie ein neues Aussehen bekommen, eine neue Identität. Mal war sie eine Asiatin geworden, ein anderes Mal hatte sie in Südamerika gelebt. Ihre Liste an Leben war lang und sie erinnerte sich an jedes Einzelne, denn die Unsterblichkeit, die sie aufgegeben hatte, schützte sie nicht vor dem Tod, der sie stets erwartete.

Doch das Sterben war Hera mittlerweile gewöhnt, es störte sie nicht mehr und war auch nicht sonderlich schmerzhaft. Mithilfe der letzten Funken Göttermagie machte sie sich ihre Leben stets so angenehm wie möglich, allerdings blieb sie dabei diskret, um nicht aufzufallen. Anders als womöglich Amphitrite oder Persephone hatte sie nicht vor, jemals wieder auf den Olymp zurückzukehren. Sterben war nicht schön, aber es war besser als das unsterbliche Leben an Zeus' Seite. Allein die Vorstellung daran grauste ihr und sie schüttelte rasch den Kopf, um diese Erinnerungen wieder zu verbannen.

Sie hatte in all der Zeit viele verschiedene Namen bekommen, doch Hera erinnerte sich noch an jeden Einzelnen von ihnen. In diesem Leben, das sie nach Florenz verschlagen hatte, hieß sie Celia und war die Tochter zweier einfacher Bäcker, die sich all ihr Hab und Gut hart erarbeitet hatten. Niemand wusste, wer oder was sie war, und das war auch gut so. Auch Lucien wusste nichts davon, mit wem er wirklich eine Beziehung führte.

Ihre blonden Haare waren nicht mehr so golden wie damals, in diesem Leben waren sie etwas heller geraten. Grüne Augen blitzten ihr müde entgegen, während ein leises Gähnen ihrer Kehle entwich. Ihre Locken, die sonst in sanften Wellen über ihren Rücken flossen, standen wirr in alle Himmelsrichtungen ab.

»Bei den Göttern«, murmelte Hera, als sie ihre Haarpracht genauer unter die Lupe nahm und sich augenblicklich dafür entschied, dass daran etwas geändert werden musste. Mit sämtlichen Sprays und diversen Kä-mmen kämpfte sie gegen ihre Haare an, ehe sie schließlich in gewohnter Manier glänzten. Vorsichtig legte Hera noch etwas Make-up auf und betrachtete das Ergebnis im Spiegel. Perfekt.

Sie hätte es nicht besser hinbekommen können. Sie, Hera, die Göttin der Ehen und Familien, der Kinder und der Geburten, sah perfekt aus.

Ein angenehmer Wind blies ihr ins Gesicht, als sie die kleine Dachgeschosswohnung verlassen hatte und einen Augenblick lang genoss Hera diesen Moment. Doch schneller als ihr lieb war, wurde sie erneut von der Realität eingeholt, die sie wie ein harter Schlag traf. In diesem Leben durfte sie sich kein Ausruhen erlauben, denn man erwartete sie bereits. Mit zügigen Schritten ging Hera zielstrebig los, schlenderte durch enge Gassen und schob sich an neugierigen Touristen vorbei, ehe sie schließlich vor einem großen Haus zum Stehen kam. Wie von selbst fiel ihr Blick auf die große Schrift, die über dem hellen Torbogen platziert war. Täglich huschten Heras Augen über die

Buchstaben, die der Welt »Sacro Cuore« verriet. Eine Kindertagesstätte, in der Hera ihre Berufung gefunden hatte.

Bereits auf der Straße war glockenhelles Kinderlachen zu hören und Heras Herz ging auf, als sie durch den großen Torbogen schritt und direkt die ersten Kinder erblickte. Sie spielten auf dem hauseigenen Spielplatz, ein paar rutschten, während wiederum andere über den Rasen liefen.

»Celia!«

Ihr Auftauchen war wohl nicht unbemerkt geblieben und ein breites, sanftes Lächeln bildete sich in Heras Gesicht, als sie auf die kleine Kindergruppe zuging, die in ihre Richtung lief.

»Du bist heute spät!«

Anklagend klangen die Worte aus dem Mund der fünfjährigen Hanna, deren geflochtener Zopf vom Wind zerzaust war. Einzelne Haarsträhnen hatten sich aus der Frisur gelöst und flogen um den Kopf des Mädchens, das ganz offensichtlich eine Entschuldigung erwartete. Wie immer, denn Hanna hatte ein eigenes Verständnis dafür, wann man sich bei ihr für etwas entschuldigen musste und wann nicht.

»Da hat sie recht. Die anderen sind schon alle da, nur du nicht«, mischte sich nun auch Toni ein. Hera musste leise lachen und schüttelte den Kopf.

»Ich verrate euch ein Geheimnis, aber das müsst ihr für euch bewahren. Könnt ihr mir das versprechen?«

Eifrig nickten die Kinder, die mittlerweile eine Traube um Hera gebildet hatten. Hannas Augen leuchteten in Vorfreude auf das versprochene Geheimnis.

»Auf dem Weg hierher, da habe ich eine Fee getroffen. Sie hat mich ein wenig aufgehalten.«

Ihre Kinder liebten diese kleinen Geschichten, zumindest die meisten von ihnen. Während Hanna aufgeregt den Mund öffnete und zu einer Schnappatmung setzte, warf ein weiteres Kind, Damion, ihr einen prüfenden und durchaus skeptischen Blick zu.

»Es gibt keine Feen«, erklärte er direkt, woraufhin sämtliche Kinder protestierten.

»Die gibt es! Kennst du die Zahnfee nicht?«, erwiderte Toni energisch, während Hera sich ein kleines Grinsen verkniff.

»Das ist nur eine Lüge von Erwachsenen. Das alles glaubt ihr doch wohl selbst nicht, oder?«, sagte Damion skeptisch und eine heiße Diskussion begann, wobei sich Hera vorsichtig entfernte. Doch weit kam sie nicht, denn bereits nach wenigen Schritten spürte sie ein Zupfen an dem Saum ihrer Bluse.

»Damion lügt aber, oder? Die Zahnfee gibt es, oder? Celia, er lügt, oder?«, fragte ein weiteres Mädchen namens Jenna sie leise. Jenna war etwas jünger als ihre Freundinnen. Vorsichtig lehnte sie sich dem Kind entgegen und fuhr sanft durch sein dunkelbraunes Haar, das ebenfalls vom Wind zerzaust war.

»Ja, er ist bestimmt nur ein wenig enttäuscht, weil er sie noch nicht erwischt hat. Aber, weißt du, die Zahnfee gibt es wirklich. Ich sehe sie oft, denn sie fragt mich regelmäßig, wer von euch Wackelzähne hat«, erklärte Hera mit leiser Stimme und Jenna begann zu strahlen.

»Wirklich?«

»Ja, wirklich. Aber lass Damion ein wenig zetern, er wird sich schon beruhigen, da bin ich mir sicher.«

Mit einem leisen Quietschen lief Jenna zu ihren Freundinnen und einen Wimpernschlag später war das Drama um die Zahnfee vergessen. Zufrieden lächelte Hera und ging mit langsamen Schritten weiter. Sie liebte ihre Arbeit mit den Kindern und noch mehr genoss sie das Leben, das sie führte. Die Leben, die sie lebte, seit sie keine Göttin mehr war.

Endlich war sie Herrin über sich selbst.

Hera betrat die Tagesstätte und lächelte, als sie ihre strahlende Kollegin Elenore entdeckte.

»Celia! Gott sei Dank!«

Hera musste lachen und hängte ihre Jacke in die Garderobe, die von der Garderobe der Kinder getrennt war. Sie und ihre Kolleginnen hatten einen eigenen Raum für sich, den die Kinder nicht betreten durften. Hera liebte die Kleinen zwar, aber diesen kleinen Rückzugsort brauchten auch sie und ihre Kolleginnen, denn auch so waren ihre Handtaschen sicher. Diese wurde in den Kästen verstaut, ehe sie näher zu Elenore trat. Sie war die Leiterin der Tagesstätte und hielt sich besonders gern in dem kleinen Vorzimmer auf und Hera wusste genau weshalb. Das Telefon konnte man von hier aus kaum hören und Elenore war dafür bekannt, kein besonders gutes Nervenkostüm zu haben, und so manche Eltern konnten sie zur Weißglut bringen.

Hera erinnerte sich, als eine der Mütter jeden Tag angerufen hatte und nachgefragten hatte, welche Konsistenz die Ausscheidungen ihrer Tochter gehabt hatte und Elenore war daran regelrecht verzweifelt.

Das alte Gesicht der Leiterin wies unzählige Falten auf, doch wenn sie lächelte, wirkte sie deutlich jünger als sie wirklich war. Tatsächlich war Elenore kurz davor in den Ruhestand zu treten und man munkelte, dass Hera die Nachfolge übernehmen sollte. Das überraschte Hera nicht, denn sie war von allen Angestellten hier am besten dafür geeignet. Immerhin war sie eine Göttin gewesen, die ein Volk regiert hatte – da waren ein paar Kinder keine Herausforderung. Doch an manchen Tagen waren genau diese Kinder, die in Heras Augen engelsgleich waren, nervenraubender als alle Götter des Olymps zusammen. Schnell schüttelte Hera die Gedanken ab und trat näher an Elenore heran, die über ihre Ordner brütete und in unzähligen Papierbergen vergraben war. Das graue Haar, das sie in regelmäßigen Abständen braun färbte, hing in einem unordentlichen Pferdeschwanz über ihre Schulter und ein paar kleine Haare lösten sich aus der Frisur. Ein leichter, grauer Ansatz war bereits zu erkennen und Hera wusste, dass der nächste Friseurtermin nicht mehr lang auf sich warten ließ.

»Wie kann ich dir helfen?«

Elenore seufzte ergeben auf und klatschte mit den Händen.

»Die letzte Abrechnung der Nachmittagsbetreuung... ich kann sie nicht finden! Hast du sie zufällig irgendwo gesehen?«

Verzweiflung lag in der Stimme der älteren Dame, die heillos mit der Situation überfordert war. Hera trat näher an sie heran und lächelte, als sie den Pfirsichgeruch von Elenores Haaren vernahm. Pfirsich. Hera liebte diesen Geruch, auch sie umhüllte sich gern damit.

»Du hast es überlesen, die Abrechnung liegt direkt vor deiner Nase. Genau da«, murmelte sie und tippte mit dem Zeigefinger gegen das Papier, das direkt vor ihnen lag. Elenore stieß erneut einen tiefen Seufzer aus und fuhr sich mit den Fingern durch das Haar und weitere Haare lösten sich aus der Frisur.

»Was würde ich nur ohne dich machen!«

Hera lachte und schüttelte amüsiert ihren Kopf.

»Noch länger suchen. Oder Isabella fragen.«

Isabella war eine weitere ihrer Kolleginnen und half immer, wo sie nur konnte. Hera mochte sie, sie war ihr eine treue Freundin geworden, mit der sie sich auch gern privat traf. Auch an diesem Abend war sie mit Isabella und deren Ehemann Matteo zum Abendessen verabredet.

Elenore nickte und legte das eine Blatt Papier zur Seite und blätterte langsam weiter um. Sie gab Hera keine Antwort mehr, doch sie wunderte sich nicht darüber. Diesen Charakterzug kannte sie an Elenore schon, sie war in ihrem Tun sprunghaft und wenn sie sich in eine Arbeit einarbeitete, war sie nicht mehr richtig ansprechbar.

Hera verließ den Aufenthaltsraum und kaum hatte sie die Tür geöffnet, wartete bereits eine kleine Kindergruppe auf sie. Jenna war eine von ihnen, sie zog an Heras Hand.

»Spielst du mit uns?«

Eine kindliche Frage, die Hera ein Lächeln entlockte und sie nickte dem kleinen Mädchen leicht zu.

»Natürlich. Wie wäre es mit Verstecken? Ihr versteckt euch und ich suche!«

Ihr Vorschlag wurde mit einem freudigen Quietschen angenommen und kaum hatte sich Hera an die Wand gestellt, die Augen geschlossen und die Hände so an die Wand gelegt, damit niemand auf die Idee kommen würde, sie würde schummeln, konnte sie hören, wie die Kinder in alle Richtungen davonliefen.

***

»Ich kann gar nicht glauben, dass du das wirklich gemacht hast!«

Empörung lag in Isabellas Stimme und auch ein wenig Unglauben. Das überraschte Hera nicht, denn Matteo erzählte gerade, welche Szenen sich heute in seiner Kanzlei abgespielt hatten. Matteo war Rechtsanwalt und ein Spezialist für Scheidungen.

»Wenn ich es dir doch sage, die Frau hatte wirklich darauf bestanden, sämtliche Socken ihres Mannes zu bekommen. Sie meinte, sie waren Geschenke ihrer Mutter und die würden ihm nicht zustehen.«

Isabella verzog das Gesicht.

»Aber dann hätte der Mann ja keine Socken mehr«, stellte sie fest und Hera konnte sich ein Grinsen nicht mehr verkneifen.

»Ich glaube, das war auch der Sinn der Sache«, mischte sich Hera ein und Isabella schüttelte ungläubig ihren Kopf und nahm einen weiteren Schluck ihres Rotweines. Matteo gluckste leise und widmete sich ebenfalls seinem Glas. Hera spürte, wie Lucien seinen Arm um ihre Schulter legte und nur zu gern ließ sie sich näher an ihn ziehen. Sie bettete ihren Kopf an seine Schulter und beobachtete, wie Isabella noch immer verwirrt in ihr Glas blickte.

»Aber was macht sie denn mit den Socken?«

Isabella schien mit ihrer Welt ganz fertig zu sein, während Hera amüsiert den Kopf schüttelte.

»Vergiss die Socken und denk lieber an etwas anderes«, forderte Hera sie auf. Isabella blickte sie mit ihren dunkelgrünen Augen an, die Hera an die Blätter von Sträuchern und Bäumen erinnerten und einen interessanten Kontrast zu ihrem kastanienfarbenen Haar bildeten.

Isabella war ein wenig jünger als Heras derzeitige Hülle, doch sie schätzte ihre Freundin für ihre Art, mit anderen Menschen umzugehen. So eine Freundin wie Isabella hätte sich Hera auf dem Olymp oft gewünscht, doch nie war ihr eine solche Göttin begegnet. In ihren menschlichen Leben hatte Hera oftmals Freundschaften gepflegt, die sie in ihrem ersten Leben auf diese Art und Weise nie hätte haben können. Denn als Göttin und Herrscherin fand man nur schwer Freunde, weshalb sie an den neuen Bekanntschaften umso fester klammerte.

»Woran soll ich denn denken?«, fragte Isabella sie und Hera beobachtete, wie Matteo ihre Nase mit seinem Zeigefinger anstupste.

»Daran, dass du mich vermisst hast. Oder generell an mich.«

Lucien gluckste neben Hera und lehnte sich nach vorn. Seine halblangen, braunen Locken fielen ihm dabei ins Gesicht.

»Sie sollte an etwas Schönes denken und nicht später Albträume bekommen«, zog er seinen besten Freund auf. Matteo plusterte sich direkt ein wenig auf und schüttelte den Kopf über Lucien.

»Das sagt der Richtige. Meine Ehefrau hat sich den besten Mann ausgesucht. Und den Attraktivsten, damit das klar ist!«

»Ja, definitiv«, murmelte Isabella und gab Matteo zur Versöhnung einen kleinen Kuss. Eine Geste, die Lucien ebenfalls bei Hera einfordern wollte, denn sein Blick lag augenblicklich auf ihr. Die dunklen Augen waren freundlich wie immer und Hera lächelte, als sie sich nach vorn lehnte und die Lippen auf seine Wange legte. Ein Versprechen auf mehr, doch das sollte später folgen.

»Elenore war heute sehr durcheinander. Saras Mutter macht ihr zu schaffen. Sie ruft jede Stunde an und möchte wissen, ob es ihr gut geht, oder ob sie abgeholt werden soll«, versuchte Hera, das Thema zu wechseln. Isabella nickte und wirkte einen Moment betrübt darüber, doch dann schüttelte sie den Kopf.

»Ich kann verstehen, wenn man sich Sorgen um sein Kind macht«, nahm sie die Mutter in Schutz, doch Hera seufzte auf.

»Ja. Aber Sara ist seit fünf Monaten bei uns und hat schon viele Freunde gefunden. Sie spielt gern mit den anderen und fühlt sich wohl. Ich finde, ihre Mutter sollte lernen, loszulassen.«

Isabella nickte und lehnte sich an Matteo, während Luciens Finger langsam über Heras Oberarm streichelte. Sie konnte an seinem Seufzer hören, dass er es nicht mochte, wenn sie über ihre Arbeit sprach, doch das war es nun mal, das sie mit Isabella verband – ihre Liebe zu den Kindern.

»Vielleicht. Aber das ist leichter gesagt als getan«, murmelte Isabella und leerte ihr fast leeres Rotweinglas mit einem weiteren Zug.

Rotwein.

Hera hatte ihn damals geliebt, doch sie war die Einzige in ihrem Freundeskreis, die lieber Weißwein trank. Denn Rotwein, und vor allem sein Geschmack, erinnerte sie stets an die vertrauten Abende mit Zeus. An diesen hatte er immer den besten Wein von Dionysos besorgt und mit ihr Zeit verbracht. Ob er in diesen Stunden ebenfalls mit den Gedanken bei anderen Frauen gewesen war, das wusste Hera nicht und doch wollte sie die Antwort darauf gar nicht wissen. Sie hatte nicht viele schöne Erinnerungen an Zeus und sie, nur diese seltenen Abende. Sie sollte nicht daran denken, so zwang sie sich wieder zurück ins Hier und Jetzt und bemerkte, dass das Thema erneut gewechselt wurde. Sie waren wieder zu der Sockendiebin zurückgekommen, die Isabella wirklich keine Ruhe zu lassen schien.

»Ich verstehe das alles wirklich nicht! Was macht eine Frau mit Männersocken?«

Hera seufzte auf und schüttelte den Kopf über ihre Freundin. Langsam blickte sie zu Lucien, der sie musterte und ihr einen sanften Blick zuwarf.

»Was?«, fragte sie ihn leise, so leise, dass weder Matteo noch Isabella es hören konnten.

»Darf ich dich nicht ansehen?«, fragte er sie ebenso leise und für einen Moment war die Sockendiebin vergessen, ebenso wie Zeus, Matteo und Isabella, die allesamt in Heras Kopf herumgeisterten und ihre Gedanken vereinnahmten. Sie lächelte und lehnte sich sanft zu Lucien, legte ihre Lippen auf seine und schenkte ihm einen sanften Kuss.

Kapitel 3

M it einem sanften Lächeln löste Hera den Kuss schließlich wieder und blickte in die wunderschönen Augen Luciens. Dieser erwiderte das Lächeln sanft, ehe Hera sich zurücklehnte und sich erneut ihren Freunden zuwandte, die noch immer in derselben Diskussion feststeckten.

»Möchtet ihr auch noch etwas trinken?«, fragte Hera in die Runde und brachte das befreundete Pärchen so dazu, sich ihr zuzuwenden.

»Ja!« Es überraschte Hera nicht, dass Isabella diese Frage nicht verneinte, denn Hera wusste, dass sie Wein liebte. Wahrscheinlich sogar mehr als sie Matteo liebte. Dieser zuckte mit den Schultern, deutete ein Nicken an und so erhob sich Hera, doch kaum war sie aufgestanden, spürte sie Luciens Hand an ihrem Unterarm.

»Wir können doch auch beim Kellner bestellen«, sagte er, doch Hera winkte ab.

»Das ist nicht nötig. Ich muss ohnehin auf die Toilette, da kann ich direkt an der Bar Bescheid geben, dass wir eine neue Flasche wünschen.« Mit diesen Worten löste sie Luciens Hand von ihrem Unterarm und trat vom Tisch weg, der sich in der Mitte des Lokals befand. Sie trafen sich häufig hier, weshalb Hera die Kellner auch schon gut kannte. Isabella erhob sich ebenfalls.

»Ich komme mit!«, verkündete sie und hakte sich, ohne zu fragen, bei Hera unter, die ihr zunickte und mit ihr gemeinsam vom Tisch wegging. Zusammen gingen sie an den verschiedenen Tischen vorbei, an denen wahlweise Pärchen oder kleinere Gruppen saßen. Die Hintergrundmusik in Form von leisen Klavierklängen untermalte die angenehme Atmosphäre, in der sich Hera stets pudelwohl fühlte. Die Toiletten waren nicht weit von der Bartheke entfernt, weshalb Hera Isabella und sich bei dem Weg dorthin an diesen vorbeiführte.

Kurz blieb sie vor der dunkelbraunen Theke in Edelholz stehen und winkte einem der Barmänner, den sie schon gut kannte. Antonio hatte sie direkt bemerkt und trat mit einem charmanten Lächeln auf den Lippen auf Hera zu. Sie erwiderte dies ebenfalls gekonnt.

»Wir hätten gerne noch eine Flasche von diesem Brunello di Montalcino. Sei doch so gut, ja?« Kaum hatte Hera diese Bitte ausgesprochen, nickte Antonio ihr zu und trat zu dem Schrank, in dem er den Rotwein aufbewahrte. Der Weißwein befand sich im Getränkekühlschrank direkt daneben.

Ohne auf eine weitere Reaktion des Mannes zu warten, zog Hera Isabella weiter, die leise kicherte. Verwirrt hob Hera eine Augenbraue, als sie ihre Freundin musterte. Ihre Wangen waren bereits leicht gerötet und Hera vermutete, dass sie bereits etwas zu viel Wein getrunken hatte. Doch das schien Isabella selbst nicht zu stören. Sie kicherte weiter.

»Was?« Auf diese Frage hin stoppte Isabella und stieß sie mit dem Ellbogen an.

»Hast du seinen Blick nicht gesehen? Er hat dich förmlich verschlungen«, murmelte sie ihr zu. Mittlerweile hatten sie die Toiletten erreicht und Hera hielt ihrer Freundin die Tür auf. Kopfschüttelnd betrat sie den Raum.

»Du siehst Gespenster.« Hera trat an den Spiegel und warf einen prüfenden Blick in diesen. Insgeheim würde sie Antonios Reaktion nicht überraschen.

Immerhin bin ich eine Göttin, schoss es ihr durch den Kopf und sie schüttelte kaum merklich diesen Gedanken wieder ab. ,*War eine Göttin*', korrigierte sie sich selbst. Mittellos war sie nicht und so mancher spürte das unbewusst wohl auch. Dennoch zog Hera daraus selten einen Vorteil und gerade für kleine Flirtereien zog sie es vor, diesen Aspekt außen vor zu lassen. Sie wusste noch gut, dass solche Geplänkel damals nicht immer unentdeckt geblieben waren und teilweise drastische Folgen gehabt hatten.

Nicht, dass sie sich großartig um Menschen sorgte, aber sie wollte unerkannt bleiben und bis auf Eris sollte niemand wissen, dass sich Hera ihrer Reinkarnation deut-lich bewusst war. Hera wusste nicht, ob sich das Zeitfenster, das von Nemesis vorhergesagt wurde, bereits geöffnet hatte oder nicht, und es war ihr auch egal.

»Musst du nicht auf die Toilette?« Hinter Isabella fiel die Tür ins Schloss und Hera bemerkte überrascht, dass diese die Kabine bereits wieder verlassen hatte. Sie hatte sich wohl zu sehr in ihren Gedanken verloren.

»Doch, ich wollte dir den Vortritt überlassen. Ich weiß ja, wie eilig du es haben kannst, wenn du etwas zu viel Wein getrunken hast«, zog Hera sie auf und Isabella verdrehte die Augen.

»Jaja, hier sind übrigens mehr Kabinen als diese eine. Bestimmt hast du an diesen Barkeeper gedacht, oder?« Hera schüttelte den Kopf und betrat die Toilettenkabine, die sie hinter sich schloss.

»Das habe ich nicht!« Wieder ertönte Isabellas Kichern, das Hera deutlich auf die Nerven ging.

»Celia! Du kannst es ruhig zugeben! Ich sage es auch nicht Lucien, wenn du Angst hast, dass er womöglich eifersüchtig wird!« Erneut verdrehte Hera die Augen und verließ die Kabine nach ein paar Augenblicken wieder.

»Du musst ihm nichts sagen, da nichts passiert ist. Isabella! Du spinnst dir Sachen zusammen, die nicht existieren!« Verärgert schüttelte Hera den Kopf über ihre Freundin, wusch sich die Hände und verließ anschließend die Toiletten, ohne auf sie zu warten.

»He!«

Isabella hatte schnell zu ihr aufgeschlossen und hakte sich bei Hera unter, wobei sie eine kleine Schnute zog und den Kopf an ihre Schulter lehnte.

»Ich habe es nicht so gemeint.« Ein schwacher Versuch, sich zu versöhnen und doch wollte Hera wirklich nicht mit ihrer Freundin streiten. Sie seufzte auf und drehte den Kopf in ihre Richtung. Isabella blickte sie mit einem gespielten Hundeblick an und versuchte sich an einem leisen Winseln.

Nun musste Hera leise lachen und schüttelte den Kopf über ihr Verhalten.

»Schon gut. Aber wehe du erwähnst irgendetwas von deinen Spinnereien bei Lucien!« In ihrer Stimme schwang eine leise Drohung mit, denn sie hatte an diesem Tag wahrlich keine Lust, noch eine Diskussion mit Lucien über Dinge führen zu müssen, die nicht passiert waren. Sofort nickte Isabella eifrig und drückte Heras Arm ein wenig.

»Versprochen! Das mache ich nicht!« Mit einem leichten Nicken beendete Hera das aufgekommene Thema wieder und schritt nun mit Isabella an ihrer Seite zurück zu dem Tisch.

»Du bist immer so griesgrämig«, beschwerte sich Isabella leise, während sie sich auf ihren Platz fallen ließ und direkt nach dem nachgefüllten Weinglas griff. Dabei gluckste sie leise, was ihr einen bösen Blick von Matteo einbrachte.

»Bist du schon so betrunken?« In seiner Stimme schwang ein Hauch von Anklage mit, doch Isabella ließ sich davon nicht beirren. Sie zuckte etwas mit den Schultern und erlaubte sich einen großen Schluck.

»Vielleicht ein wenig. Man weiß es nicht«, kicherte sie geheimnisvoll und bewegte dabei ihre Augenbrauen ein wenig auf und ab. Hera wandte den Blick peinlich berührt ab und merkte in diesem Moment, dass Lucien sie anstarrte. Ein seltsames Gefühl überkam sie und sie neigte den Kopf.

»Ist alles in Ordnung?«, fragte sie ihn, woraufhin er langsam nickte.

»Ja, aber...«, begann er, doch seine Stimme brach mitten im Satz ab. Hera musterte ihn skeptisch, als er begann, in seine Hosentasche zu greifen. Eine ungute Vorahnung überkam sie und sie schluckte hart, als er den Stuhl ein wenig von ihr wegrückte und auf den Boden rutschte. Doch er setzte sich nicht, wie sie zuerst gehofft hatte – er kniete sich vor sie.

Bei den Göttern des Olymps, bitte nicht, schoss es ihr durch den Kopf und sie setzte ein falsches Lächeln auf, als er ihr eine geöffnete Schatulle hinhielt. Ein silberner, filigraner Ring lag in dieser und hatte einen kleinen Rubin eingefasst. Ein wunderschöner Ring, doch Hera wusste nicht, ob sie ihn wollte.

»Celia, wir sind jetzt schon lange zusammen und ich weiß, dass ich mit dir den Rest meines Lebens verbringen möchte. Du bist die Frau meiner Träume, ich könnte ohne dich leben, aber ich möchte es nicht. So frage ich dich heute: Willst du meine Frau werden und mich noch glücklicher machen, als du es ohnehin schon tust?«

Hera wusste nicht, was sie darauf erwidern sollte. Sie starrte Lucien an und dann blickte sie auf den Ring, der verheißungsvoll in der dunklen Schatulle lag. Ein Quietschen drang an ihre Ohren, doch so genau beachtete sie es nicht, denn es wurde von dem Rauschen ihres eigenen Blutes übertönt.

Hera blinzelte ein paar Mal, kniff kurz die Augen zusammen und augenblicklich erstarrte der Restaurantraum. Die Menschen verharrten in ihren Positionen, bewegten sich nicht mehr und auch Isabellas Rufen pausierte. Hera massierte sich die Schläfen und seufzte laut auf.

»Na toll«, murmelte sie und schüttelte kurz den Kopf. Sie brauchte eine Pause und wusste nicht, welche Antwort sie Lucien geben konnte oder sollte. Natürlich wusste sie tief in sich, dass er ein guter Mann war und sie in diesem Leben gut begleiten würde und doch tat sich Hera bei dieser Frage in jedem ihrer Leben gleich schwer.

Denn eigentlich war sie bereits verheiratet, auch wenn ihr göttlicher Körper geopfert wurde. Ihre Seele wusste, dass sie bereits gebunden war und alles in ihr widerstrebte der Gedanke, diesen Bund fälschlicherweise ein zweites Mal einzugehen.

»Es ist jedes Mal dasselbe«, schimpfte sie mit sich, denn sie wusste, dass sie stets zum selben Ergebnis kam: sie stimmte zu, auch wenn alles in ihr danach schrie, dem nicht nachzugeben. Einen Moment erlaubte sie es sich, tief durchzuatmen, als sie erneut die Augen zusammenkniff und die Welt sich automatisch weiterdrehte.

»Oh mein Gott, Celia!«

Isabella war total aus dem Häuschen und im Augenwinkel bemerkte Hera, wie sie sich an Matteos Arm klammerte, der schmerzlich das Gesicht verzog. Lucien sah sie abwartend an und Hera konnte in seinen Gesichts-zügen lesen, dass er unruhig wurde. Er war nervös und sie konnte es ihm nicht verdenken. Auch ein paar andere Restaurantbesucher hatten von dem Geschehnis Kenntnis genommen. Hera bemerkte ihr Tuscheln und spürte, dass sämtliche Augen auf sie gerichtet waren.

»Ich... du hast mich sprachlos gemacht«, murmelte Hera leise.

»Sag ja, sag ja!«, kreischte Isabella euphorisch und Hera warf ihr einen Blick zu, der sie automatisch zum Schweigen brachte.

Lucien war ein guter Mann und sie war sich sicher, dass er für dieses Leben eine gute Partie war. Hera öffnete den Mund, wollte gerade antworten, als sich etwas anderes in ihr Sichtfeld schob.

Die Tür des Restaurants wurde geöffnet und Zeus betrat den Raum, er starrte sie an und Hera starrte zurück.

Die himmlische Liebe

it einem leisen Summen auf den Lippen saß Hera unter einem der Bäume, die von den Hamadryaden bewohnt wurden. Sie hatte zuvor ihre Freundin Syke getroffen und sich mit ihr unterhalten, denn Hera hatte ihr erzählen müssen, dass Zeus, ihr Bruder, um ihre Hand angehalten hatte.

Er hatte sie umworben, ihr Geschenke gemacht und sie mit Worten umschmeichelt, die ihr die Schamesröte ins Gesicht getrieben hatten. Doch Syke war nicht lange bei ihr geblieben, sie hatte sich in ihren Feigenbaum zurückgezogen und so war Hera allein zurückgeblieben, allein zwischen anderen unzähligen Hamadryaden.

Ob diese Wesen immer hier sein würden? Hera wusste es nicht, doch die Welt war von den Naturnymphen bevölkert, die mit jeder neuen Stadt immer mehr vertrieben oder gar ausgelöscht wurden, wenn die Menschen die Bäume zerstörten.

Ein einzelner Regentropfen fiel auf Hera hinab und sie streckte die Handfläche aus. Kurz blickte sie hoch in den Himmel und seufzte auf.

Ein Unwetter zog auf, es missfiel ihr. Sie mochte Regen nicht sonderlich und erfreute sich mehr an der Sonne, die von dem Gott Helios über das Himmelszelt gezogen wurde.

Sie liebte es, ihm dabei zuzusehen und noch mehr mochte sie es, wenn die Sonnenstrahlen ihre Haut erwärmten.

Hera verzog das Gesicht, erhob sich schließlich und ging ein wenig weiter durch den Wald, während die Regentropfen immer dichter und dichter fielen. Mürrisch blickte sie noch einmal hoch in den Himmel, ehe sie sich an den verschiedensten Büschen vorbeigeschlichen hatte und eine Höhle in ihr Sichtfeld trat.

Sie war nicht sonderlich groß, doch dennoch groß genug, um sich darin vor dem aufkommenden Gewitter zu schützen. Zwar hätte Hera sich auch an einen anderen Ort bringen können, doch daran dachte sie jetzt nicht.

Das war nicht wichtig und sie hatte sich für heute diesen Wald ausgesucht und von keinem Unwetter der Welt wollte sie sich vertreiben lassen.

Hera hob ihr weißes Kleid etwas an, während sie über die Äste stieg, die ihr den Weg versperrten und setzte sich in die kleine Höhle. Kaum hatte sie sich niedergelassen, prasselten plötzlich Unmengen an Regentropfen auf die Erde hinab und der Regen schien minütlich zuzunehmen.

Erneut seufzte Hera und blickte in die Ferne, sah hoch zu den dunklen Wolken. Sie konnte vereinzelt ein paar Symbole erkennen, ein paar Formen, die an Tiere erinnerten. Ein Lächeln schlich sich auf ihre Lippen.

Diese eine Wolke dort, sie erinnerte sie an Fenix, ihren treuen Pfau, der sich mit ihr ihr Anwesen im Olymp teilte.

»So ein Mist«, schimpfte sie leise und schließlich erregte eine kleine Bewegung zwischen den Bäumen ihre Aufmerksamkeit. Hera lehnte sich etwas nach vorne, sah an den Eichen vorbei und erkannte einen Vogel, der direkt auf sie zuflog. Sein Flug war nicht elegant, er hatte Probleme, sich in der Luft zu halten. Mitleid kam in Hera auf, als sie die Arme ausstreckte und leise einen Pfiff von sich gab.

Der Vogel hörte sie, machte, soweit er konnte, kehrt und flog auf Hera zu. Noch immer hatte sie die Arme ausgestreckt. Hera erkannte nun, dass es sich um einen Kuckuck handelte. Dieser flog auf sie zu, ließ sich langsam nieder und Hera fing ihn auf, bevor er auf dem Boden ankam.

Mit einem Lächeln nahm sie den Vogel auf ihren Schoß und betrachtete ihn genauer. Er war ein wunderschönes Tier, mit weißem Bauch und grauen Flügeln, die zu den Enden hin immer dunkler wurden. Lächelnd streichelte sie mit dem Finger vorsichtig über das weiche Gefieder.

»Du hast dich wohl verletzt«, stellte Hera leise fest, während das Unwetter seinen Lauf nahm. Vorsichtig, damit sie ihn nicht noch mehr verletzte. Sie schenkte dem Tier ein Lächeln, das einen leisen Ton von sich gab und sich vorsichtig an ihre Hand schmiegte. Eine Weile verweilte Hera mit dem verwundeten Tier auf diese Weise, dicke Tropfen fielen noch immer auf die Erde.

»Heute wird es wohl gar nicht enden«, murmelte sie und überlegte, ob sie den Vogel mit sich nehmen sollte und den Wald vielleicht doch verlassen sollte. Sie blickte auf das graue Tier auf ihrem Schoß. Es wurde größer und größer, Hera weitete die Augen.

Fast schon entsetzt rutschte sie zurück, wollte weg von dem Tier, das mit jeder Sekunde immer größer und menschlicher wurde. Der Vogelkopf verzog sich, nahm menschliche Züge an und auch die Federn zogen sich zurück.

Hera stieß einen spitzen Schrei aus, als der Vogel auf ihrem Schoß zu einem Mann wurde. Der Schreck war ihr wie ins Gesicht geschrieben. Erneut schrie sie laut auf, als der Mann seinen Blick zu ihr drehte und sie mit einem charmanten Lächeln betrachtete.

»Zeus!«, stieß Hera laut aus und der Mann, der eben noch ein Vogel gewesen war, nickte. Er saß noch immer auf ihrem Schoß, schien es sich dort gemütlich zu machen, während Hera versuchte, ihn von sich runterzuschieben. Immerhin war sein Gewicht nicht angenehm, eigentlich sogar recht schwer.

»Was sollte das? Zeus!«, stieß Hera wieder aus. Erneut wurden ihre Wangen rot vor Scham, denn sie hatte noch nie einen Mann auf ihrem Schoß sitzen gehabt. Ein Kind, ja, aber einen Mann? Auch Tiere hatte sie ab und an auf sich geduldet, aber der Rest hätte ihrem Ehemann vorenthalten sein müssen.

Konnte Zeus ihr Ehemann werden? Er hatte bereits um ihre Hand angehalten, mehrmals, und sie hatte abgelehnt. Doch ihr Herz hatte längst seinen Platz bei ihm gefunden, auch wenn sie sich ihm noch nicht ergeben hatte.

»Heiratest du mich jetzt, Hera?«, fragte er sie mit leiser und belegter Stimme. Ein Schauer zog sich durch Heras Körper, sie schüttelte den Kopf. Doch sogleich war ihr die Sache ungeheuer peinlich.

Würde Zeus herumerzählen, dass Hera nicht imstande war, ihren Bruder von einem Kuckuck unterscheiden zu können? Hera biss sich auf die Unterlippe und Zeus schien ihre Zerrissenheit zu verstehen.

Mit einem listigen Lächeln glitt er von ihrem Schoß, doch frei gab er sie deshalb noch lange nicht. Hera war in die kleine Höhle gedrängt, während er vor ihr saß und ihr jegliche Flucht versperrte.

Natürlich könnte sie sich wegmanifestieren, doch dann würde Zeus ihr folgen oder mitkommen.

»Denk gut nach, Hera. Niemand muss erfahren, dass ich dich mit diesem Trick dazu gebracht habe, einer Hochzeit zuzustimmen«, fügte Zeus mit einem leisen Brummen hinzu. Hera schluckte hart und ihre Gedanken überschlugen sich. Erneut biss sie sich auf die Unterlippe und sah streng in seine Augen.

Als sie so in seine himmelblauen Augen blickte, wurden ihre Knie weich. Sie hatte ihn noch nie so direkt angesehen, hatte noch nie den Blick auf diese Art und Weise auf ihn gerichtet. Ihr Verstand sagte nein, doch ihr Herz wollte sofort zustimmen.

Hera war wie zerrissen, sie schwieg weiter. Auf wen sollte sie hören, ihr Herz oder ihren Verstand?

»Hera«, hauchte Zeus leise in den Wind. Das Unwetter hatte sich mittlerweile gelegt und die Sonne erkämpfte sich ihren Weg zurück durch die dichte Wolkendecke.

»Ja«, hauchte Hera schließlich leise, während ihr Herz jubelte. Tausend Schmetterlinge schossen durch ihren Körper.

»Ja, ich heirate dich.«

Kapitel 4

*H*era war nicht fähig, sich zu bewegen. Sie starrte zu der Tür, durch welche Zeus in diesem Moment trat. Er sah sie und sie spürte, dass er sie erkannte. Dieser Blick, sie hatte das Gefühl, als würde er sich tief in ihre Seele bohren. Sie schluckte, nahm das Kreischen ihrer besten Freundin nur vage wahr, und zwang sich fast dazu, wegzusehen. Heras Herz schlug wie verrückt gegen ihre Brust und ein Teil von ihr rügte sie dafür, fürchtete, dass das wilde Schlagen im gesamten Raum zu hören war. Immer mehr Leute hatten Luciens Frage mitbekommen, welcher sich räusperte und Heras Aufmerksamkeit wieder auf sich zog. Sie zwang sich, Zeus nicht mehr anzusehen.

Zeus, mit seinen himmelblauen Augen, die sämtliche Schmetterlinge in ihrem Magen reanimierten. Hera bemerkte, wie sie wütend auf sich selbst wurde, denn sie wollte diese Gefühle nicht wieder erleben. Ja, Zeus war ihre große Liebe, aber auch gleichzeitig ihr größter Feind. So sehr sie ihn liebte, so sehr hasste sie ihn auch.

Reiß dich zusammen, versuchte sie sich zu konzentrieren und schenkte Lucien ein sanftes Lächeln.

»Nein.«

Es war nicht ihre Stimme, die die Frage beantwortete und nun drehte Hera erneut ihren Kopf und bemerkte, dass

Zeus tatsächlich die Frechheit besaß und neben ihrem Tisch zum Stehen gekommen war. Sie hob eine Augen-braue und auch Lucien musterte ihn kritisch.

»Die Frage galt meiner Freundin«, erklärte Lucien unbeholfen und Hera starrte ihn an. Sie kannte ihn gut und so wie er sie musterte, hatte er ein Auge auf sie geworfen. Um seine Lippen spielte sich ein charmantes Lächeln, das alte Erinnerungen in ihr hervorrief. Doch sie mimte die Ahnungslose und neigte den Kopf.

»Entschuldige, kennen wir uns? Ich wüsste nicht, woher und wie mein Freund schon sagte, er hat nicht mit dir gesprochen«, sagte Hera zuckersüß und Zeus lachte leise. Isabella schnappte eifrig nach Luft und im Augenwinkel bemerkte Hera, wie sie sich Luft zufächelte.

»Ich meine, nicht wie mein Freund sagte, sondern mein Verlobter. Denn meine Antwort ist ja«, fügte Hera hinzu, ohne über ihre eigenen Worte und deren Reichweite nachzudenken. Lucien strahlte und Hera drehte Zeus demonstrativ den Rücken zu.

Mit einem leichten Lächeln hielt sie Lucien ihre Hand entgegen, der vorsichtig den etwas zu großen Silberring an ihren Finger steckte. Strahlend lehnte sie sich nach vorn und hauchte Lucien einen Kuss auf die Lippen. Dabei schloss Hera ihre Augen, doch Zeus ging nicht. Sie spürte seine Anwesenheit und auch, dass er sie nervös machte. Weshalb auch immer, doch sie durfte sich nicht zeigen. Durfte ihm nicht offenbaren, dass sie genau wusste, wer er war und weshalb er hier war.

»Kannst du nicht endlich verschwinden?« Nur widerwillig löste Hera den Kuss und sah Zeus mit einem harten Blick an. Dieser neigte den Kopf.

»Weshalb? Ich hatte gehofft, mit dem frisch verlobten Paar anstoßen zu können. Du, Mensch, sei so gut und besorge eine Flasche Wein«, richtete er seine Worte an Lucien, der eine Augenbraue hob. Auch ihm war Zeus nicht ganz geheuer, das sah Hera ihm direkt an.

»Niemand kennt dich«, mischte sich nun auch Matteo ein. Er seufzte laut auf und legte dabei den Arm um Isabella, die nach Heras Händen griff und diese drückte.

»Herzlichen Glückwunsch, Celia! Ihr seid so ein tolles Paar! Als deine Trauzeugin bestehe ich darauf, dass wir deine Hochzeit am Meer ausrichten!« In Isabellas Stimme schwang eine Euphorie mit, die Hera mitriss und sie lächelte ebenfalls breit. Zeus ignorierend nickte sie, doch dieser hatte nicht vor, sich in den Hintergrund rücken zu lassen.

Fast hätte Hera vergessen, wie groß Zeus' Ego sein konnte. Es war riesig – dem eines Königs angemessen.

»Wie gesagt, der Wein geht auf mich. Celia ist also dein Name, du kannst dir ebenfalls einen aussuchen. Eine solche Verbindung muss gefeiert werden.«

Misstrauisch musterte Hera ihn, doch Isabella, die von allen am wenigsten misstrauisch war, kicherte leise.

»Da hat er recht! Ich möchte einen neuen Rotwein!«, verkündete sie direkt, doch Hera schüttelte den Kopf.

»Ich habe nicht vor, mit dir wegen irgendetwas anzustoßen!«, murmelte Hera laut und Isabella schüttelte den Kopf.

»Sei nicht so unhöflich zu ihm! Er will doch nur nett sein! Du bist doch sonst nicht so!«

Da hatte sie auch recht, das wusste Hera und doch richtete sich ihre Höflichkeit ansonsten an Menschen, die ihr fremd waren und nicht an Exmänner, die ihr auf die Nerven gingen. Aber das konnte sie Isabella nicht erzählen. Wie sollte sie auch?

Lucien hatte sein Misstrauen ebenfalls abgelegt, weshalb auch immer. Es war Hera ein Rätsel. Er schien ihm auch eine Chance geben zu wollen und sein Nicken konnte Hera gut deuten – sie stand auf verlorenem Posten.

Sie verdrehte die Augen und erhob sich.

»Von mir aus.« Mit diesen Worten entfernte sie sich ein paar Schritte von der Gruppe, doch es überraschte sie nicht, dass Zeus direkt hinter ihr herging.

»Wer bist du eigentlich? Und wieso willst du unbedingt den Abend mit uns verbringen? Hast du keine eigenen Freunde?«, fragte sie ihn, drehte sich dabei zu ihm um und kniff die Augen zusammen.

»Aber Matteo ist mein Freund, oder zumindest mein Kollege, nenn es doch wie du willst, Celia. Und wir waren heute hier verabredet.«

Um seine Lippen zeichnete sich ein Lächeln ab, das Heras Magen dazu brachte, sich zu drehen.

»Ja, er ist mein Arbeitskollege. Habe ich ganz vergessen. Heute Morgen hat er bei uns in der Abteilung begonnen und ich habe ihm angeboten, heute mit uns zu trinken. Er kennt noch niemanden in der Stadt«, bestätigte Matteo die Worte und Lucien nickte, ebenso wie Isabella. Sie misstrauten den Worten von Zeus nicht und Hera wusste auch wieso. Zeus hatte sein spezielles Talent, sich in die Köpfe der Menschen einzunisten und ihre Gedanken so weit zu verdrehen, dass sie dachten, sie würden ihn bereits kennen, eingesetzt.

Sie erinnerte sich gut daran, dass es dieses Talent war, das sie immer an ihm verabscheut hatte, denn dank diesem hatte er besonders viele Frauen erobern können. Diese Frauen hatten ihm vertraut, da er sich in ihre Erinnerungen gesetzt und sie getäuscht hatte. So wie er ihre Freunde gerade täuschte.

Ihre Gedanken waren mit einem natürlichen Schutzschild umgeben, er konnte sie nicht beeinflussen, denn dieses Talent, diese Gabe, hatte noch nie bei einem Gott gewirkt. Sie schluckte und wusste instinktiv, dass sie sich keine Fehler erlauben durfte.

Er hatte sie erkannt, hatte ihre Seele gescannt und beschlossen, dass sie Hera war. So wie es auch tatsächlich der Fall war, doch das konnte und wollte sie nicht zugeben.

»Achso.«

Mit diesen Worten setzte sie sich doch wieder zu Lucien, griff nach seiner Hand und drückte sie sanft.

»Es ist mir egal, was wir trinken. Du darfst aussuchen, zur Feier des Tages, weil du ja neu hier begonnen hast.«

Sie deutete Zeus, dass er gehen sollte, und dieser kniff die Augen zusammen. Sie wusste, dass er es immer verabscheut hatte, wenn sie ihn wie einen Diener behandelte und doch reizte es sie, ihn wie einen solchen zu behandeln. Zeus sah nicht glücklich aus, dennoch drehte er sich um und steuerte den Barmann an. Hera lächelte darüber. Sie würde ihm noch zeigen, dass er in diesem Leben keinen Platz an ihrer Seite haben würde.

»Er ist grässlich, bring ihn nie wieder mit, Matteo. Das ist mein Ernst. Schick ihn bitte weg«, murmelte Hera leise und lehnte sich nach vorne.

»Ich finde ihn aber ganz nett«, warf Isabella dazwischen, doch Hera schüttelte den Kopf.

»Lasst uns einfach in ein anderes Lokal gehen.« Überrascht blickte Hera zu Lucien, der jedoch entschlossener denn je wirkte. Sie dachte kurz nach und nickte dann.

»Ich komme mit. Wenn ihr auch mitkommen wollt, dann gerne. Wenn nicht könnt ihr den Abend mit diesem Idioten verbringen.«

Isabella musterte ihre Freunde, die einen Moment nachdachten. Sie konnte sehen, dass Matteo mit sich kämpfte und verstand es – immerhin hatte Zeus sich in seine Erinnerungen gepflanzt. Doch darauf konnte sie keine Rücksicht nehmen.

»Gut.«

Hera lächelte, als sich Matteo dafür entschied, und erhob sich. Mit einer schnellen Handbewegung legte sie noch Geld auf den Tisch und verließ dann eilig mit ihren Freunden das Lokal. Sie spürte, dass Zeus ihr Gehen bemerkte, doch noch bevor er ihnen folgen konnte, wären sie fort.

Dafür würde Hera sorgen.

Kapitel 5

Mit raschen Schritten zog Hera ihre Freunde immer weiter von dem Lokal weg, in dem sie Zeus zurückgelassen hatte. Sie betete, dass dieser ihr Gehen nicht sofort bemerkt hatte und selbst wenn er es bemerkt hätte, dass er ihnen nicht folgen konnte.

»Celia, warte!«, keuchte Isabella neben ihr. Ihre hohen Absatzschuhe klackerten laut in der Nacht und das Geräusch hallte in der leeren Gasse wider, »ich kann nicht so schnell!«

Doch Hera wollte heute auf die Schuhprobleme ihrer Freundin keine Rücksicht nehmen, immer wieder warf sie einen nervösen Blick über ihre Schulter. Niemand war zu sehen, niemand folgte ihnen.

Das war gut.

»Celia!«, quengelte Isabella weiter und Hera wurde aus ihren Gedanken gerissen, als sie deren Hand auf ihrer Schulter spürte. Sie hatte sich dafür mehr beeilt, als sie es gerade schon tat, und als Hera in ihr Gesicht blickte, sah sie, dass sie wirklich außer Atem war.

»Ich kann wirklich nicht mehr«, wiederholte sie leise und nun tat es Hera augenblicklich leid, dass sie keine Rücksicht genommen hatte. Sie nickte langsam und strich Isabella entschuldigend über die Wange.

»Es tut mir leid«, murmelte sie und verlangsamte ihren Schritt, auch wenn alles in ihr danach rief, dass sie schneller gehen und sich beeilen sollte. Weg, weg von hier!

Doch so sehr es sich Hera auch wünschte, sie wollte ihre Freunde nicht zu einer Eile antreiben, die sie überforderte. Matteo und Lucien hatten keine Probleme gehabt, mit ihr Schritt zu halten.

»Wohin gehen wir eigentlich?«, mischte sich Matteo ein und legte den Arm um Isabella, zog sie an sich und stützte sie, damit sie mit ihren Absätzen nicht in den dünnen Rillen der Pflastersteine hängenblieb. Hera hatte sie durch eine alte Gasse gehetzt, die nicht asphaltiert war. Hier war der Boden uneben, mit alten Pflastersteinen be-setzt, die genügend Gelegenheiten boten, Damen in hohen Schuhen zu Fall zu bringen.

Dass sie Isabella durch diese Tortur gejagt hatte, tat Hera unter diesen Umständen nur umso mehr leid.

»Wir könnten in die alte Bar am Hauptplatz gehen«, schlug Lucien vor, doch Hera schüttelte den Kopf. Sie befürchtete, dass Zeus sie auch dort irgendwie aufspüren würde.

»Lasst uns lieber zu uns gehen! Lucien und ich haben letzte Woche von seinen Eltern einen tollen Wein geschenkt bekommen, den können wir zur Feier des Tages öffnen«, schlug Hera vor. Sie wartete die Reaktionen ihrer Freunde ab und war erleichtert, als diese zustimmten.

»Gut, dann mal los. Wir sind gleich da!«, trieb Hera die kleine Gruppe erneut zur Eile an, auch wenn sie ein wenig langsamer ging, um auf Isabella Rücksicht zu nehmen. Immer wieder sah sie sich um und konnte sich auch nicht recht auf das Gespräch mit Lucien konzentrieren, der neben ihr herging und den Arm um sie gelegt hatte.

»Celia?«

Wieder blickte sie über ihre Schulter, als sie die letzte Abbiegung einschlug und das alte Altbauhaus anvisierte, wo sich ihre Wohnung im obersten Stock befand.

Eine hübsche Dachterrassenwohnung, die leider in den Sommermonaten beinahe unerträglich heiß war. Dennoch genoss es Hera, auf dem Balkon zu sitzen und den Blick über die Stadt schweifen zu lassen.

»Tut mir leid, ich bin ganz durcheinander und ich bin so aufgeregt«, flüsterte Hera ihm leise entgegen. Lucien sah sie versöhnlich an und strich ihr mit der freien Hand über die Wange.

»Du bist jetzt meine Verlobte«, erinnerte er sie und sie lächelte sanft.

Ein gezwungenes Lächeln, doch sie hätte ihn auch nicht abweisen können.

Wie könnte ich das vergessen, schoss es ihr durch den Kopf, doch sie sprach diesen Gedanken nicht aus, denn er klang sarkastischer, als er es sollte.

»Ich weiß und ich könnte nicht glücklicher sein«, murmelte sie stattdessen und schenkte ihm ein warmes Lächeln, ehe sie die Eingangstür ins Treppenhaus aufschloss und hinter ihren Freunden wieder verschloss. Zusammen mit Matteo, Isabella und Lucien gingen sie hoch und betrat anschließend die Wohnung.

»Setzt euch, ich hole den Wein«, schlug Lucien vor, doch das hätte er Isabella eigentlich nicht sagen müssen. Isabella saß bereits auf dem Sofa und lehnte sich direkt an Matteo, der sich neben sie setzte.

»Du musst mir auch unbedingt von deinem neuen Kollegen erzählen. Wie heißt er?«, fragte Isabella ihn direkt.

Matteo dachte einen Moment nach und Hera fragte sich, wie gut sich Zeus in seine Erinnerungen eingewebt hatte und was er ihm alles über sich erzählt hatte. So wie sie Zeus einschätzte, war es etwas Pompöses.

»Er ist der neue Leiter unserer Abteilung.«

Hera war fast enttäuscht. Nur ein Abteilungsleiter? Sie runzelte die Stirn.

»Aber sie überlegen, ob sie ihn nicht direkt zum Geschäftsführer ernennen sollen. Du weißt ja, der alte Giovanni geht bald in den Ruhestand und braucht einen Nachfolger.«

Hera verdrehte die Augen. Geschäftsführer. Das passte doch direkt besser zu Zeus. Es überraschte sie eher, dass er diese Position nicht direkt bezogen hatte.

»Interessant!«, rief Isabella aus und Hera verdrehte die Augen.

»Eher langweilig. Interessant würde ich das garantiert nicht nennen«, murmelte sie nur. Isabella neigte den Kopf.

»Du magst ihn nicht sonderlich, oder?«, fragte sie sie direkt, doch Hera zuckte nur mit den Schultern.

»Celia, du kennst ihn nicht. Er ist wirklich ein toller Kerl. Wie wäre es, wenn Isabella und ich kochen und dich, Lucien und Zeus einladen?«

Isabella sah ihren Mann überrascht an.

»Zeus? So wie der griechische Gott?«

Matteo nickte und zuckte mit den Schultern.

»Ja, keine Ahnung wer sein Kind heutzutage so nennt. Aber er hat erzählt, dass seine Eltern Griechen sind und dass sie schon früh wussten, dass er zu Höherem bestimmt ist. Passt doch, oder?«

Hera stieß einen lauten und genervten Seufzer aus.

»Lucien und ich verzichten, danke. Wenn du das vorhast, dann kommen wir nicht. Ich gebe mich mit niemandem ab, der Zeus heißt.«

Isabella warf ihr einen erschrockenen Blick zu und griff sich theatralisch an den Oberkörper.

»Celia! Diskriminierst du ihn wegen seines Vornamens? Das ist nicht nett! Er hat sich den Namen nicht ausgesucht!«, rief sie entsetzt aus, doch Hera winkte ab.

»Das ist mir egal. Ich habe trotzdem keine Lust, akzeptiert das.«

Es herrschte betretenes Schweigen zwischen ihnen, als Lucien endlich aus der Küche zurückkam, auf seinen Händen vier Gläser und eine Weinflasche balancierend.

»Gefunden! War gar nicht so einfach, er stand ganz hinten im Regal!«, verkündete er und sah zwischen Hera und den anderen hin und her.

»Was ist denn hier los?«

»Celia diskriminiert seit neuestem Menschen wegen ihres Vornamens.«

Hera stöhnte und verdrehte die Augen.

»Nein, nur wegen seines unmöglichen Verhaltens.«

Sie musste etwas unternehmen. Zeus hatte einen Keil zwischen sie und ihre Freunde getrieben, ob er das absichtlich getan hatte oder nicht, das konnte sie nicht genau sagen. Doch sie wollte und konnte diesen Umstand nicht hinnehmen.

Sie biss sich auf die Unterlippe, während Lucien allen bereits etwas Rotwein einschenkte.

So ein Idiot, schimpfte Hera in ihren Gedanken, ehe sie ihre inneren Fühler nach ihren göttlichen Kräften ausstreckte. Sie wusste genau, wo die alte Macht saß, die tief in ihr schlummerte.

Was Zeus konnte, konnte Hera ebenfalls. Zwar nicht so gut wie er, aber es würde reichen, um die Wogen wieder zu glätten. Unbewusst drängte sie sich in die Erinnerungen ihrer Freunde und schuf neue Eindrücke.

Als Lucien allen die Gläser hinhielt, war niemand mehr besonders erpicht darauf, Zeus in die Gruppe aufzunehmen. Hera hatte ihn zwar in den Erinnerungen ihrer Freunde bestehen gelassen, aber seinen Einfluss so minimiert, dass weder Matteo noch Isabella oder Lucien darauf pochten, ihn wiedersehen zu wollen.

Außerdem hatte sie ihn degradiert – vom zukünftigen Geschäftsführer zum Hausmeister. Sie bezweifelte, dass Zeus das jemals mitbekommen würde, aber allein, dass sie sein Image auf diese Art und Weise schädigte, war für sie eine Genugtuung und Rache, auf die sie seit Jahren gewartet hatte.

»Cheers!«

Vier Gläser stießen aneinander, sie stießen an und vergessen waren Zeus und seine Bemühungen, Hera von sich zu überzeugen.

Hera war darüber durchaus erleichtert, denn sie brauchte ihn wirklich nicht in ihrem Leben.

Nie wieder.

Isabella sprach das Thema nicht mehr an und auch Matteo und Lucien schwiegen darüber.

»Dann auf den schönen Abend, auf unsere Verlobung und darauf, dass wir einander haben!«, verkündete Lucien mit einem Strahlen im Gesicht, ehe er sich zu Hera lehnte und ihr einen sanften Kuss gab.

Einen Kuss, den sie nur zu gern erwiderte.

Zeus

»Können Sie sich beeilen? Ich habe schon Blinde gesehen, die schneller waren als Sie!«, regte Zeus sich auf, als er an der Theke auf den Wein wartete, den er bestellt hatte. Er seufzte laut auf und fuhr sich mit den Fingern durch das dunkle Haar.

»Normalerweise sind sie hier schneller«, sprach ihn eine junge, hübsche Frau an, die auf dem Barhocker neben ihm saß. Zeus drehte sich zu ihr und musterte sie. Sie war wunderschön und wüsste Zeus nicht, dass sich in dieser Stadt keine Nymphen aufhielten, hätte er sie für eine von ihnen gehalten. Mit ihren rotblonden Locken und den großen, blauen Augen, die in einem wunderschönen Gesicht innewohnten, war sie der Traum schlafloser Nächte.

Zeus ließ seinen Blick weiter über sie schweifen und schluckte. Sie besaß perfekte Rundungen, war wunderschön und das schwarze Kleid, das sie trug, unterstrich das alles perfekt. Vergessen war der Barkeeper, der etwas zu ihm sagte, er hörte nicht zu. Stattdessen drehte er sich direkt zu ihr und sah in die schönen, blauen Augen, in denen er beinahe versank.

»Ist das so? Ich bin nicht oft hier«, sagte er mit tiefer Stimme, die beinahe an ein Brummen erinnerte. Sie schenkte ihm einen lasziven Augenaufschlag, ehe sie die Beine kokett überkreuzte.

»Ich weiß. Ich bin fast jeden Abend hier und dich habe ich noch nie gesehen«, schnurrte sie. Sie streckte die Hand nach ihm aus und berührte seinen Unterarm, strich über diesen und dort, wo ihre Finger über seine Haut fuhren, stellten sich die kleinen Härchen sofort zu einer Gänsehaut auf. Zeus erwiderte das Grinsen.

»Ist das so.«

Er lehnte sich näher zu ihr, sein Gesicht schwebte direkt über ihrem. Sie hatte den Kopf in den Nacken gelegt und schenkte ihm ein aufreizendes Lächeln.

»Das ist so.«

Ein Räuspern neben ihm riss ihn aus dem Gespräch und er blickte den Barkeeper verärgert an. Erst ließ er sich Zeit und nun störte er ihn, wo er doch beschäftigt war!

»Das macht -«, setzte der Barkeeper zum Sprechen an, doch Zeus winkte ab und streckte ihm stattdessen seine platinfarbene Kreditkarte entgegen.

»Ihr Wein«, funkte er ihm wieder dazwischen, als er sich der hübschen Rothaarigen zuwenden wollte. Wieder seufzte Zeus genervt auf und verdrehte die Augen.

Die Frau neben ihm kicherte, doch Zeus blickte auf fünf leere Weingläser und auf die teure Weinflasche, die vor ihm stand. Fünf Gläser?

Direkt fiel ihm wieder ein, weshalb er hier war.

Und für wen.

»Verdammt«, fluchte er, drehte sich um und entdeckte, dass der Tisch, an dem Heras Wiedergeburt gesessen hatte, verwaist war. Ein paar Kellner waren gerade dabei, die halbleeren Gläser abzuräumen und wischten den Tisch sauber.

Zeus fluchte, ließ die Rothaarige kommentarlos sitzen und ging ein paar Schritte in den Raum. Hektisch sah er sich nach der Frau um, die er für Hera hielt. Doch sie war fort.

Verdammt!

Erneut fluchte er und stürzte aus dem Lokal, sah sich draußen um und auch hier war keine Spur von Hera zu sehen. Er fuhr sich erneut durch die Haare, ärgerte sich über sich selbst. All seine Sinne hatten ihn hierhergeführt und nun war sie fort. Und er? Er konnte nichts mehr fühlen, nichts zog ihn irgendwohin.

Kopfschüttelnd ging er von dem Lokal fort, trat in eine Seitengasse und einen Augenblick später betrat er die große Halle des Olymps, in der sich sonst die Götter auf-hielten, wenn sie nicht in ihren eigenen Behausungen waren.

»Was hast du dir denn dabei gedacht?«, schimpfte Aphrodite direkt. Ihre Wangen waren gerötet und er konnte in ihren sonst so klaren, schönen Augen erkennen, dass sie wütend war. Nicht nur wütend, sie tobte beinahe.

Zeus hatte sie selten so erlebt und wich kurz einen Schritt zurück, doch dann trat er kommentarlos an ihr vorbei und setzte sich an den Tisch.

»Dionysos, Wein«, verlangte er und schnippte mit den Fingern. Der Angesprochene nickte und füllte seinen Becher mit Wein, an welchem Zeus direkt nippte. Erst jetzt sah er sich genauer im Raum um. An dem langen Tisch, der früher viel besucht war und heute nur noch ab und an ein paar Götter beherbergte, saßen Aphrodite, Dionysos und Hermes, wobei letzterer ihn skeptisch beobachtete. Dionysos jedoch flüchtete beinahe nach draußen und auch Aphrodite folgte ihm, allerdings nicht bevor sie Zeus einen scharfen Blick zugeworfen hatte.

»Da hast du aber gehörig was angestellt, mein lieber Freund«, sagte Hermes, der zu Zeus gerutscht war und sich auf den Platz neben ihn setzte. Zeus seufzte auf.

»Was meinst du?«

Hermes kicherte unschuldig.

»Na deinen Flirt meine ich! In der Bar!«

Zeus runzelte die Stirn und wusste nicht, wovon der Götterbote gerade sprach.

»Na, die Rothaarige! Mit der du geflirtet hast! Aphrodite wäre beinahe durchgedreht und Ares hatte sehr große Mühen dabei, sie davon abzuhalten auf die Erde zu kommen und dir im Lokal die Tour zu vermiesen!«

Hermes' Tonfall war ausgelassen, er war wohl in Plauderlaune und trank erneut an seinem Becher, der ebenfalls wie jener von Zeus mit Wein gefüllt war. Doch nicht nur irgendein Wein, es war einer von Dionysios. Er machte den besten Wein der Welt, der allerdings den Göttern vorenthalten war.

»Wie bitte? Beobachtet ihr mich etwa?«, fuhr Zeus Hermes an, der mit den Schultern zuckte.

»Nicht nur dich. Auch Poseidon und Hades. Aphrodite hat ein Auge auf euch alle, aber sie darf sich nicht einmischen, wie sie auch schon Poseidon klar gemacht hat. Aber das ist jetzt egal, sag lieber, was in dich gefahren ist.

Wir waren uns sicher, dass du Hera gefunden hast, und dann hast du mit dieser Rothaarigen gesprochen«, plau-derte Hermes weiter. Zeus zuckte mit den Schultern.

»Hast du sie gesehen? Sie war wunderschön!«

»Hera?«

Zeus schüttelte den Kopf und schnaubte.

»Die Rothaarige!«, warf er ein und duckte sich, als Hermes mit der flachen Hand gegen seinen Hinterkopf schlagen wollte.

Verärgert donnerte seine Faust auf den Tisch.

»Was fällt dir ein! Ich bin dein König!«

Hermes schnaubte.

»Ja, das weiß ich! Aber ein dummer König, wenn du lieber einer einfachen Sterblichen nachläufst, als Hera zu suchen! Liegt dir denn gar nichts an ihr?«, fragte Hermes ihn, doch Zeus seufzte laut auf.

»Ich kann nichts dafür. Ich bin immer rastlos. Das war ich immer und werde ich immer sein.«

Hermes schüttelte den Kopf.

»Du bist nicht rastlos, sondern untreu. Das ist das Wort, das du suchst. Du hast Hera noch nicht einmal gefunden und schon hältst du Ausschau nach anderen Frauen?«, fragte Hermes ihn und Zeus konnte genau das Misstrauen hören, welches in der Stimme des Götterboten lag.

»Das war nur eine Frau...«

»Nur eine Frau? Wenn du Hera wirklich wieder haben möchtest, dann solltest du dich auf sie konzentrieren und nicht irgendwelche Frauen ansehen, die nur im richtigen Licht hübsch aussehen.«

Zeus verdrehte die Augen.

»Für die Art, wie du gerade mit mir sprichst, könnte ich dich bestrafen, ist dir das klar?«

Hermes zuckte mit den Schultern.

»Wenn Poseidon, Hades oder du versagt, dann werden wir alle bestraft. Das weißt du. Aber dir sollte lieber klar werden, ob du Hera wirklich zurück in dieses Leben holen möchtest. Du hast ihr damals zu Lebzeiten schon das Leben zur Hölle gemacht, mit deinen ganzen Affären«, schimpfte Hermes. Zeus schnaubte und für seinen Geschmack nahm sich Hermes gerade zu viel heraus.

Auch wenn der Götterbote es gewiss gut mit ihm meinte, so war sich Zeus sicher, dass dieser nicht auf diese Art und Weise mit ihm sprechen sollte.

»Pass lieber auf, was du sagst«, zischte Zeus, doch Hermes zuckte erneut mit den Schultern. Wie schon so oft.

»Keine Sorge, das tue ich. Ich weiß, was ich sage. Liebst du Hera?«

Eine einfache Frage, doch Zeus konnte sie nicht beantworten.

Er schwieg, blickte auf seinen Trinkbecher und versank einen Moment in Gedanken. Er erinnerte sich zurück, als er um sie geworben hatte, als sie zugesagt hatte und als sie geheiratet hatten. Er war glücklich gewesen, doch weshalb es ihn immer zu anderen Frauen zog, das wusste er nicht.

Fehlte ihm etwas?

Er dachte weiter nach und kam zu dem Entschluss, dass es ihn oft von Hera fortgetrieben aber immer zu ihr zurückgezogen hatte. Er war immer zu ihr zurückgekommen, denn sie war sein Hafen. Sie war seine Zuflucht.

Sie war der Ort, wohin sein Herz gehörte. Jetzt musste es nur noch lernen, dort zu bleiben.

»Das tue ich«, sagte er nach einiger Zeit, denn das war ihm klar geworden.

Auch wenn er es selten oder vielleicht sogar nie ausgesprochen hatte – er liebte Hera und sie gehörte zu ihm, wie Licht zum Schatten. Wie Sterne in die Nacht, wie die Sonne am Himmel.

Sie gehörte zu ihm.

»Wenn sie sich dieses Mal an mich bindet, dann werde ich bei ihr treu bleiben«, murmelte er zu sich selbst. Er wusste nicht, ob Hermes ihn gehört hatte. Das war ihm auch egal, denn dieses Versprechen galt allein ihm selbst.

Sein Herz kam immer zu Hera zurück und dieses Mal würde es bei ihr bleiben.

Kapitel 7

Hera

Mit geschlossenen Augen lauschte Hera den gleichmäßigen Atemzügen Luciens, der neben ihr lag und bereits vor einigen Stunden eingeschlafen war. Sie selbst hatte keinen Schlaf gefunden. Zeus hatte sie aufgespürt. Sie hatte sich in jedem ihrer Leben darauf vorbereitet, doch nie hätte sie damit gerechnet, dass ein Wiedersehen sie so aus der Bahn werfen würde, wie es das tatsächlich tat.

Sie seufzte laut auf, drehte sich zur Seite. Der Baumwollstoff der Bettdecke knisterte in der Dunkelheit, doch davon wurde Lucien nicht wach. Auch ihre Bewegungen rissen ihn nicht aus dem tiefen Schlaf, in dem er sich befand. Hera lag auf der Seite, zum Fenster zugewandt und blickte zu diesem. Die Rollläden verdunkelten den Raum und nur zwischen den kleinen Ritzen drang das Licht der Straßenlaternen zu ihr durch. Es war nicht sonderlich hell, doch hell genug, damit sie alles im Raum ohne Probleme erkennen konnte.

Eine Weile lag Hera so da, doch dann erhob sie sich, stellte langsam die Füße auf den Boden und ging lautlos ins Badezimmer. Dort schaltete sie das Licht an und betrachtete sich im Spiegel.

Anders als damals, als sie noch ihr göttliches Leben gelebt hatte, brauchten ihre Augen einen Moment, um sich an das Licht gewöhnen zu können. Sie sah sich in die Augen und seufzte laut auf, ehe sie diese schloss.

»Eris«, flüsterte sie in den Raum und als sie die Augen eine Sekunde später wieder öffnete, saß auf dem Kästchen, in dem sich ihre Waschutensilien befanden, die Göttin der Zwietracht. Die dunklen Haare fielen ihr glatt über die Schulter, das smaragdgrüne Kleid schmiegte sich eng an ihre Kurven. Es war kurz, so kurz, dass Hera nicht genauer hinsehen wollte.

»Was willst du?«

Sie schien nicht darüber begeistert zu sein, dass Hera sie gerufen hatte. Doch darauf konnte und wollte sie keine Rücksicht nehmen. Hera kniff die Augen zusammen. Sie war einst ihre Königin, ihre Herrscherin, gewesen und auch in diesem Leben wollte sie nicht so mit sich reden lassen.

Schweigen umhüllte sie und so stieß Eris einen genervten Seufzer aus.

»Bitte, weshalb hast du mich gerufen?«, stellte sie ihre Frage anders und Hera nickte versöhnlich. Sie drehte sich zur Seite, lehnte sich mit der linken Hüfte an das Waschbecken und verschränkte die schlanken Arme vor der Brust.

»Zeus hat mich gefunden«, erzählte sie, ohne weiter zu warten. Eris weitete die Augen, atmete einmal tief ein und aus. Doch dann zuckte sie mit den Schultern.

»Damit hast du rechnen müssen. Aus irgendeinem Grund ziehst du ihn wohl magisch an.«

Hera schüttelte den Kopf. Vielleicht stimmte das, doch das wollte und konnte sie nicht beantworten. Selbst wenn es eine tiefe Verbindung zwischen ihnen gab, es war ihr egal.

»Er soll damit aufhören.«

Das war kein Flehen, sondern ein Befehl, der direkt über Heras Lippen rollte und keine Widerworte duldete. Eris jedoch kicherte leise und schüttelte den Kopf.

»Und wie soll ich das anstellen? Soll ich zu Zeus auf den Olymp spazieren und sagen: Hera verbietet es dir, sie aufzusuchen?«, spottete Eris, doch erneut verfinsterte sich Heras Gesicht. Eris machte sich über sie lustig, spottete über sie und das konnte und wollte sie nicht dulden. Auch wenn ihre Kräfte nicht vollends in ihr erwacht waren, und sie diese nicht gänzlich benutzte, sie schlummerten noch immer tief in ihr und genau das machte sie zu dem, was sie schon immer gewesen war: Die Königin der Götter. Sie war nicht umsonst eine der mächtigsten Göttinnen der alten Zeit gewesen.

»Wie du es anstellst, ist mir egal. Du rühmst dich doch immer damit, Zwietracht sähen zu können. Beweise mir, dass du wirklich einer Göttin würdig bist.«

Eris schüttelte den Kopf und ein halbherziges Grinsen huschte über ihre Lippen.

»Das muss ich nicht, denn das habe ich bereits bewiesen. Oder stehst du nicht als Mensch vor mir, Königin der Götter? Ich war es, die die alten Götter vertrieben hat, das war mein Verdienst. Sonst würden die Menschen noch heute an uns glauben und uns verehren.«

»Dich haben sie nie verehrt, sondern immer nur gefürchtet«, erwiderte Hera, doch Eris zuckte mit den Schultern.

»Vielleicht haben sie das. Und wenn dieses Jahr vorüber ist, werden sie lernen, auch mich zu verehren. Denn ich bin es, die über sie alle herrschen wird!«

Hera sagte nichts dazu, denn sie bezweifelte, dass Eris eine gute Königin abgeben würde. Doch das war eines der Dinge, die sie ihr besser nicht ins Gesicht sagte. Außerdem hatte sie Eris nicht hierher bestellt, um mit ihr über ihre Aufgaben zu diskutieren, wenn die alten Kräfte der Götterbrüder doch auf sie übergehen würden. Was sie auch tun würden, denn Hera hatte nicht vor, Zeus' Werben nachzugeben. Sie würden verlieren und dann würde eine neue Weltordnung entstehen.

»Dann halte mir Zeus vom Leib. Wie gesagt, es ist mir egal wie, doch ich möchte nicht, dass er mich noch einmal aufsucht.«

Eris schwieg einen Moment, während Heras Finger ungeduldig auf ihren Oberarmen auf und ab tanzten.

»Na schön, ich lasse mir etwas einfallen.«

Augenblicklich wurde Hera versöhnlicher, nickte ihr zu und stieß sich elegant vom Waschbecken ab.

»Gut.«

Kein Wort des Dankes rollte über ihre Lippen, denn Hera war sich sicher, dass sie Eris dafür nicht danken musste. Sie hatte ihre Aufgaben zu erledigen, so wie Hera die ihren zu erfüllen hatte. Eine Pattsituation, sie waren beide voneinander abhängig und damit beide bekamen, was sie sich wünschten, mussten sie zusammenarbeiten.

Hera blinzelte, denn erst jetzt bemerkte sie, dass sie wieder allein im Badezimmer war. Eris war gegangen und Hera konnte nur hoffen, dass sie wirklich das in die Tat umsetzte, was sie ihr aufgetragen hatte.

Denn sie wollte und konnte Zeus nicht weiter in ihrem Leben haben. Dafür hatte er sie viel zu sehr verletzt.

Der Garten der Hesperiden

Hera hatte die Augen geschlossen, als sie auf dem Felsvorsprung saß, der sich auf dem gigantischen Berg Olymp befand. Sie liebte diesen Berg, ebenso wie die anderen Götter und viele von ihnen hielten sich hier gerne auf. So gerne, dass die Menschen der Meinung waren, dass sie hier lebten, auch wenn der richtige Olymp, ihre Heimat, nicht für irdische Wege offen war.

Der Wind umwehte die goldenen Haare, ließ sie auf und ab schweben und umspielte ihr weißes Kleid, das sie am Tag ihrer Hochzeit getragen hatte. Eine Ehe, die sie sich nie auf diese Art und Weise hätte vorstellen können, denn Zeus und sie verband so viel mehr als nur das Eheband, das sie geschlossen hatten.

»Hera, mein Kind.«

Die Angesprochene lächelte. Sie musste sich nicht umdrehen, um zu wissen, wer sie angesprochen hatte.

Gaia, die Göttin der Erde und ihre Großmutter. Hera liebte sie abgöttisch und wandte sich dann doch zu ihr um, wobei sie die Augen öffnete. Obwohl ihre Großmutter um so viele Jahre älter als sie war, sah man es ihr nicht an. Ihre Haare waren in sämtlichen Brauntönen gehalten, in denen sich unzählige Blumenknospen befanden. Manche von ihnen waren bereits erblüht, andere verbargen ihre Pracht noch vor der Welt. Hera schenkte ihr ein Lächeln und erhob sich hoheitsvoll.

»Oder muss ich dich nun Königin der Götter nennen?«

Ein warmes Lächeln umspielte die Lippen der Göttermutter, als sie auf Hera zutrat und dabei die Arme ausstreckte. Hera tat es ihr gleich. Eine wohlige Wärme ging von der Umarmung aus und nur schwerfällig schaffte es Hera, sich von ihr zu lösen.

»Nein, Großmutter. Du wirst mich nie so nennen müssen.« Ein Glucksen entkam Gaia, als Hera den musternden Blick auf sich spürte. Stolz reckte sie das Kinn nach vorn und ließ sich von ihr begutachten, während Gaia ihr zunickte.

»Wo ist dein Ehemann?«, fragte Gaia sie nun und Hera wusste, dass sie ihr auf diese Frage eigentlich nicht antworten musste, denn gewiss konnte sich Gaia denken, wo Zeus sich aufhielt.

Dort, wo er so oft zu finden war.

Hera seufzte laut auf und zuckte mit den Schultern, Gaia nickte wissend und Hera war froh, dass sie nicht weiter fragte. Hera hatte sich denken können, dass Zeus ihr nicht lange allein gehören würde. Die Hochzeit, die er so sehr begehrt hatte, und die sie doch widerwillig einge-gangen war, war vergangen und er hatte erhalten, wonach er sich gesehnt hatte. Dass er bereits auf Abwegen war, beschämte Hera und es kostete sie jede Überwindung, diese Gefühle nicht nach außen zu tragen.

Gewiss würde sie Zeus für jeden seiner Fehltritte bezahlen lassen. Mit der Hochzeit hatte sie als Königin der Götter auch eine schützende Hand über Ehen zu legen und mit Ehebrechern hatte sie sich geschworen hart ins Gericht zu gehen.

Ohne Ausnahmen.

»Gräme dich nicht, ich habe ihm bereits Bescheid gesagt. Auch er soll anwesend sein.«

Gaia sprach in Rätseln und Hera verstand nicht recht, was sie ihr damit genau mitteilen wollte. Ihre glatte Stirn legte sich in Falten, während sie den Kopf neigte. Die goldene Krone verrutschte dabei keinen Zentimeter. Sie setzte sie kaum ab, denn für sie war sie ein Zeichen ihrer Verbundenheit zu Zeus und ihrer Ehe.

»Was meinst du damit?«, fragte Hera sie vorsichtig und Gaia schenkte ihr ein sanftes Lächeln.

»Ich habe euch noch kein Geschenk zu eurer Vermählung überreicht, das wollte ich nachholen.«

Erneut streckte Gaia die Hände nach Hera aus und sie spürte die Fingerspitzen, die über ihre Haut fuhren. Einen Wimpernschlag später befand sie sich in einem wunderschönen Garten, der gepflegt, aber auch einsam erschien. Hera schritt langsam durch das hohe Gras und streckte die Hand nach einem der Bäume aus, berührte die reifen Früchte und wandte sich an Gaia.

»Wo sind wir?«, fragte sie sie leise und bemerkte ein Rascheln zwischen den Blättern. Noch bevor sie ihn sah, spürte sie Zeus' Präsenz. Sämtliche Härchen stellten sich auf Heras Körper auf und ein Schauer durchzog ihren Körper, doch sie ignorierte diesen und warf Zeus einen bitterbösen Blick zu.

»Weib, ich habe nichts angestellt«, wollte er sich direkt verteidigen, doch Hera schnaubte laut auf und schüttelte den Kopf.

»Ich bin nicht dumm und du solltest wissen, dass ich über deine Treibereien gänzlich im Bilde bin«, murmelte sie und zeigte ihm die kalte Schulter, indem sie näher an Gaia herantrat. Diese schüttelte den Kopf und trat ebenfalls auf das zankende Ehepaar zu. Unter jedem ihrer Schritte erblühten helle Blumen.

»Zankt euch nicht, ihr müsst lernen, miteinander auszukommen und euch zu respektieren. Euch zu schätzen, wie es Ehepaare tun sollten«, rügte Gaia sie, doch Hera schnaubte laut auf.

»Aber er ist so schwierig!« Hera spürte, wie Zeus neben sie trat und wich seiner Berührung aus.

»Und du bist viel zu schnell eingeschnappt! Deine Eifersucht wird unser Grab sein!«, zischte er ihr zu, woraufhin sie sich doch an ihn wandte und ihm einen scharfen Blick zuwarf.

»Wärst du nicht hinter sämtlichen Röcken des Landes her, dann müsste ich nicht eifersüchtig sein. Du bist ein Schwerenöter, das warst du schon immer und ich war dumm genug, auf deine leeren Versprechen hineinzufallen!«

Noch ehe Zeus ihr antworten konnte, räusperte Gaia sich und Hera wandte sich ihr zu. Erneut schüttelte die Erdengöttin den Kopf.

»Ihr solltet zueinander finden. Das Schicksal hat euch nicht ohne Grund vereint.«

Vielleicht hatte sie recht, aber Hera konnte sich nicht vorstellen, welche guten Dinge aus ihrer Verbindung mit Zeus emporgehen sollten. Seufzend winkte sie ab und hoffte, dass Gaia sie mit diesem Gespräch nicht weiter belästigen würde.

»Wo sind wir?«, fragte sie stattdessen und sah sich erneut um. Gaia schenkte ihr ein leichtes Lächeln.

»Im Garten der Hesperiden. Das alles ist mein Geschenk an dich, meine Liebe«, Hera wurde bei den Worten ihrer Großmutter warm, und sie schenkte ihr ein Lächeln.

»Also gehört er mir allein?«, hakte Hera nach und Gaia nickte. Im Augenwinkel bemerkte sie, dass Zeus den Kopf schüttelte.

»Weshalb bin ich dann hier?«, warf er ein und mischte sich ins Gespräch, doch Hera ignorierte ihn. Gaia jedoch schien ihm nicht so die kalte Schulter zeigen zu wollen, wie es Hera tat.

»Damit du siehst, welches Hochzeitsgeschenk ich deiner Frau mache. Vielleicht teilt sie mit dir, aber das ist ihre Sache. Aber nun lasst uns gehen, der Garten ist nicht das alleinige Geschenk.«

Gaia deutete ihnen, ihr zu folgen und Hera tat es direkt. Langsam folgte sie ihrer Großmutter, die sie von dem Rand des Gartens in dessen Inneres führte. Leises Kichern drang an ihre Ohren und Hera sah sich überrascht um.

»Die Hesperiden werden auf deinen Garten aufpassen.«

Hera verzog das Gesicht. Die Hesperiden? Hera wusste, dass Hesperiden Nymphen waren, aber davon war sie alles andere als begeistert. Misstrauisch wandte sie sich zu Zeus, der sich ebenfalls umsah und direkt einer der Nymphen hinterher starrte. Hera spürte sofort eine Abneigung gegen die Nymphe, deren Haar rot wie die Morgenröte leuchtete und die nur mit einem zarten weißen Stoff bekleidet war, der nur die wichtigsten Stellen bedeckte.

»Wie schön«, zischte Hera und warf Zeus einen scharfen Blick zu, der sofort zu Hera blickte und offenkundig Probleme hatte, die Nymphe nicht anzustarren.

»Du bist dennoch die Schönste auf dieser Insel«, säuselte Zeus, als Gaia sie an der Nymphe vorbeiführte und Hera verdrehte die Augen. Sie ignorierte ihn und beeilte sich, um zu Gaia aufzuschließen. Von weitem konnte sie einen riesigen Baum erkennen, der goldene Äpfel trug, unter ihm lag ein Drache, der jedoch schlief und von ihnen kaum Notiz nahm. Die Blätter des Baumes glänzten in allerlei grünen Farben und zwischen den Ästen schimmerten die goldenen Früchte hervor. Der Baum war groß und beeindruckend, Hera wusste kaum, was sie sagen sollte.

»Der Drache Ladon bewacht den wichtigsten Teil meines Geschenkes – die goldenen Äpfel.« Hera nickte und betrachtete den Drachen. Erst jetzt bemerkte sie, dass er mehr als einen Kopf besaß – er hatte drei und einer von ihnen schlief nicht, sondern starrte zu ihnen.

»Ladon, also. Ich befehle dir auf den Baum achtzugeben«, sagte Hera herrisch und nun wandten sich ihr alle Köpfe des Drachens zu, sie neigten sich und Hera drehte sich zu Gaia.

»Ich danke dir«, hauchte sie ihr zu und Gaia nickte, erwiderte jedoch nichts.

»Gib auf dein Geschenk acht und vergiss nicht, etwas Nachsicht mit Zeus zu üben. Tief in deinem Inneren weißt du, dass er das Herz an der richtigen Stelle trägt«, sagte Gaia leise, während sie langsam die Hand nach Hera ausstreckte und ihre Hände sanft drückte.

Hera drehte sich zu Zeus, der erneut einer Nymphe hinterher starrte und seufzte laut auf. Ertappt drehte sich Zeus zu Hera und schenkte ihr ein verliebtes Lächeln, woraufhin sie die Augen verdrehte.

»Das wird die schwierigste Aufgabe werden, die mir das Leben stellen kann.«

Kapitel 8

»Celia?«

Hera schreckte hoch, als sie von Jenna angesprochen wurde. Sie war normalerweise immer mit vollem Elan bei der Arbeit, doch an diesem Tag konnte sie sich nicht recht auf die Kinderschar konzentrieren. Hera blinzelte etwas und lehnte sich zu dem kleinen Mädchen, das sie mit großen Augen musterte.

»Du hörst mir heute gar nicht zu... ich wollte spielen! Puppenhaus, mit dir!«

Eine kindliche Forderung, der Hera im Normalfall kommentarlos und mit Freude nachkam, doch nicht heute. Langsam schüttelte Hera den Kopf, während sich ein versöhnliches Lächeln auf ihre Lippen stahl. Vorsichtig stupste sie die kleine Nase des nun schmollenden Mädchens an, das seine Stoffpuppe an sich gepresst hatte und die Lippen fest zusammenpresste.

»Ich mag aber!«

Wieder schüttelte Hera den Kopf.

»Du weißt, dass man um etwas bitten muss, wenn man etwas möchte. Aber heute geht es wirklich nicht, Liebes. Ich habe Kopfschmerzen, ganz furchtbare Kopfschmerzen.«

Eine Lüge, die ihr viel zu einfach über die Lippen gekommen war. Doch Jenna glaubte ihr jedes Wort, stieß einen genervten Seufzer aus und verlagerte ihr Gewicht von einem Bein auf das andere.

»Aber morgen?«, fragte sie mit piepsiger Stimme.

»Bitte«, fügte sie noch rasch hinzu, denn Hera hatte eine Augenbraue noch oben gezogen. Der Schmollmund war verschwunden und sie setzte stattdessen ihren besten Dackelblick auf, dem Hera sonst nie widerstehen konnte. So wie an diesem Tag. Sie konnte nicht nein sagen.

»Ja, morgen.«

Jenna sprang euphorisch auf und ab.

»Versprochen?« Hera blinzelte, als Jenna ihr ihren kleinen Finger vors Gesicht hielt und erwartungsvoll zu ihr hochblickte. Mit einem leichten Lächeln verhakte Hera ihren kleinen Finger mit ihrem und nickte.

»Versprochen.«

Jenna strahlte, als sie zu den anderen Kindern davoneilte, während Hera sich wieder in ihre Gedanken zurückzog. Ihr Blick glitt zur Uhr – nur noch wenige Minuten, bis das Mittagessen gebracht wurde und sie für heute fertig gearbeitet hatte. Hera hatte heute einen kurzen Arbeitstag.

Normalerweise blieb sie freiwillig länger und spielte mit den Kindern, oder spazierte durch die Stadt. Ab und an genehmigte sie sich auch einen Kaffee in den Touristenvierteln, doch heute war ihr nicht danach.

Die Angst, dass Zeus sie erneut aufspüren würde, war eindeutig zu groß. Noch immer sah Hera zur Uhr, während sie den Kinderlärm hinter sich ausblendete.

Tick tack. Tick tack.

Die Zeiger bewegten sich immer weiter, und als der Minutenzeiger seine letzte Runde gelaufen war, erhob sich Hera und nickte den Kindern, die zu ihr hinübersahen, zum Abschied zu. Schnell verließ sie den Raum, während ihre Ablöse bereits die Tür passierte. Überrascht blickte Kim zu ihr.

»Du gehst?«, fragte sie verdutzt, doch Hera zuckte mit den Schultern.

»Kopfschmerzen«, murmelte sie und Kim nickte mitleidig.

»Kenne ich. Die habe ich auch oft. Soll ich dir ein paar Tabletten mitgeben?«

Hera schüttelte als Antwort den Kopf. Sie hatte so gut wie nie Schmerzen, doch das konnte sie den anderen Menschen nicht sagen. Ein Überbleibsel ihrer göttlichen Fähigkeiten. Sie war zwar nicht unverwundbar, aber krank wurde sie nie. In keinem Leben.

Kim nickte ihr zu und die schwarzen Haare, die an einer Kopfseite abrasiert waren und ein Sternenmuster offenlegten, wippten etwas.

»Dann gute Besserung. Bis morgen. Morgen habe ich mit dir den Spätdienst«, plauderte Kim, während die ersten Kinder bereits mitbekommen hatten, dass sie den Raum betreten hatte. Eine kleine Gruppe Jungs umkreisten ihre Beine und jeder von ihnen sprach gleichzeitig auf Kim ein, die diese allerdings ignorierte.

»Dann bis morgen«, verabschiedete sich Hera von ihr, winkte den Kindern und machte sich direkt auf den Weg zur Graderobe, wo sie ihre Jacke und Tasche abholte.

Schließlich verließ sie ohne weitere Zwischenfälle ihren Arbeitsplatz, betrat die Straße und sah sich unsicher um.

Normalerweise war sie nie paranoid gewesen, doch seit sie Zeus am gestrigen Abend gesehen hatte, war sie durchwegs nervös.

Reiß dich endlich zusammen, schimpfte sie mit sich in ihren Gedanken, schob die schwarze Handtasche zurecht und mischte sich unter die Menschen, die sich die Straße entlang bewegten. Hera griff in ihre Jackentasche, zog die Sonnenbrille heraus und setzte sie auf ihre Nase. So kam sie sich ein wenig getarnter vor, auch wenn sie wusste, dass ihr die Brille nicht helfen würde.

»Na du«, riss sie eine weibliche Stimme aus ihren Gedanken. Hera wirbelte herum und sah zu Eris. Die Göttin schlenderte neben ihr her, auf ihrem Kopf thronte ein großer Sonnenhut, den sie tief ins Gesicht gezogen hatte. Hera fühlte sich wie einem schlechten Actionfilm und verdrehte die Augen.

»Seit wann sprechen wir auf der Straße miteinander?«, fuhr Hera sie an und bemerkte im Augenwinkel, wie Eris mit den Schultern zuckte.

»Ich dachte, du wolltest das neueste Gerücht des Olymps hören.«

»Gerüchte interessieren mich nicht«, antwortete Hera und sah sich immer wieder etwas um, während sie weiter neben Eris herging. Diese warf ihr einen strengen Blick zu.

»Sollten sie aber, ich habe nämlich ein Vöglein zwitschern hören, dass Heras Reinkarnation in Moskau gesichtet wurde.«

Hera wurde hellhörig und drehte den Kopf zu der Göttin der Zwietracht. Diese grinste ihr entgegen und zwinkerte.

»Gern geschehen. Und jetzt tu mir einen Gefallen und schau nicht mehr so nervös aus. Jeder hier kann sehen, dass du das reinste Nervenbündel bist. Wirklich. Hör auf damit.«

Hera hob eine Augenbraue und warf Eris einen strengen Blick zu.

»Sprich nicht so mit mir, vergiss nicht, wer vor dir steht. Aber gut, wenigstens hast du deine Arbeit erledigt.«

Eris verdrehte die Augen und blieb stehen, Hera tat es ihr gleich. Zusammen standen sie vor der Modeboutique, in der Hera gern ihre Sachen einkaufte, doch an diesem Tag hatte sie für die Waren der alten Frau Maria keine Zeit. Diese winkte ihr zwar durch das Schaufenster, doch sie ignorierte sie.

»Sieh du lieber zu, dass er dich nicht nochmal erwischt. Vielleicht solltest du umziehen.«

Hera seufzte auf und zuckte mit den Schultern.

»Daran habe ich auch schon gedacht. Aber mir gefällt Florenz viel zu gut und außerdem möchte ich mich nicht von einem liebeskranken Idioten vertreiben lassen«, murmelte Hera nur. Eris verdrehte die Augen neben ihr und verschränkte die Arme unter ihrer Brust.

»Du kannst ja, wenn das Jahr vorbei ist, wieder hierherkommen. Ich habe gehört, Verona soll auch schön sein.«

»Vielleicht, aber ich bleibe. Kein Mann vertreibt mich und schon gar nicht er«, zischte Hera und wandte sich von Eris ab.

»Wenn du mir nichts weiter zu sagen hast, dann solltest du jetzt gehen. Ich möchte nicht, dass irgendein anderer

Gott uns hier zusammen erwischen könnte. Ich kann mir nämlich gut vorstellen, dass Zeus und die anderen ihre Lakaien dazu angesetzt haben, ebenfalls die Augen offen zu halten. Und wo du bist, ist immer irgendetwas im Busch«, erklärte Hera ihr. Eris kicherte leise.

»Wenn ich nicht wüsste, dass du recht hättest, würden mich deine Worte direkt kränken, Celia.« Eris sprach ihren Namen voll Verachtung aus und Hera merkte, wie ihr ein Schauer über den Rücken lief. Sie blickte Eris über die Sonnenbrille hinweg an und hob eine Augenbraue.

»Ich meine es ernst. Würde ich zu Zeus zurückkehren, hätte ich meinen alten Platz in der Welt wieder. Überleg lieber, an welche Stelle der Nahrungskette du kommen würdest. Also geh jetzt.«

Das Lächeln starb auf Eris' Lippen, die sich langsam näher zu Hera lehnte und sie mit festem Blick ansah.

»Wag es nicht, mir zu drohen.«

»Und du wag es lieber nicht, mich beherrschen zu wollen. Das ist nie gut für dich ausgegangen, und das wird es auch in Zukunft nicht.«

Kaum hatte Hera diese Worte in den Wind geflüstert, verschwand Eris vor ihren Augen. Kurz sah sich Hera um und war erleichtert, als sie bemerkte, dass niemand hier von ihrem Verschwinden etwas mitbekommen hatte.

Hera seufzte laut auf, schüttelte den Kopf und ging zügig weiter.

Zwar hatte Eris Zeus nach Russland geschickt, doch sie bezweifelte, dass dieser lange auf diese List hereinfallen würde.

Erneut richtete Hera ihre Handtasche und ging schließlich weiter. Vielleicht sollte sie die kommenden Tage wirklich nicht außer Haus gehen und die Abende sowie Nachmittage lieber in ihrer Wohnung verbringen.

Ein Seufzen rollte wie so oft über ihre Lippen.

Das konnte sie, aber Lust hatte sie darauf wirklich nicht. Sie verfluchte Zeus, da er ihr mit seiner bloßen Anwesenheit bereits die freien Stunden versaute und grummelte.

Er war ein Idiot – doch glücklicherweise nicht mehr *ihr* Idiot.

Kapitel 9

Zeus

Sein Atem formte sich zu kleinen Wolken, die in der kalten Luft nach oben stiegen. Er war alles andere als begeistert darüber, dass Eros ausgerechnet hier Hera gesehen haben sollte. Er war sich sicher gewesen, dass die Frau in Florenz Hera war, doch er wollte auch Eros' Idee nicht ausschlagen. Von Poseidon wusste er, dass dieser ebenfalls verschiedene Frauen aufsuchte, um sicher zu gehen, ja an die Richtige zu gelangen.

»Das wird sie mir trotzdem vorwerfen, egal, ob ich sie hier finde oder nicht«, grummelte er zu sich selbst und verdrehte bereits jetzt die Augen, obwohl er die Standpauke noch gar nicht erhalten hatte. Hera hatte ihm immer ordentlich ihre Meinung gesagt, wenn er sich einen weiteren Fehltritt erlaubt hatte. Doch er hatte sich geschworen, dass damit Schluss sein würde. Immerhin hatten ihn seine Frauengeschichten überhaupt erst in diese Lage gebracht. Er steckte die Hände missmutig in die Jackentaschen und ging langsam weiter über den Kreml, der sich unter seinen Füßen erstreckte.

Eros, der ihn begleitet hatte, da er ihm unbedingt die Frau hatte zeigen wollen, die er gefunden hatte, stand weiter vorn und hatte die besagte Dame bereits in ein Gespräch verwickelt. Eros konnte ebenso wie auch er alle Sprachen der Welt sprechen. Skeptisch ließ Zeus seinen Blick über die braunhaarige Frau vor sich gleiten, die in einem dicken Mantel eingehüllt war. Sie hatte kleine Som-mersprossen auf den hellen Wangen und dunkelbraune Augen. Die Haare waren zu zwei Zöpfen gebunden, die Zeus irgendwie an die Frisur eines Kindes erinnerte. Kurz konzentrierte er sich auf die Frau und versuchte zu erahnen, ob sie die Eine sein konnte. Doch er fühlte... nichts.

Wenn er seine Sensoren nach anderen Göttern wie beispielsweise Eros ausstreckte, dann konnte er deutlich die alten Kräfte spüren, die jedem von ihnen innewohnten. Doch diese Frau war quasi leer, sie besaß keinen Funken Magie. Keinen Funken göttliche Kraft, wie er sie bei der Frau in Florenz wahrgenommen hatte. Als König der Götter war er einer der Wenigen, dem diese kleine Fähigkeit vorenthalten war und deswegen war er sich immer sicher gewesen, dass diese ihm in diesem Fall er-heblich helfen würde. Oder auch nicht, denn er hatte Hera noch immer nicht gefunden.

Er schüttelte den Kopf und warf Eros einen scharfen Blick zu.

Dieser verstand augenblicklich und wandte sich erneut der Frau zu. »Anoshka, es tut mir leid, es war eine Ver-wechslung, du bist doch nicht die Frau, die wir suchen«, murmelte Eros der braunhaarigen Frau zu, die ihn verwirrt ansah und schließlich die Augenbrauen zusammenkniff.

Mit wüsten Beschimpfungen gab sie Eros eine schal-lende Ohrfeige, ehe sie davonstapfte. Zeus gluckte, als Eros sich genervt zu ihm umdrehte.

»Was hast du der denn erzählt?«, fragte er ihn, als er sich neben ihn stellte und ihm zunickte. Einen Augenblick später standen sie sich in der großen Halle des Olymp gegenüber, wobei der Handabdruck der Frau noch immer deutlich in Eros' Gesicht zu sehen war. Dieser verdrehte die Augen.

»Ich habe ihr gesagt, dass mein Bruder die schönste Frau der Welt sucht. Und dass ich glaube, dass sie das ist. Hat ihr wohl nicht so gefallen«, grummelte Eros und Zeus lachte auf.

»Dafür, dass du ein Liebesbote sein sollst, stellst du dich ganz schön unbeholfen an«, zog er ihn auf, doch Eros verdrehte die Augen.

»Ach, lass mich doch in Ruhe.«

Zeus setzte sich schließlich und auch Eros ließ sich nieder, als ein leises Kichern Zeus' Aufmerksamkeit auf sich zog. Er sah sich um und erkannte eine schwarzhaarige Frau in der Ecke der Halle. Er kniff die Augen zusammen.

»Ate«, grummelte er, als er die Tochter der Eris erkannte. Diese zwinkerte und überkreuzte schließlich ihre Beine, als sie sich zurücklehnte. Die langen, schwarzen Haare waren so dunkel, dass die Farbe schwarz sie gar nicht beschreiben konnte und die grauen Augen funkelten aus dem blassen Gesicht hervor. Sie war auf ihre Art und Weise schön und doch rief alles in ihr nach Verblendung und Täuschung.

»Ihr scheint meinem Tipp wohl gefolgt zu sein«, kicherte sie und lehnte sich nach vorn. »Habt ihr bereits Bekanntschaft mit Hera geschlossen? Sie ist bezaubernd, nicht?«

Sie machte sich über sie lustig und Zeus spürte, wie blanke Wut in ihm hochkochte. Er schnaubte und erhob sich augenblicklich vom Stuhl.

»Du bist hier nicht willkommen! Weder du noch deine Mutter!«, donnerte er durch den Raum und bemerkte im Augenwinkel, wie Eros eifrig nickte. Jedoch erstarrte er, als Ate ihm zuzwinkerte.

»Ach, aber das hier ist doch das Zuhause von uns allen, oder? Immer schließt ihr uns aus, deshalb hat Mutter auch eingegriffen. Weil ihr immer so selbstgefällig seid.«

Sie erhob sich und Zeus musterte sie. Sie war klein und schmächtig, beinahe hager und doch hatte sie ein paar Kurven, die sie mit ihrem dunkelblauen Kleid deutlich betonte. Zeus schnaubte wegen ihrer Worte.

»Denk darüber nach, weshalb ihr nicht willkommen seid.«

Ate zog einen Schmollmund und verschränkte die Arme vor der Brust.

»*Ich* habe euch noch nie etwas getan!«, zischte sie laut und Zeus wurde allein wegen ihrer Art, wie sie hier stand, an Eris erinnert.

Sie konnte ihre Mutter nicht abstreiten, so viel stand fest.

»Noch nicht. Verschwinde einfach und nimm dir meinen Rat zu Herzen: halte dich nicht an deine Mutter, denn sie wird verlieren.«

Ate kicherte leise und schüttelte den Kopf.

»Das glaube ich nicht. Denn ihr habt weder Amphitrite, Persephone noch Hera gefunden. Tja, damit sieht es für euch schlecht aus.«

Sie ging auf Zeus und Eros zu, die unbeeindruckt von ihr in ihrer Position verharrten. Zeus beobachtete jede kleine Bewegung von ihr. Er hob eine Augenbraue, als sie direkt vor ihm stehen blieb.

»Meine Mutter wird eine bessere Königin abgeben, als du jemals König warst. Das neue Zeitalter wird das Alte um ein Vielfaches übertreffen!«

Das bezweifelte Zeus stark. Es war kein Geheimnis, dass Eris ihm direkt nach dem Fluch gedroht hatte und offenbart hatte, dass er und die anderen untergehen würden, würden sie den Fluch nicht überwinden können. Dank Nemesis war das nicht direkt eingetreten und die Kräfte, die Zeus, Poseidon und Hades entrissen worden waren, waren besitzlos. Sie würden entweder in sie zurück-fahren oder in Eris übergehen, je nachdem wie das Jahr enden würde. Doch Zeus hatte nicht vor, zu verlieren.

»Verschwinde, Ate. Hier leben nur Götter und du bist keine Göttin.«

Sie war die Tochter einer Göttin, doch Zeus hatte ihr diesen Status nie zugesprochen – weder ihr noch ihren Geschwistern, die ebenfalls ohne diesen Titel leben mussten. Ate presste die vollen Lippen zusammen und knurrte leise.

»Noch nicht.«

Sie wandte sich an Eros und zwinkerte ihm zu, doch Zeus beobachtete, dass dieser nicht darauf reagierte.

»Du solltest deine Quellen besser prüfen. Alles lässt sich blenden, wenn man nur weiß wie.«

Mit diesen Worten drehte sich Ate um und stolzierte direkt aus der Halle. Zeus schwieg, bis sie verschwunden war und wandte sich mit zornigem Gesichtsausdruck Eros zu.

»Du hast deine Informationen von *ihr*?«

Eros antwortete nicht, zog allerdings den Kopf ein.

»Von ihr? Sie verkörpert die Verblendung, hast du dein Hirn verloren?«, polterte Zeus weiter, während Eros' Wangen einen feuerroten Farbton angenommen hatten. Erneut zog er den Kopf etwas ein, ehe er diesen langsam schüttelte.

»Nein... eine der Nymphen hatte es mir gesagt.«

Zeus musterte ihn kritisch.

»Und wer hat es dieser Nymphe erzählt?«

»Eine andere Nymphe. Ich habe nicht nachgefragt! Ich war zu beschäftigt!«

Zeus schnaubte, griff nach dem Weinkrug und nahm direkt aus diesem einen Schluck. Ein Becher war ihm für diese Unterhaltung eindeutig zu wenig.

»Beschäftigt... womit?«, wollte er wissen und Eros zuckte mit den Schultern.

»Mit der Nymphe. Sie war wunderschön, konnte erstaunlich gut küssen und...«

Zeus hob die Hand und unterbrach Eros, bevor er Dinge aussprechen konnte, die er nicht von ihm wissen wollte. Er schüttelte den Kopf über Eros, war jedoch nicht davon überrascht, dass dieser sich einer Liebschaft zugewendet hatte. Wenn Zeus ehrlich war, dann konnte er es ihm nicht verübeln und hätte es an seiner Stelle wohl genauso getan.

»Prüf das nächste Mal deine Quellen deutlicher. Verstanden?«, zischte Zeus stattdessen und beobachtete Eros dabei, wie dieser sofort nickte.

Einen Moment legte sich Schweigen zwischen sie, ehe Eros sich räusperte.

»Wieso war Ate hier?«, fragte Eros Zeus, für ihn war die Sache jedoch klar.

»Damit hat sie deutlich gemacht, dass sie uns nicht einfach suchen lassen, sondern ihre Finger im Spiel haben. Das alles ist wie Schach und sie haben das Spiel eröffnet, indem sie angegriffen haben.«

Eros runzelte die Stirn.

»Das verstehe ich nicht.« Zeus antwortete nicht direkt darauf, sondern trank erneut einen Schluck aus dem Krug.

»Musst du auch nicht. Sie haben gezeigt, dass sie ein Auge auf uns haben. Wir können nur hoffen, dass wir vor ihnen fündig werden.«

Zeus stellte den Krug ab und ging um den Tisch herum, Eros erhob sich.

»Wo willst du hin?«

»Nach Florenz, ich bin mir sicher, dass die Frau von gestern die Richtige ist. Und ich werde keine weitere Zeit verlieren.«

Kapitel 10

Hera

Mit schnellen Schritten huschte Hera durch die kleinen Gassen, nach dem Gespräch mit Eris war sie sich sicherer denn je, dass sie vorerst ihre Ruhe vor Zeus haben würde. Fast schon erleichtert blickte sie auf, als das hübsche Haus um die Ecke auftauchte, das ihr Zuhause war. Die Efeuranken, die sich seitlich nach oben hinzogen, leuchteten heute in einem besonders schönen Grün und Hera atmete erleichtert aus.

»Du bist heute aber früh zuhause«, hörte sie und drehte sich zur Seite. Lucien war ebenfalls von der Arbeit nachhause gekommen und schien auch das Häuschen anzusteuern. Hera lachte leise, ging zu ihm und hauchte ihm einen sanften Kuss auf die Lippen.

»Ja, ich bin heute etwas früher gegangen. Aber ich wusste gar nicht, dass du ebenfalls früher fertig bist?«, fragte sie ihn. Lucien strahlte und legte den Arm um sie. Nur zu gern schmiegte sie sich an ihn und lächelte selig, als er ihre Seiten sanft auf und ab streichelte.

Er hatte ihr Herz nie so schlagen lassen wie Zeus, doch sie fühlte sich in seiner Gegenwart wohl und mehr erwartete Hera auch nicht. Sie hatte aufgehört, die großen Gefühle herbeizusehen, denn sie wusste, dass diese stets zu Zeus gehören würden.

Doch diesen wollte sie nie wieder sehen, da verzichtete sie lieber auf die Schmetterlinge und das Kribbeln. Lieber hatte sie jemanden wie Lucien, der sie schätzte und sie nicht betrog, als dass sie das große Gefühlschaos immer wieder durchleben musste. Doch das hatte sie Lucien noch nie gesagt und würde sie auch nie sagen.

»Ja, ich soll ein paar Plusstunden abbauen.«

Luciens Gesicht nahm einen bedauernden Ausdruck an, als er einen lauten Seufzer ausstieß.

»Wenn ich gewusst hätte, dass du heute ebenfalls früher nachhause kommst, dann hätte ich mich nicht mit den Jungs verabredet.«

Hera zuckte mit den Schultern und strich ihm über die Wange.

»Das macht nichts. Du kannst ruhig gehen, du weißt, ich brauche keinen Babysitter und auch niemanden, der mich beschäftigt.«

Sie war immerhin eine große Göttin und war schon immer gut allein zurechtgekommen. Langsam setzten sie sich in Bewegung, hielten einander an den Händen und betraten das Haus, wo sie die Treppen hinauf gingen.

Lucien zuckte mit den Schultern.

»Aber ich wäre wirklich lieber bei dir, Celia.«

Hera neigte den Kopf und gab ihm einen weiteren Kuss.

»Wenn du nachhause kommst, dann können wir uns einen schönen Abend machen. Oder bleibst du länger weg?«, fragte sie ihn und Lucien schüttelte den Kopf.

»Das habe ich nicht vor. Ich sehe zu, dass ich um achtzehn Uhr wieder hier bin, ja?«

»Keine Sorge, wenn du Glück hast, koche ich etwas. Wenn du Pech hast, bestellen wir«, erklärte Hera mit einem leichten Grinsen und Lucien musste lachen.

»Da weiß ich nicht, ob ich lieber Glück haben möchte oder nicht«, witzelte er, während er die Wohnungstür aufschloss und mit ihr gemeinsam eintrat. Hera verdrehte die Augen und gab ihm einen Klaps auf die Schulter.

»Meine Pasta ist lecker, beschwere dich nicht!«

Nur leider war Pasta auch das Einzige, das ihr gelang. Hera war keine besonders gute Köchin und das war auch kein Geheimnis. Lucien zog sie gern damit auf und Hera überlegte kurz, ob sie nicht Essen bestellen und als ihr Selbstgekochtes ausgeben sollte.

Sie ließ sich auf das Sofa fallen, während Lucien seinen Arbeitsrucksack abstellte und sich rasch umzog.

»Das tue ich auch nicht! Ich würde es nie wagen, mich zu beschweren!«, rief Lucien aus dem Badezimmer, das er so schnell wieder verließ, wie er es betreten hatte. Es war Hera ein Rätsel, dass er sich so schnell umziehen konnte. Sie lehnte den Kopf etwas zurück und ließ sich einen wieteren Kuss geben, ehe Lucien direkt nach seinen Schlüsseln griff.

»Dann bis heute Abend, ich liebe dich«, raunte Lucien ihr zu und sie schenkte ihm ein dankbares Lächeln.

»Ich dich auch und viel Spaß!«

Sie wusste nicht, was er mit seinen Freunden vorhatte und es war ihr auch gleich. So wie sie Lucien kannte, würden sie sich vor irgendeiner Spielekonsole versammeln und irgendwelche Spiele ausprobieren. Etwas, an dem Hera leider keinen Spaß hatte, weshalb Lucien sie auch nie zu solchen Treffen mitnahm. Die Tür fiel ins Schloss und Hera legte sich aufs Sofa und schloss die Augen.

Sie genoss die Ruhe, die sie umgab und merkte nicht, wie sie in einen tiefen Schlaf fiel.

***

Blinzelnd öffnete Hera langsam die Augen. Laute Sirenen, Geräusche, die hier in der Straße nicht selten waren, rissen sie aus dem Schlaf. Sie setzte sich langsam auf und die Sirenengeräusche wurden etwas lauter, ehe sie immer leiser und leiser wurden. Das Fahrzeug, das sie geweckt hatte, entfernte sich offensichtlich von ihrer Wohnung.

Verschlafen warf Hera einen Blick auf die Uhr und war augenblicklich hellwach. Sie hatte fast vier Stunden geschlafen!

Das war ihr in all ihren Leben noch nie passiert. Sie brauchte eigentlich nicht so viel Schlaf wie Menschen, doch die Begegnung mit Zeus hatte sie so sehr ausgelaugt, dass sie erschöpft war. Wenn Hera tief in sich hinein-horchte, dann merkte sie, dass sie noch immer müde war, doch sie wollte nicht wieder einschlafen.

Sie wollte sich ablenken und warf stattdessen einen Blick zur Küche. Sollte sie etwas kochen? Hera ging die Frage in ihren Gedanken durch, entschied sich allerdings dazu, nicht selbst Hand anzulegen. Stattdessen griff sie nach ihrem Smartphone und öffnete eine App, wo sie Essen bestellen konnte. Langsam scrollte sie sich durch die

Restaurants, ehe sie eines auswählte und schließlich Pizza für sich und Lucien bestellte.

Sie hatte zunächst überlegt, ob sie asiatisches Essen oder Pizza bestellen sollte, doch Pizza hatte schließlich gesiegt. Sie liebte diese Speise, auch wenn sie sie nicht so oft aß, wie sie es gerne wollte.

Lucien mochte andere Dinge, doch heute hatte sie das Sagen und konnte bestimmen. Deshalb hatte sie bestellt, was sie eben bestellt hatte.

Zufrieden lehnte sie sich zurück, schnappte sich die Fernbedienung und begann, durch das Programm zu zappen. Bei einer amerikanischen Sitcom blieb sie hängen und löste ihren Blick erst vorm Fernseher, als die Türglocke sie störte.

»Heute sind die aber schnell«, murmelte sie zu sich, erhob sich schwerfällig und ging zur Tür. Ihre Handtasche lag wie immer neben der Tür auf einer kleinen Kommode. Sie griff in diese und holte etwas Geld heraus, ehe sie schließlich auf den Knopf der Gegensprecheinrichtung drückte und kurz darauf konnte sie auch schon die Schritte im Treppenhaus vernehmen.

Sie wartete und schneller als gedacht, ertönte das Klopfen an der Haustür.

Hera öffnete sie und wollte gerade den Mund öffnen, um zu sprechen, als sie verstummte. Nicht der Pizzalieferant stand vor ihrer Tür. Es war Zeus.

Sie blinzelte ihn verwirrt an und schüttelte den Kopf.

»Du bist der Pizzalieferant? Du musst neu sein«, versuchte sie alles zu überspielen. Zeus schnaubte fast schon empört auf und schob sich einfach an Hera vorbei und betrat ihre Wohnung. Prüfend sah er sich um und Hera musterte ihn skeptisch. Er war genauso dreist wie früher.

Doch das überraschte sie auch nicht.

»Entschuldige mal, ich habe dich nicht hereingebeten! Verschwinde, augenblicklich!«, zischte sie laut und deutete energisch zur Tür. »Oder ich rufe die Polizei!«

Hera wusste, dass die Polizei ihr nicht helfen konnte, einen Gott aus ihrem Wohnzimmer zu schmeißen, doch sie musste sich so verhalten, als wäre sie ein ganz normaler Mensch. Es fiel ihr schwer, die Fassade aufrecht zu erhalten und ihm nicht direkt tausend Flüche an den Kopf zu werfen.

»Hallo! Verschwinde! Sofort!«

Zeus drehte sich zu ihr um und musterte sie. Langsam ging er auf sie zu und Hera wich zurück.

»Erkennst du mich nicht?«, fragte er sie leise und Hera bemerkte, dass er all seinen Charme in seine Stimme legte. Doch selbst wenn sie ihn nicht kennen würde – die Tatsache, dass er einfach vor der Haustür stand und ohne zu zögern eine ihm fremde Wohnung betrat, war für Hera nur eines: gruselig.

Er war ein *Creep*, wie sie die Teenager an der Bushaltestelle hatte sagen hören, auch wenn sie sich mit diesem Wort nicht sonderlich anfreunden konnte.

»Mein Verlobter kommt jeden Moment nachhause.«

Zeus ignorierte ihre Einwände, trat noch näher an sie heran und sie spürte, wie er ihr tief in die Augen sah. Sie erwiderte den Blick automatisch und spürte, wie sie das Gefühl hatte, dass ihre Beine beinahe nachgaben. Das alte Kribbeln erwachte zum Leben und die Schmetterlinge, die sie eigentlich nie wieder hatte fühlen wollen, tobten.

Hera schwieg, atmete etwas schneller und sah in Zeus' Augen, die so blau waren wie der Himmel.

Sie verlor sich beinahe in diesem Anblick und schließlich schaffte sie es, den Blick abzuwenden. Hera sah auf den Boden, während ihre Gedanken rasten. Sie musste sich etwas einfallen lassen.

Eigentlich war sie sich so sicher gewesen, dass sie ihm nicht begegnen würde.

Russland... So viel zu Russland, Eris!, tobte es in ihren Gedanken, Hera schluckte hart und sah weiterhin nicht zu ihm.

Sie konnte ihn nicht ansehen. Hera lehnte sich an die Tür, während Zeus sich ihr näherte. Sie spürte seinen Atem auf ihrer Haut, spürte seine Präsenz. Sein Körper versperrte ihr die Flucht, seine Arme stützten sich neben ihren Kopf ab und nur wenige Zentimeter war er von ihr entfernt.

»Geh und lass mich in Ruhe!«, murmelte sie, doch ihre Stimme war nicht so herrisch, wie sie sein sollte.

Sie blickte langsam wieder hoch und bemerkte, dass Zeus sie angrinste. Ihre Miene versteinerte und sie gab ihm einen kräftigen Schubs, der ihn von Hera wegkatapultierte. Hatte sie eben ihre göttliche Kraft benutzt? Hera wusste es nicht, doch sie sagte nichts mehr, während Zeus, der sich wieder zu seiner vollen Größe aufrichtete, zu ihr blickte.

»Du weißt, wer ich bin und du kannst spüren, was ich bin. Sag, Hera, weißt du nicht, wer du bist?«

Kapitel 11

*H*era blinzelte ihn missverständlich an, als seine Worte zu ihr durchdrangen. Er schien ihre Seele direkt erkennen zu können und sie fühlte sich ertappt, spürte, dass sie ihm ins Netz gegangen war. Noch immer konnte sie seinen warmen Atem auf ihrer Haut fühlen, wobei sich eine angenehme Gänsehaut bildete. Vorsichtig sah Hera auf und blickte direkt in die hellen Augen Zeus'. Sie schluckte.

»Das ist nicht mein Name«, erwiderte sie leise, konnte aber nicht verhindern, dass ihre Stimme sich belegt anhörte. Würde sie nun reagieren und auf seine Worte genauer eingehen, ihm versichern, dass sie nicht wüsste, wovon er denn sprach, ohne ihn auf den falschen Namen hinzuweisen, dann würde sie sich verraten.

Und das wollte sie nicht.

Zeus neigte den Kopf und sie sah auf den Boden, denn seine undurchdringlichen Augen schienen ihr direkt bis auf den Grund ihrer Seele sehen zu können. Als wäre sie ein Buch, das er geöffnet hatte, um nun Seite um Seite zu entziffern.

»Du weißt, dass das dein richtiger Name ist. Celia ist nur dein menschlicher Name, aber du heißt anders. Das weiß ich«, erklärte er ihr, doch sie schüttelte den Kopf.

Nicht in dieser Welt, schoss es ihr durch ihre Gedanken, doch sie widerstand und sprach diese nicht aus.

»Du täuschst dich. Ich weiß nicht, mit wem du mich verwechselst, aber hier liegt ein starker Fehler vor. Ich bin nicht die, von der du denkst, dass ich es bin«, wiederholte sie sich und schob sich elegant an Zeus vorbei. Sie trat ein paar Schritte zurück, ehe sie mit dem rechten Zeigefinger auf die Tür deutete.

»Geh. Du hast hier nichts verloren. Wir kennen uns nicht!«

Doch nun war es Zeus, der seinen Kopf schüttelte. Er folgte ihr und blieb erneut direkt vor ihr stehen, woraufhin sie sich an ihm vorbei schob und einen halben Meter in das Wohnzimmer trat.

»Du lügst. Wir kennen uns und das weißt du genau. Denn auf dem Olymp, da sind wir Mann und Frau. Leugne das nicht, Hera! Du weißt genau, was und wer du bist. Das kann ich spüren!«

Vielleicht konnte er das wirklich, Zeus hatte viele Kräfte, wobei viele von ihnen verborgen waren und nur selten zum Ausdruck kamen. Auch wussten nicht alle Götter von den verschiedensten Kräften, die in Zeus wohnten. Hera hatte nie das Ausmaß seiner Macht kennengelernt, nur als der Krieg zwischen den Titanen ausgebrochen war, da hatte sie erahnen können, was wirklich in ihm verborgen lag. Dennoch konnte und wollte sie nicht nachgeben.

»Du sprichst nur Unsinn. Ich habe genug, geh jetzt!«

Ihre Stimme wurde immer lauter, sie wiederholte ihre Worte ohne Unterlass. Zeus trat erneut auf sie zu und gerade als er direkt vor ihr stand, konnte sie die Glocke hören. Ein rettendes Geräusch und so ging sie rasch an Zeus vorbei und drückte auf den Knopf. Ein leises Piepen erklang und zeigte, dass sie gleich Besuch bekommen würden.

Hera drehte sich zur Seite und sah Zeus streng an.

»Du kannst hoffen, dass es nicht mein Verlobter ist«, sagte sie, auch wenn ihr durchaus bewusst war, dass dieser über einen Schlüssel verfügte und nicht auf die Glocke angewiesen war. Doch das würde sie Zeus garantiert nicht auf die Nase binden. Dieser schüttelte den Kopf und ging näher zu Hera.

»Wir sehen uns wieder, ich werde dir beweisen, wer du wirklich bist. Das kannst du mir glauben«, raunte er und ging an ihr vorbei. Kurz sah er über seine Schultern zu ihr zurück, ein Blick, der Hera durch Mark und Bein fuhr. Ihre Knie wurden weich und sie musste sich an der Türklinke festhalten, da sie fürchtete, den Halt zu verlieren.

Ihr Körper, auch wenn es ein Neuer war, reagierte durchaus heftiger auf ihn, als sie es jemals gedacht hatte. Sie schwieg, während er sich an dem Lieferanten vorbei-schob, nicht, ohne ihr erneut einen Blick zuzuwerfen.

Hera war erleichtert und auch skeptisch, da sie es so einfach geschafft hatte, ihn loszuwerden. Doch noch siegte die Erleichterung und so nahm sie die bestellten Pizzen direkt dankend an und gab ein großzügigeres Trinkgeld als sonst. Denn dank dieses Herrn war sie Zeus losgeworden.

Beruhigt stellte sie die beiden Pizzen ab und verschloss die Tür hinter sich gründlicher als sonst. Hera brauchte einen Moment, um sich zu sammeln und fuhr sich durch die hellblonden Haare. Schließlich setzte sie sich abermals auf das Sofa, hatte jedoch Angst, dass die Haustür sich erneut öffnen würde und Zeus zurückkehren würde. Sie wusste, dass eine Tür ihn nicht aufhielt. Auch das Schloss an dem unteren Eingang würde ihn nicht daran hindern, einfach zu ihr hochzukommen.

»So ein Mist«, fluchte sie leise und erhob sich schließlich erneut. Sie trat an das hohe Fenster und warf einen Blick nach unten auf die Straße. Doch kaum blickte sie nach unten, wünschte sie sich, sie hätte es nicht getan.

Zeus starrte ihr entgegen, mit seinen Händen in der Hosentasche stand er unter einer Straßenlaterne, die sich bereits eingeschaltet hatte, obwohl es noch nicht sonderlich dunkel geworden war.

Hera wurde bleich und zog augenblicklich die Vorhänge zu, während ihr Herz wie wild gegen ihre Brust klopfte. Ihr erster Instinkt war, nach Eris zu rufen und ihr zu befehlen, dass sie etwas gegen Zeus ausrichten sollte. Doch sie wusste, dass das Auftauchen der Göttin womöglich nur Aufmerksamkeit auf sich ziehen würde und außerdem... was sollte Eris gegen Zeus ausrichten, der doch deutlich stärker war als sie? Erst wenn diese seine Stärke in sich innehaben würde, könnte sie sich ihm gegenüberstellen. Doch noch war das nicht möglich. Erneut fluchte sie leise, als die Tür hinter ihr geöffnet wurde.

Hera drehte sich schnell um und ihr Herz rutschte in die Hose, als Lucien eintrat und die Haustür hinter sich erneut verschloss. Er runzelte die Stirn und sah sie verwirrt an.

»Was ist denn mit dir los?«, fragte er sie und trat schließlich auf sie zu. Sofort ging Hera mit schnellen Schritten zu ihm und warf sich in seine Arme. Als sie seine

Arme um ihren schlanken Körper spürte, durchfloss sie Erleichterung. Lucien war Zeus in jeder Hinsicht unterlegen, doch er wäre bestimmt nicht so dumm und würde einen Menschen angreifen. Zumindest wollte Hera daran glauben.

»Du siehst aus, als hättest du ein Gespenst gesehen«, sagte Lucien leise, als Hera sich etwas gelöst hatte und zu ihm hochblickte. Seine freundlichen Augen lächelten ihr beinahe entgegen und brachten sie dazu, ebenfalls ein kleines Schmunzeln zustande zu bringen. Sie schüttelte den Kopf.

»Nein, ich habe dich nur vermisst. Darf eine Frau ihren Verlobten denn nicht vermissen?«, fragte sie ihn und raubte sich einen kurzen Kuss von seinen Lippen. Was hätte sie auch sagen sollen? Die Wahrheit? Sie konnte sich vorstellen, dass Lucien die Wahrheit nicht gefallen würde – und sie konnte es ihm auch nicht verdenken. Denn auch ihr wäre die Wahrheit nicht sonderlich gut über die Lippen gerollt.

»Ich habe Pizza gekocht.«

Lucien musste lachen und schüttelte seinen Kopf.

»Gekocht? Eine Pizza? Oje… eher bestellt, oder?«, zog er sie auf und Hera musste nun auch leise lachen. Sie griff nach beiden Kartons und stellte sie auf den Couchtisch, ehe sie den Fernseher einschaltete.

»Du hast mich wohl ertappt«, sagte sie grinsend und ließ sich auf die weichen Polster sinken, ehe Lucien sich neben sie setzte. Sie öffneten die beiden Kartons und Hera schnappte sich ein Stück ihrer Pizza. Eine einfache Käsepizza mit Pilzen, so wie sie es am liebsten mochte. Lucien hingegen liebte Speck, Schinken und Salami auf seiner Pizza, etwas, das Hera gar nicht mochte.

Doch es war ihr auch nur recht, dass sie beide einen unterschiedlichen Geschmack hatten, was Essen betraf. Denn so musste sie ihre Sachen nicht mit ihm teilen, denn Lucien verabscheute Pilze.

Lucien zappte durch das Programm und Hera aß stillschweigend ihre Pizza, auch bekam sie kaum mit, welche Sendung gerade lief. Erst als Lucien sie anstupste und sie zu ihm hochblickte, merkte sie, wie abwesend sie gerade gewesen sein musste.

»Du bist heute so still«, sagte Lucien, der nach einem neuen Stück griff und genüsslich abbiss. Hera zuckte mit den Schultern.

»Ich stehe ein bisschen neben mir, es tut mir leid.«

Lucien musterte Hera besorgt, doch sie hatte sich bereits wieder abgewendet. Auch sie schnappte sich ein weiteres Pizzastück und blickte zu dem Fernseher, ohne wirklich mitzubekommen, welche Sendung gerade lief. Erst als der Abspann einsetzte, bemerkte Hera, dass sie so-eben ihre Lieblingssendung verpasst hatte.

Eine Soap mit allerlei Herzschmerz, Intrigen und nie enden wollenden Zwist.

Doch so sehr sich Hera an jedem anderen Tag darüber geärgert hätte, genauso sehr war ihr das gerade egal. Sie schluckte und verschlang noch das letzte Stück ihrer Pizza, ehe sie sich mit dem Kopf auf Luciens Schoß legte. Dieser hatte bereits aufgegessen, ehe Hera bemerkte, dass er sich die Hände an einer Serviette sauber wischte, bevor er ihr durch die Haare fuhr. Sie erlaubte ihm die Streichel-einheiten, genoss sie sogar.

»Wenn dich etwas bedrückt, dann sprich mit mir«, murmelte er leise, doch Hera antwortete nicht. Sie wollte ihn nicht noch mehr anlügen, als sie es ohnehin schon getan hatte.

»Möchtest du mich vielleicht doch nicht heiraten?«

Nun sah Hera ihn überrascht an, drehte sich so, dass sie mit dem Rücken auf dem Sofa lag und direkt zu ihm blickte. Doch er erwiderte den Blick nicht, er starrte in den Fernseher und auch er schien von dem Programm nichts mitzubekommen. Schuldgefühle stiegen in Hera auf, als sie bemerkte, wie besorgt er zu sein schien.

»Unsinn, ich kann es kaum erwarten, dich zu heiraten«, versuchte sie ihn zu beruhigen. Ein paar Schauspieler lachten im Hintergrund und auch die künstlichen Publikumslacher drangen zu ihr durch. Doch Lucien schien sie nicht mitzubekommen. Er blickte stattdessen zu Hera und seufzte laut auf.

»Celia, seit gestern wirkst du anders. Seit des An-trages!«, sagte er, doch insgeheim musste Hera ihm wider-sprechen. Es war Zeus, der sie so durcheinanderbrachte und nicht der Antrag. Doch das konnte sie ihm so un-möglich sagen!

»Du übertreibst!«

Lucien schüttelte den Kopf.

»Das tue ich nicht! Wenn du keine Lust hast, meine Frau zu werden, dann sag es mir gefälligst! Oder liegt es an einem anderen Mann?«, fragte er sie laut und Hera merkte, dass sie sich augenblicklich ertappt fühlte. Aber die

Wahrheit konnte sie ihm unmöglich sagen, es würde ihm das Herz brechen.

»Nein, und jetzt komm und küss mich, bevor du noch weiteren Blödsinn reden kannst«, forderte Hera. Sie lehnte sich zu ihm hoch und legte ihre Lippen direkt an seine. Sie hörte, wie er ihren Namen nuschelte, ehe er sich ebenfalls auf die Couch legte und sie dazu brachte, dass sie sich von einer Seite auf die andere legte.

Doch als sie die Augen schloss und Lucien weiterküsste, da tauchte nur ein Bild vor ihren Augen auf: Zeus.

Augenblicklich löste sie den Kuss, schmiegte sich in seine Arme und schloss die Augen. Es fühlte sich falsch an, Lucien zu küssen und dabei an Zeus zu denken.

Hera tat, als würde sie einschlafen und vernahm Luciens gefrustetes Seufzen. Doch sie ignorierte es, denn mehr als diesen Kuss konnte sie ihm in dieser Situation nicht geben.

Ihre Gedanken waren bei Zeus, als sie schließlich wirklich einschlief, in den Armen eines anderen Mannes, für den ihr Herz nicht schlug.

Die geheimnisvolle Insel Samos

Ein Wind umwehte Heras Haare, als sie inmitten der Bäume und Sträucher auf einer ihrer Lieblingsinseln Samos stand. Diese Insel hatte eine besondere Bedeutung für Hera, die weitaus tiefer ging.

Mit einem leichten Lächeln sah sie hoch in den Himmel, dorthin, wo der Olymp hinter den dichten Wolken und dem Himmelszelt verborgen lag.

Zeus und sie vereinte diese Insel, denn jedes Jahr erneuerten sie ihre heilige Hochzeit unter dem Lygosbaum. Ein großes Fest, zudem alle Götter eingeladen waren, die ihnen etwas bedeuteten. Aphrodite sprach jedes Jahr erneut ihren Segen über sie und Hera war stets überglücklich, wenn dieses Fest wieder stattfand. Gestern erst hatten sie und Zeus die heilige Hochzeit zum zwanzigsten Mal gefeiert.

Es war ein schönes Fest gewesen, doch nun war Zeus fort. Er hatte seinen Pflichten nachgehen müssen und Hera wusste nicht, wo er sich befand. Oder was er gar tat, denn weder überwachte sie ihn noch kontrollierte seine Handlungen. Sie vertraute Zeus, denn er hatte ihr nach einem weiteren seiner vielen Fehltritte versprochen, ihr nicht mehr solch einen Schmerz zuzufügen.

»Hera, es ist so weit.«

Hera drehte sich zur Seite und lächelte Echo, eine der Bergnymphen, an. Sie war jedes Jahr an ihrer Seite, wenn sie in dem Fluss Imbrasos ihre Jungfräulichkeit erneuerte. Dieses Ritual vollzog sie einmal im Jahr, direkt nach der heiligen Hochzeit, um wieder jung und rein zu sein.

So wie Zeus es sein sollte, auch er hatte ihr versprochen, diesem Fluss ab und an einen Besuch abzustatten, doch bis jetzt hatte er hierfür noch keine Verwendung gesehen.

Leicht nickte Hera ihr zu und folgte der braunhaarigen Nymphe durch die Bäume.

»Heute ist ein wunderschöner Tag«, sagte Hera leise und merkte, wie Echo sich zu ihr umdrehte. Sie schenkte ihr ein strahlendes Lächeln.

»Ja, ein wundervoller Tag, um ein Bad im Fluss des Imbrasos zu nehmen.« Echo Stimme war nicht mehr als ein Flüstern. Hera folgte ihr, der Nymphe, die mit wiegenden Schritten vorausging und den Weg zur heiligen Stätte kannte. Echo wirkte betrübt, besorgt und Hera verstand nicht, was ihr auf der Seele lag.

»Habe ich Euch schon die Geschichte von der Viper und der Sphinx erzählt?«, fragte die Nymphe in die Stille, als sie schließlich die heilige Quelle erreicht hatten. Hera neigte den Kopf. Echo erzählte ihr so oft Geschichten, sie war eine wahre Meisterin in diesem Gebiet.

Hera lauschte ihren Erzählungen stets gerne und war immer froh, wenn Echo etwas zum Besten gab.

»Nein, das hast du nicht. Eigentlich wollte ich nachher zu Zeus...«, murmelte Hera, doch Echo schüttelte eilig den Kopf. Fast so, als wollte sie Hera davon abhalten, nach ihrem Mann zu suchen. Was Hera eigenartig fand, sie hob eine Augenbraue, doch sprach sie sie nicht weiter darauf an.

»Eine Viper war es, die an einem schönen Tag«, begann Echo ihre Erzählung, doch noch bevor diese ihren ersten Satz beenden konnte, hob Hera die Hand, um sie zum Schweigen zu bringen.

Ein Kichern war zu hören, es war glockenhell, gefolgt von einer männlichen Stimme, die tief brummte.

»Nicht«, kicherte sie und Hera warf Echo einen scharfen Blick zu, die augenblicklich blass wurde.

»Darf ich vorschlagen, das Bad auf später zu verschieben?«, murmelte die Nymphe untertänig, doch Hera schüttelte entschieden den Kopf. Weshalb sollte sie es verschieben? Hera sah diesbezüglich keinen Anlass.

»Das glaube ich weniger.«

Echo ging einen Schritt zurück und legte ihre Hand an Heras Oberarm, die die Berührung mit einer raschen Bewegung zunichtemachte.

»Was fällt dir ein, mich anzufassen? Ich schwöre dir, wenn du mir etwas verheimlichst«, knurrte Hera und wurde erneut von dem hellen Kichern unterbrochen. Echo sah sie bittend an, doch Hera ging weiter, änderte den Weg und trat nun von dem heiligen Fluss fort. Stattdessen ging sie auf die kleine Lichtung zu, auf der sie sonst schöne Stunden mit den Nymphen verbrachte, in denen sie sangen und tanzten.

Sie schob die herunterhängenden Äste einer Lärche zur Seite, während Echo sich erneut an sie klammerte, mit dem leisen Wimmern, dass sie stoppen möge.

Doch daran dachte Hera nicht. Entschlossen ging sie weiter und erstarrte, als sie die Blätter zur Seite schob.

Zeus lag nackt mit einer der Nymphen auf der Lichtung, die sich verführerisch an seiner Seite räkelte.

»Du widerlicher Hund!«, schrie Hera laut auf und hörte im selben Moment, wie Echo leise schluchzte. Sie drehte sich zur Seite.

»Hast du davon gewusst? Sprich die Wahrheit!«, tobte Hera und bei jedem ihrer Worte zuckte die Nymphe zusammen. Dicke Tränen liefen ihr über die Wangen, ehe sie auf die Knie fiel.

»Hera, er hat mich gebeten, zu schweigen. Es tut mir so furchtbar leid«, schluchzte Echo leise und senkte demütig den Kopf. Die Dame, die an Zeus' Seite gewesen war, war bereits zwischen den Bäumen verschwunden, während ihr Mann sich ankleidete.

»Du hast mich hintergangen. Waren all die Geschichten nur Ablenkung? Erzähl mir endlich die Wahrheit!« Echo schluchzte leise weiter und nickte vorsichtig.

»Ja, ich musste es tun, es tut mir leid.« Heras Blick wich zu Zeus, der sie mit einem breiten Grinsen im Gesicht betrachtete. Hera hätte ihm am liebsten erwürgt, aber wusste zugleich, dass der König der Götter unantastbar war.

Er war stärker als sie alle und niemand durfte sich gegen ihn stellen.

Auch nicht Hera, obwohl sie seine Ehefrau war. Wenn sie Zeus nicht bestrafen konnte, so wollte sie ihre Wut anders freilassen. Ihr Blick glitt zu Echo. Ein Bauernopfer, doch das war es ihr wert. Vielleicht wäre es Zeus eine Lehre, auch wenn sie das nun stark bezweifelte.

»Bitte, Hera«, schluchzte Echo leise und hatte ihre Stirn an Heras Füße gelegt. Diese sah zu der braunhaarigen Nymphe vor sich und schüttelte entschieden den Kopf.

»Ich nehme dir als Strafe die Sprache. Du sollst auf ewig nur noch die letzten Worte wiederholen können, die an dich gerichtet sind«, fällte Hera ihr hartes Urteil und Echo zuckte zusammen. Immer wieder schluchzte sie auf und schüttelte den Kopf, doch Hera kannte keine Gnade. Sie beobachtete, wie eine goldene, fast durchsichtige Kugel aus Echos Körper emporstieg. Immer höher und höher, bis sie vor Heras Gesicht schwebte.

Kurzerhand umfasste Hera die kleine Kugel, während Echo ihren Blick auf sie gerichtet hatte, immer wieder den Kopf schüttelnd. Hera drückte zu, zerdrückte das schwebende Ding und Echo stieß einen erstickten Schrei aus, ehe sie zur Seite fiel. Einen Moment regte sie sich nicht, ehe ihr Körper zuckte. Sie setzte sich auf, öffnete den Mund, doch kein Wort drang über ihre Lippen.

»Sag mir Echo, was möchtest du mir erzählen?« Verhöhnte Hera die Nymphe, die sich an den Hals fasste und sie mit weitaufgerissenen Augen betrachtete.

»... mir erzählen«, wiederholte Echo und Tränen liefen über ihre Wangen. Hera schenkte ihr ein letztes freudloses Lächeln und wandte sich an Zeus.

War ihm das Strafe genug? Sah er nun, wozu sie fähig war? Doch er lächelte ihr entgegen, streckte die Hand nach ihr aus.

»Komm zu mir, meine Frau.«

Hera trat langsam an ihn heran, sah kalt zu ihm, während er noch immer die Hand nach ihr ausstreckte. Er lächelte und Hera verstand, während sie den Blick abwandte. Echo weinte weiterhin stumm um ihre verlorene Stimme, doch Zeus? Zeus hatte aus alldem nichts gelernt.

Für ihn war das hier nichts weiter als ein Spiel.

Kapitel 12

Zeus

Eine Zeit lang stand Zeus noch neben dem Haus, in dem Hera wohnte und starrte hoch zu dem Fenster, wo er sie noch gesehen hatte. Doch da, wo sie eben gestanden hatte, war nun ein Vorhang, der verhinderte, dass er zu ihr sehen konnte. Sie hatte ihn entdeckt, aber das störte ihn nicht.

Hera sollte ruhig bemerken, dass er hier war und dass er nicht aufgeben würde. Auch dass dieser schmächtige Kerl, den sie sich als Verlobten ausgesucht hatte, heimgekommen war, hatte er bemerkt. Er brauchte einen neuen Plan, denn seiner war nicht aufgegangen.

Sonst wäre Hera jetzt hier in seinen Armen und nicht oben bei diesem Idioten, den er nicht mochte.

Grummelnd verschmolz Zeus mit der Dunkelheit und nahm am Olymp wieder Form an. Doch an diesem Tag hatte er sich nicht in der großen Halle manifestiert, er hatte es vorgezogen, in seine Behausung zurückzukehren. Als oberster Gott hatte er das größte Anwesen, auch wenn die der anderen Götter nicht minder klein waren, und es lag am weitesten oben im Himmel. Wenn er auf seine Terrasse, die mit exotischen Pflanzen bewuchert war, trat, dann konnte er alles überblicken und achtgeben. Fenix, Heras unsterblicher Pfau, stolzierte durch den Garten, doch seit ihrem Verschwinden hatte er seine Federn nicht mehr zum Rad geschlagen. Er gab einen kläglichen Anblick ab und Zeus wusste, dass auch er Hera vermisste.

Auch an diesem Tag trat er hinaus auf die Terrasse und verschränkte die Arme vor seiner Brust, als er spürte, wie sich jemand neben ihm manifestierte.

»Zeus«, hörte er eine liebliche Stimme flüstern, die er nur allzu gut kannte. An anderen Tagen freute er sich, sie zu sehen, doch heute ahnte er, dass sie nur hier war, um ihm auf die Nerven zu gehen. Er rollte mit den Augen, noch ehe er sich ihr gänzlich zuwandte.

»Aphrodite.«

Die Göttin der Liebe, die mit verschränkten Armen vor ihm stand, stieß einen lauten Seufzer aus und schüttelte über seine Begrüßung den Kopf.

»Was machst du nur für Sachen! Du bedrängst sie!«, fiel sie direkt mit der Tür ins Haus und Zeus wusste, dass seine Vorahnung recht behalten hatte – sie war hier, um ihm auf die Nerven zu gehen. Genau das hatte er an diesem Tag noch gebraucht. Erneut rollte Zeus mit den Augen und drehte sich von ihr fort, was sie mit einem energischen Räuspern quittierte.

Zeus schwieg, doch Aphrodite schien das egal zu sein. Sie war wohl hier, um ihn zur Rede zu stellen, ob er wollte oder nicht. So drehte er sich doch wieder zu ihr und warf ihr einen scharfen Blick zu.

Andere wären davon möglicherweise eingeschüchtert, doch nicht Aphrodite, sie verschränkte die Arme vor der vollen Brust und hob eine Augenbraue. Fenix spazierte an ihnen vorbei und warf Zeus einen bitterbösen Blick zu.

Als ob er etwas dafür könnte, dass Hera sich ihm nicht öffnen wollte! Das war nicht seine schuld!

»Wir sollten dringend an deinen Flirtversuchen arbeiten! Wo ist dein Charme hin, der dich damals in so viele Schwierigkeiten gebracht hat?«, fragte sie ihn fast schon verzweifelt und Zeus zuckte mit den Schultern.

»Er war nie fort.«

»Das bezweifle ich stark. Du hast nicht gesehen, was ich gesehen habe.« Aphrodite ging an ihm vorbei und setzte sich auf einen großen Stein, ehe sie mit ihren Fingern durch ihr helles Haar glitt. Sie drehte sich zu Zeus und deutete ihm, dass er sich zu ihr setzen sollte. Fenix war mittlerweile wieder zwischen den exotischen Pflanzen verschwunden.

»Muss das sein?« Aphrodites harter Blick war Antwort genug und so gab Zeus nach, vertraute auf die Hilfe der Liebesgöttin, und setzte sich ihr gegenüber. Kaum als er saß, lehnte sie sich zu ihm und klimperte mit den langen Wimpern. Zeus seufzte laut auf.

»Du warst nicht sonderlich nett zu ihr. Das habt ihr alle drei gemeinsam, ihr seid richtige Rüpel! Da wundert es mich nicht, dass noch niemand erfolgreich gewesen ist!«

Zeus schnaubte. Wie weit Hades bei seiner Suche bereits gekommen war, das wusste er nicht, aber er wusste, dass Poseidon bereits in Griechenland eine Frau gefunden hatte, die er für Amphitrite hielt.

»Na und? Damals habe ich sie auch für mich gewinnen können!« Doch das stimmte Aphrodite nicht um. Sie verdrehte die Augen und stieß einen glockenhellen Seufzer aus, der sämtlichen Erdenmännern den Kopf verdreht hätte.

Doch nicht Zeus, denn er war gegen Aphrodites Charme immun.

»Du hast sie damals überlistet. Das kann man nicht mit einem richtigen Werben vergleichen!«

»Na und? Dann werde ich es dieses Mal eben genauso machen!«, erwiderte Zeus stur und blickte demonstrativ an ihr vorbei. Er war der König der Götter und er mochte es nicht, dass sich Aphrodite so in sein Leben einmischte. Er wusste, dass sie es an sich nur gut meinte, aber dennoch war es ihm zutiefst zuwider, dass irgendjemand ihm sagte, was er zu tun und zu machen hatte. Auch wenn sie es vielleicht wirklich besser wusste.

»Zeus! Jetzt sei kein bockiges kleines Kind! Du solltest eher dankbar sein, dass ich dir helfen möchte!«, echauffierte sich Aphrodite direkt. Zeus konnte sich denken, dass sie in anderen Fällen bereits gegangen wäre, doch hier lag auch ihr Wohl und ihre Zukunft am seidenen Faden.

Zeus hatte keine große Lust, sich über das Thema zu unterhalten. Ungeduldig blickte er zu Aphrodite.

»Ich hatte in meinem Leben genug Liebschaften, ich weiß, wie ich Frauen um den Finger wickeln kann.«

Aphrodite schien mit jeder seiner Aussage mehr zu verzweifeln. Sie schüttelte erneut den Kopf, wie schon so oft und Zeus hoffte, dass sie davon nicht bald ein Schädel-hirntrauma davontragen würde.

»Da ist auch das Problem, Zeus! Du sprichst von Liebschaften, aber das mit Hera, das ist doch mehr, oder?«, hakte sie nach.

Zeus hob eine Augenbraue.

»Natürlich ist da mehr mit Hera. Was soll die Frage? Sie ist meine Ehefrau!«, erwiderte Zeus energisch, woraufhin Aphrodite leicht nickte. Mit dieser Antwort schien sie tatsächlich mehr zufrieden zu sein als mit seinen vorherigen.

»Dann behandle sie auch anders! Wenn sie mehr für dich als eine Liebschaft ist, dann verhalte dich nicht so, als wäre sie eine!«, rügte Hera ihn direkt und Zeus verdrehte die Augen.

Als ob er das nicht selbst wüsste!

»Was hast du denn jetzt vor?«, lenkte Aphrodite nun das Gespräch in eine andere Richtung, die Zeus nicht so rasch erwartet hatte. Überrascht sah er zur Seite und neigte den Kopf etwas.

»Ich werde mir ausdenken, wie ich sie überlisten kann und sie dazu bringe, mich wieder als ihren Ehemann und König anzusehen.«

Aphrodite erwiderte einen Moment nichts, ehe sie sich zu Zeus lehnte und ihm mit der flachen Hand gegen den Hinterkopf schlug. Zeus fluchte, hatte damit nicht gerechnet und warf ihr einen strengen Blick zu.

»Wie kannst du es wagen?«, polterte er direkt, doch sie blieb unbeeindruckt.

»Die Frage stellt sich eher, wozu du Ohren und Gehirn hast, wenn du beides nicht benutzt! Kannst du dich nicht an das erinnern, worüber wir eben noch gesprochen haben? Zeus! Du solltest sie nicht überlisten, sondern ihr zeigen, dass du ein Mann bist, in den man sich verlieben kann!«

Erneut legte sich Stille über sie und Zeus stieß einen lauten Seufzer aus.

»Und wie soll ich das anstellen?«, fragte er sie. Er konnte nicht verhindern, dass sich seine Stimme genervt anhörte und er wollte diesen Aspekt auch nicht verbergen. Er hörte ein Gemurmel weiter unten, lehnte sich etwas nach vorne und sah schließlich, dass ein paar Götter sich unterhielten. Er wusste nicht, was das Gesprächsthema war, doch er konnte sich sicher sein, dass jede Unterhaltung angenehmer wäre als jene, die er jetzt gerade mit Aphrodite führte.

Diese räusperte sich und zog seine Aufmerksamkeit erneut auf sich.

»Sprich mit ihr.«

»Das habe ich schon«, sagte Zeus wie aus der Pistole geschossen, doch Aphrodite schüttelte entschieden den Kopf.

»Glaub mir, du hast nicht mit ihr gesprochen, du hast sie bedroht und ihr Angst gemacht! Das ist ein Unterschied!«, erklärte sie. Zeus war alles andere als begeistert.

»Sprich in Ruhe mit ihr, interessiere dich für ihr menschliches Leben. Zeig ihr, dass du dich für sie interessierst, weil sie sie ist und nicht, weil sie deine Ehefrau war. Du kannst auch einfach nett zu ihr sein, Zeus. Nett sein ist nicht schwer.«

Sofort plusterte Zeus sich auf und erhob sich.

»Willst du mir damit etwa sagen, dass ich keine Manieren habe? Du stellst mich dar, als wäre ich ein Rüpel! Ein Titan, wie meine Eltern!«, tobte er direkt und Aphrodite duckte sich etwas unter seinem Ausbruch.

»Nein, aber versuch dein Temperament etwas zu beherrschen.«

Zeus schüttelte den Kopf und verschränkte die Arme vor der Brust. Er trat von den großen Steinen weg und nahm seinen Platz auf der Terrasse wieder ein. Aphrodite folgte ihm.

»Poseidon wirbt bereits richtig um Amphitrite. Er hat eingesehen, dass er mit seiner alten Art nicht weiterkommt«, versuchte sie ihm ins Gewissen zu sprechen, doch Zeus wollte von Aphrodite nichts mehr wissen. Er ignorierte sie und auch sie schwieg.

»Hera wusste immer mit mir umzugehen«, sagte er schließlich stur in die Stille, nachdem etliche Minuten vergangen waren. Im Augenwinkel sah er, wie Aphrodite leicht nickte.

»Das mag sein, aber wenn sie sich nicht an ihr altes Leben erinnert, dann kann es sein, dass sie das erst lernen muss. Und da hilft es nicht, wenn du dich wie die Axt im Wald verhältst! Was du schlussendlich tust, bleibt dir überlassen, aber du solltest eigentlich wissen, dass man mit Zucker mehr Fliegen fängt als mit Säure.«

Zeus schwieg, während Aphrodite verschwand und so stand er wieder allein vor seinem Anwesen. Vielleicht hatte Aphrodite recht mit dem, was sie sprach und möglicherweise sollte er sein Verhalten überdenken.

Er grummelte, als er sich abwandte und schließlich in sein Haus ging. Es unterschied sich nicht sonderlich von den Häusern der Menschen, nur war alles um ein Vielfaches goldener, glänzte mehr und er hatte nur die teuersten Möbel in sein Haus gestellt.

Auf einem eleganten, roten Sofa ließ er sich nieder und ein Weinbecher erschien in seiner linken Hand.

Er würde es auf Aphrodites Art versuchen, doch wenn er scheiterte, dann würde er die Göttin der Liebe für sein Scheitern zur Verantwortung ziehen.

Hera

Eilig hastete Hera durch die Straßen von Florenz und beeilte sich. Sie war tatsächlich zu spät, etwas, das sie sonst nie war. Normalerweise war sie stets pünktlich und meistens kam sie sogar viel zu früh zur Arbeit. Doch nicht heute. Hera warf einen Blick auf ihre goldene Armbanduhr, ehe sie leise fluchte.

»Verdammt!«, zischte sie und verfiel in ein Laufen. So schob sie sich durch die Straßen, vorbei an den Touristen und Einheimischen, die sie sonst immer nett begrüßt hatte, wofür aber heute keine Zeit blieb. Sie hatte die ganze Nacht durchgeschlafen und war am nächsten Morgen allein auf dem Sofa aufgewacht. Lucien war bereits gegangen und hatte sie nicht geweckt. Das war untypisch und sie nahm sich vor, heute Abend mit ihm zu sprechen.

Generell sollte sie sich mehr um ihren Verlobten kümmern. Ein schlechtes Gewissen nagte an ihr und sie kam sich fürchterlich vor, denn schließlich schrie ihr Herz einen anderen Namen, wenn sie Lucien küsste. Sie wusste, es war nicht klug, Zeus zu lieben, doch sie hatte nie damit aufgehört. Sie konnte das nie stoppen und hatte die Gefühle stattdessen begraben, wissend, dass er ihr nicht über den

Weg laufen und die Emotionen wieder an die Oberfläche bringen würde.

Doch nun war alles wieder hochgekommen, wie ein Vulkan hatten sich die Emotionen ihren Weg nach oben gebahnt und warfen Heras Leben komplett aus seiner Bahn. Und Lucien? Er war der Leidtragende, er war der Belogene und Betrogene. Denn war es nicht bereits Betrug, wenn sie an einen anderen Mann dachte, wenn sie in Lu-ciens Armen lag? Hera schüttelte eifrig den Kopf und lief schneller.

Daran wollte sie gerade nicht denken, sie war ohnehin schon viel zu spät dran! Schließlich passierte sie das Tor des Kindergartens und hastete eilig in die Eingangshalle, in der bereits die letzten Mütter ihre Kleinen verabschiedeten. Ein kleines Mädchen, das in Heras Gruppe war, kicherte und hielt sich die Hand vor den Mund, als Hera zu ihm blickte.

»Antonia!«, murmelte die Mutter des Kindes und blickte Hera entschuldigend an. Hera verstand nicht und sah an sich herab. Erst jetzt bemerkte sie, dass sie ihren Rock falsch herum angezogen hatte und das kleine weiße Schildchen gut sichtbar war.

Augenblicklich wurde Hera rot. So etwas war ihr noch nie passiert! In keinem ihrer vielen Leben! Sie schob sich hastig an den Eltern vorbei.

»Entschuldigung«, murmelte sie und stürzte in den kleinen Raum, der den Mitarbeitern vorenthalten war. Sie spürte, dass die Augenpaare der Mütter fast schon verächtlich auf ihr lagen. Bestimmt würden sie sich die Mäuler über sie zerreißen.

»Sie ist sonst nie zu spät«, konnte sie trotz der geschlossenen Tür hören, während sie sich rasch den Rock richtig herum anzog.

»Ja, und sie ist immer richtig angezogen. Was da nur los ist?«, erwiderte die andere Mutter durch die Tür hindurch. Hera verdrehte die Augen.

»Vielleicht hat sie zuhause Probleme. Isabella hat mir erzählt, dass sie sich verlobt hat.«

»Vielleicht ist sie auch schon schwanger?«

»Das wäre möglich! Oder sie ist nicht so perfekt, wie sie sonst immer tut!«

Hera schüttelte erneut den Kopf über die Worte der Mütter und riss fast schon die Tür auf, durch welche sie wieder in die Eingangshalle trat. Mit einem Lächeln auf den Lippen, das nicht zeigte, dass sie jedes der Wörter genau gehört hatte, wandte sie sich an die Eltern.

»Ich wünsche Ihnen einen verspäteten guten Morgen. Heute Nacht hatten wir einen Stromausfall und mein Handy hatte nicht genug Akku, um mich heute zu wecken«, erklärte sie mit rauen Worten, ehe sie den Kindern zunickte und ihnen deutete, dass sie ihr folgen sollten.

»Na kommt, jetzt los in die Gruppe! Die anderen warten bestimmt schon auf uns!«, sagte sie fröhlich zu den Kindern, die ihren Müttern noch zuwinkten und schließlich mit Hera mitgingen.

Diese ließ die Lästermäuler stehen und betrat den Raum, in dem ihre Gruppe verweilte. Elenore blickte auf, sie hatte sich mittlerweile um die Kinder gekümmert und die beiden, die sich an Heras Händen festhielten, ließen Hera los und stürmten auf ihre Freunde zu.

»Du bist zu spät, so kenne ich dich gar nicht«, zischte Elenore Hera zu, die kurz den Kopf senkte.

»Es tut mir leid, wir hatten einen Stromausfall und mein Handywecker hatte nicht geläutet, da der Akku leer war. Es wird nicht wieder vorkommen.«

Elenore presste die Lippen zusammen, nickte Hera jedoch zu und seufzte auf.

»Kein Problem. Die anderen kommen immer zu spät, ich bin dieses Verhalten nur nicht von dir gewohnt.«

Hera spürte, wie Elenores Blick an ihr entlangglitt. Fast so als würde sie nach etwas suchen. Fragend sah Hera zu Elenore, während die Kinder bereits im Hintergrund tobten und spielten.

»Hast du dich nicht verlobt? Isabella hatte das gestern erzählt. Von dir erfährt man ja auch nie etwas!«

Hera zog kurz den Kopf ein, ehe sie leicht nickte.

»Das habe ich. Aber ich habe den Ring zuhause gelassen, ich wollte ihn hier nicht verlieren. Du weißt doch, wie stürmisch es hier ab und an zugeht! Das wollte ich nicht riskieren.« Diese Antwort schien Elenore zufrieden zu stellen, sie strich Hera über den Oberarm, ehe sie nickte.

»Na gut, ich muss jetzt wieder meine Arbeiten weitermachen. Du kommst ja hier zurecht.«

Hera sah der Leiterin nach, ehe sie sich seufzend setzte und den Kindern dabei zusah, wie sie verschiedenste Spiele spielten. Dass sie Angst hatte, den Ring zu verlieren, war nur die halbe Wahrheit. Eigentlich konnte sie es nicht mit ihrem Gewissen vereinbaren, den Ring eines Mannes zu tragen, den sie nicht liebte.

Doch das konnte sie so natürlich nicht sagen. Mit jeder weiterer Stunde wurde Hera umso bewusster, dass sie noch immer mehr an Zeus hing und ihn mehr liebte, als es ihr guttun würde.

Seufzend erhob sie sich und trat auf die Kindergruppe zu. Sie musste sich ablenken. Ganz eindeutig.

***

Jenna umarmte Hera leicht und diese drückte das kleine Mädchen an sich.

»Bis morgen«, sagte Jenna und löste sich von Hera, die leicht nickte und sich wieder gerade aufrichtete, da sie während der Umarmung in die Knie gegangen war.

»Bis morgen, Jenna.«

Hera winkte dem Mädchen, das sich an der Hand seiner Mutter festhielt und ihr ebenfalls erneut zuwinkte. Mit einem Lächeln schloss Hera die Tür hinter sich und betrat das kleine Zimmer, in dem sich die Mitarbeitersachen befanden. Jenna war das letzte Kind, das abgeholt worden war und somit konnte Hera heute gehen. Eigentlich hatte sie Jenna auch in die andere Gruppe geben können, doch da sie sowieso ein schlechtes Gewissen gehabt hatte, war sie länger geblieben und hatte sich um die Betreuung des kleinen Mädchens gekümmert.

Das hatte zwar nur eine halbe Stunde in Anspruch genommen, dennoch fühlte Hera sich nun deutlich besser und das schlechte Gewissen war ein wenig abgeebbt. Beim Gehen winkte sie noch Elenore, die sich in der zweiten

Gruppe befand und gerade ein Gespräch mit Isabella führte, die ebenfalls die letzten Kinder ihrer Gruppe be-treute.

Langsam verließ Hera das Gebäude, doch obwohl sie sich sonst auch immer auf ihr Zuhause gefreut hatte, heute wollte sie nicht heimkommen. Sie wusste, dass es gestern Abend zwischen ihr und Lucien nicht gut gelaufen war und am liebsten würde sie diesem Problem so lange aus dem Weg gehen, bis es sich von selbst gelöst hatte.

Doch Hera wusste, dass es utopisch war, auf so etwas zu hoffen. Kurz überlegte sie, ob sie ein Treffen mit Matteo und Isabella arrangieren sollte, doch entschied sich da-gegen. Die Lösung konnte nicht darin liegen, das Gespräch auf die lange Bank zu schieben. Sie sollte es lieber hinter sich bringen. Und sich in Erinnerung rufen, dass sie und Lucien gut zusammenpassten. Zwar liebte ihr Herz Lucien nicht, aber er war ein guter Mann und sie hatte schon viele Leben gehabt, in denen sie zwar auch einen tollen Griff bei Männern gehabt hatte, aber verglichen mit allen Leben war Lucien wirklich besonders.

Aber reichte das?

Hera seufzte auf und zog die Jacke enger um ihren Körper, als sie das Gelände des Kindergartens verließ.

»Arbeitest du immer so lange?«

Bei dem Klang der rauen Stimme zog sich eine Gänse-haut über ihre Oberarme und Hera war froh, dass diese unter einer Jacke versteckt waren. Ihre Kehle wurde trocken, als sie sich zur Seite drehte.

Zeus.

Sie hatte ihn am Klang seiner Stimme erkannt, ohne ihn direkt ansehen zu müssen.

»Was willst du hier? Bist du ein Stalker?«, fragte sie ihn seufzend und setzte ihren Weg fort. Unter anderen Umständen hätte sie einen Umweg gemacht, doch da er ohnehin schon wusste, wo sie wohnte, musste sie das nicht mehr geheim halten.

Zeus ging direkt neben ihr her und das überraschte Hera nicht. Sie hatte damit gerechnet, dass er sich an ihre Fersen heften würde, wenn er ihr schon auflauerte.

»Wäre es schlimm, wenn ich einer wäre?«, fragte Zeus und Hera bemerkte, dass er versuchte seinen ganzen Charme in die Stimme zu legen. Doch leider passte seine Stimmlage nicht zu dem, was er gesagt hatte. Wusste er überhaupt was ein Stalker war? So wie Zeus sie ansah, bezweifelte sie das ganz stark.

»Ähm, ja? Das wäre wirklich unheimlich.«

Hera verdrehte innerlich die Augen, während sie langsam weiterging. Sie spürte einen Griff an ihrem Oberarm, der sie doch zum Stoppen brachte und drehte sich verdutzt zu Zeus, der ebenfalls stehengeblieben war.

Ernst sah er ihr entgegen.

»Was willst du von mir?«, herrschte sie ihn an. Auch wenn ihre Seele ihm verfallen war, sie wollte nicht wieder auf ihn hereinfallen. Eine Beziehung mit Zeus bedeutete Tränen und Schmerz.

Und das wollte sie nicht mehr.

»Ich möchte mit dir sprechen.«

Hera erwiderte nichts, sondern sah auf den Boden.

»Bitte«, fügte er leise hinzu. Hera dachte einen Moment nach, ehe sie sich schließlich einen Ruck gab.

»Na gut. Ein Kaffee, mehr nicht.«

Vielleicht würde er sie dann ziehen lassen.
Vielleicht.

Kapitel 14

Bildete sich Hera das nur ein, oder war Zeus erleichtert? Hera neigte den Kopf und ließ ihren Blick über sein Gesicht schweifen.

Tatsächlich schien er nicht mit dieser Antwort gerechnet zu haben, denn er sah sie einen Moment verwirrt an, ehe er ihr zunickte.

»Gut, du darfst dir das Café aussuchen«, erklärte er ihr gnädiger Weise und Hera widerstand dem Drang, innerlich mit den Augen zu rollen.

Stattdessen nickte sie und ging voran, während Zeus ihr direkt folgte. Schweigend steuerte sie ihr Lieblingscafé an, ein kleines, heimisches Lokal an der Kreuzung einer engen Gasse. Es wirkte unscheinbar und war von allerlei Blumen beinahe verhüllt, doch Hera kam oft hierher. Die alte Kellnerin, Louise hieß sie, begrüßte sie bereits von weitem, war aber überrascht, dass sie mit Zeus auftauchte und nicht Lucien oder Isabella im Schlepptau hatte. Normalerweise kam Hera mit ihnen hierher oder auch allein, wenn sie früher Feierabend hatte.

»Hallo, Celia. Wer ist denn das?«, begrüßte die alte Dame sie direkt neugierig. Die alten Augen wanderten misstrauisch über Zeus' Gestalt, während sie abschätzend mit der Zunge schnalzte. Sie war eine kleine Frau, jedoch äußerst schlank und wirkte deutlich jünger, als sie war. Hera wusste, dass Louise bereits weit über siebzig Jahre alt war, doch optisch sah sie höchstens aus wie fünfzig.

Zeus blickte sie ebenso abfällig an, woraufhin Hera eine Augenbraue hob und ihm deutete, dass er sich setzen sollte.

»Das ist mein Cousin, Zeus. Zeus, das ist Louise.«

Zeus nickte als Begrüßung, während die Alte sofort erleichtert wirkte. Sie deutete auf einen kleinen Ecktisch im hinteren Bereich des Cafés, Heras Lieblingsplatz. Sie war froh, dass dieser frei war, wünschte sich aber gleich-zeitig auch einen belebteren Platz, wo sie mehr Ablenkung hätten.

Immerhin konnte sie sich denken, weshalb Zeus mit ihr sprechen wollte.

»Wie gut, dass das dein Cousin ist! Nichts für ungut, Jungchen, aber du siehst aus wie ein Macho, ein Frauen-held, der Herzen bricht. Und gegen so einen wie dich sollte Celia ihren Lucien nicht austauschen!«, plauderte Louise direkt, während Hera sich auf dem Platz gegenüber von Zeus niederließ. Sie verdrehte innerlich die Augen.

Wenn du wüsstest, Louise.

»Wie immer, Liebchen?«, fragte Louise Hera, welche langsam nickte.

»Ja, bitte. Und heute bitte einen deiner Cookies!« An Tagen wie heute verlangte Heras Körper beinahe nach Schokolade. Bei dem, was sie gerade durchmachte, über-raschte es sie eher, dass sie das Zeug nicht kiloweise in sich stopfte.

»Für mich einen schwarzen Kaffee bitte.«

»Schwarz wie deine Seele, nicht?«, trällerte Louise und Hera kicherte leise. Zeus' Gesicht verfinsterte sich, während die alte Dame ihn wohl als neuestes Opfer auserkoren hatte.

Er zischte etwas Unverständliches und Hera wusste instinktiv, dass das nichts Nettes gewesen war.

»Also, worüber möchtest du sprechen?«, fragte Hera ihn direkt und lehnte sich zurück. Zeus jedoch legte den Unterarm auf den Tisch und betrachtete Hera aus seinen himmelblauen Augen. Sie hielt seinem Blick stand, auch wenn es ihr schwerfiel und sie das Gefühl hatte, als stünde ihr Körper in Flammen.

»Darüber, wer du wirklich bist.«

Hera verdrehte die Augen.

»Jetzt fang nicht wieder damit an. Davon will ich nichts hören.«

Zeus jedoch seufzte laut auf.

»Es ist aber die Wahrheit. Du bist kein gewöhnlicher Mensch. Das spüre ich genau. Du bist eine Göttin.«

Hera schwieg und war unendlich dankbar, dass Louise sie gerade unterbrach, indem sie ihnen die Getränke brachte. Neben Heras Tasse stellte sie einen kleinen Teller ab, auf dem ein Schokoladencookie lag, nach welchem Hera direkt griff.

»Danke, Louise.«

Die alte Dame lächelte und tätschelte Heras Hand, ignorierte aber Zeus, der sich ebenfalls bei ihr bedankte. Sie schwiegen, bis Louise sich den anderen Gästen, die weiter vorne im Lokal saßen, zugewandt hatte.

»Sie kann dich wirklich nicht leiden«, versuchte Hera das Gesprächsthema zu wechseln, doch Zeus zuckte nur mit den Schultern.

»Das ist egal, ich bin wegen etwas anderem hier. Deinetwegen... Hera, nochmal, du bist kein Mensch.«

Zeus wiederholte sich, um Hera wohl wieder zurück zu dem Thema zu holen, bei welchem sie sich eigentlich hatte rausreden wollen. Zeus schien hierfür keine Gnade zu kennen und so seufzte Hera leise auf.

»Du irrst dich, ich bin ein Mensch wie jeder andere auch. Wie kommst du darauf, dass ich Hera heiße und eine Göttin sein soll? Das ist lächerlich! Ich bin nur Celia, mehr nicht!«, erklärte sie ihm direkt, doch Zeus schien das nicht gern zu hören. Er schüttelte den Kopf bei ihren Worten.

Hera griff nach ihrer Tasse und nahm einen kleinen Schluck von dem Milchkaffee, ehe sie nach dem Keks griff und begann, an diesem zu knabbern.

Sie versuchte sich auf ihn zu konzentrieren und Zeus auszublenden, doch das war alles andere als einfach.

»Ich weiß es, weil ich es spüren kann. Ich bin Zeus, König der Götter, und ich spüre, wer an meine Seite gehört. Das bist du, Hera. Oder Celia, wenn ich dich lieber so nennen soll.«

Hera blinzelte etwas, zuckte dann aber mit den Schultern.

»Ich glaube dir nicht und ich habe bereits bessere Anmachsprüche als diesen gehört.«

Eine klare Abfuhr, aber so wie sie Zeus kannte, würde er sich davon nicht beeindrucken lassen. Tatsächlich griff er über den Tisch hinweg nach ihrer Hand, drückte sie sanft und Hera hob den Blick. Zeus' Blick grub sich ihr tief in die Seele und sie musste schlucken. Von der Berührung an ihrer

Hand ging eine Energie aus, die sie lange nicht mehr gespürt hatte.

Göttliche Kräfte durchströmten ihren Körper, die nicht ihre eigenen waren. Suchte er so nach der Kraft in ihrem Körper? Konnte er spüren, was in ihr schlummerte?

Beinahe panisch riss Hera ihre Hand los.

»Was soll das? Fass mich nicht an! Sonst schreie ich und Louise wirft dich raus. Sie kann ganz schön ungemütlich mit Männern werden«, drohte Hera ihm nun direkt. Doch auch davon schien Zeus nicht beeindruckt zu sein, er seufzte auf und neigte den Kopf.

»Hera, was muss ich noch tun, damit du erkennst, wer du bist und was du bist? Fühle in dich, da ist mehr. Hast du das vorhin nicht gespürt? Hast du nicht bemerkt, was durch deinen Körper geschossen ist?«

Hera schüttelte heftig mit dem Kopf.

»Nein. Du bist doch komplett verrückt! Was auch immer du hier tust oder mit mir vor hast ... hör auf damit. Das meine ich wirklich ernst!«, rief sie ihm ins Gedächtnis.

»Hera...«, begann Zeus, doch Hera hob die Hand.

»Celia. Merk dir das, mein Name ist Celia.«

Zeus stieß einen Seufzer aus.

»Na gut, Celia, warum willst du nicht erkennen, dass du mehr bist, als du denkst? Wenn du mir nicht glaubst, dann kann ich dir beweisen, dass ich ein Gott bin. Nichts wäre einfacher!«

Hera biss erneut von ihrem Schokoladenkeks ab und warf Zeus einen strengen Blick zu.

»Du musst nichts beweisen, denn das, was du beweisen möchtest, ist absolut unlogisch. Damit verschwende ich keine Zeit. Dafür ist sie mir viel zu kostbar, hörst du!«, murmelte sie. Erneut nippte sie an ihrem Getränk und auch Zeus tat es ihr gleich.

Er nahm ebenfalls einen Schluck seines Kaffees, ehe er die Tasse wieder abstellte. Sie konnte seinen Blick deutlich auf sich spüren. Es machte sie nervös, ließ die Schmetterlinge, die mittlerweile riesig sein mussten, in ihrem Bauch hin und her fliegen.

Sie lehnte sich zurück und rutschte mit dem Stuhl ein paar Zentimeter nach hinten, um ihn nicht berühren zu müssen. Und um ja nicht von ihm berührt zu werden.

Draußen verdunkelten sich die Wolken, was Hera daran merkte, dass die Straßenlaternen sich einschalteten. Sie neigte den Kopf und warf einen kurzen Blick auf die Uhr. Es war noch nicht einmal Abend, es war erst Nach-mittag. Noch nie hatten sich die Straßenlaternen um diese Zeit eingeschaltet. Einen Wimpernschlag später fielen dicke Regentropfen vom Himmel, wie ein Wasserschwall. Es war kein leichter Regen, ein Unwetter prasselte auf die Stadt hinab.

Hera wurde bleich und wollte nicht zu Zeus sehen.

»Das war ich.«

Sie schnaubte.

»Das kann jeder sagen«, murmelte sie abweisend, auch wenn sie genau wusste, dass er dahintersteckte. Er demonstrierte seine Kräfte. Zumindest die paar, die er nach ihrem Tod nicht verloren hatte.

»Aber es entspricht der Wahrheit. Ich bin ein Gott, -«

Hera wollte nichts mehr hören. Sie sprang auf und griff nach ihrer Tasche, die sie während des Gesprächs auf den Boden gestellt hatte.

»Du spinnst doch, sprich mich nie wieder an«, zischte sie ihm zu und hastete Richtung Ausgang.

»Louise? Er bezahlt!«

Mit diesen Worten stürmte sie nach draußen, nach draußen in den Regen.

Dass sie patschnass werden würde, das war ihr gleich.

Sie wollte nur noch weg.

Weg von Zeus.

.

Kapitel 15

Wutentbrannt stürmte Hera aus dem Lokal, vorbei an Louise, die ihr verwirrt hinterher sah. Sie wusste, dass die ältere Dame sie bei ihrem nächsten Besuch auf den Vorfall ansprechen würde, doch es war ihr gleich. Sie konnte die Worte von Zeus nicht mehr hören, hielt es nicht mehr aus, in seiner Gegenwart zu sein.

Er hatte recht, das wusste sie, aber sie konnte und durfte nicht nachgeben. Welches Leben hatte sie an seiner Seite schon zu erwarten? Hera war es leid, die Betrogene zu sein. Sie hatte keine Lust mehr, sich von ihm hinter-gehen zu lassen. Jetzt machte er ihr schöne Augen, jetzt warb er um sie, aber weshalb?

Sie war sich sicher, dass er das nur aus einem Grund tat: wegen seiner Macht. Er wollte seine Macht zurück und dafür brauchte er Hera. Doch was wäre, wenn er sie zurückerhalten hatte? Würde er sie dann wegwerfen wie Müll, der nicht mehr benötigt wurde? Nein, so sehr ihr Herz auch ihm gehörte und nach ihm verlangte, sie durfte nicht zulassen, dass ihr dummes Herz gewann.

Sie schüttelte den Kopf, hastete durch den Regen. Ihre Haare hingen ihr nass ins Gesicht, klebten an ihrer Wange, doch das alles bekam Hera nur vage mit. Sie stolperte weiter, stieß gegen ein paar Passanten und ignorierte die Beschimpfungen, die man ihr entgegenbrachte.

Hera blinzelte.

Erst jetzt bemerkte sie, dass Tränen über ihre Wange hinabliefen, und sofort ärgerte sie sich darüber. Sie wollte nicht wegen Zeus weinen! Nicht wegen ihm! Hera betastete ihre Wangen, schüttelte den Kopf und lief weiter.

Eilig hastete sie durch die Gassen, bis sie schließlich vor ihrem Haus zum Stehen kam. Hektisch kramte sie in ihrer Handtasche nach dem Schlüssel und es dauerte eine kleine Ewigkeit, bis sie endlich das Schloss entriegeln konnte. Immer wieder hatte sie das Schlüsselloch verfehlt oder war mit dem kleinen, silbernen Schlüssel abgerutscht. Sie ließ die Tür hinter sich zufallen und erst jetzt erlaubte sie sich einen Moment der Ruhe.

Mit lauten Schluchzern ließ sie sich auf eine der Stufen nieder und weinte. Tausend Gedanken schossen durch ihren Kopf, tausende Emotionen. Ständig kreisten ihre Erinnerungen um Zeus und in ihr tobte ein Wechselbad der Gefühle. Liebe vermischte sich mit Schmerz, wenn sie sich an die vielen Situationen zurückerinnerte, in denen er sie betrogen hatte oder nach anderen Frauen Ausschau gehalten hatte.

Die schönen Stunden wurden von dem gebrochenen Stolz überschattet, wenn er erneut bei einer anderen gelegen hatte. All das strömte durch ihren Kopf und Hera verstand eines nicht: wieso ihr dummes Herz nicht damit aufhören konnte, Zeus zu lieben. Weshalb es sich danach sehnte, wieder in seinen Armen zu liegen, wohl wissend, dass seine Treue nicht ihr galt. Das hatte sie nie. Es dauerte, bis sie sich beruhigt hatte und schließlich imstande war, langsam hoch in ihre Dachgeschosswohnung zu gehen. Vor der Haustür angekommen, fühlte sie sich in Sicherheit. Hier, hinter der dicken Mahagonitür, da war sie in Sicherheit. Sie schloss auch diese Tür auf, trat hinein und verschloss sie hinter sich. Ihr Blick glitt zu der kleinen Schüssel, in der die Schlüssel lagen und auch der Verlobungsring. Instinktiv nahm sie ihn und streifte ihn sich über. Fühlte sich das richtig an?

Langsam drehte sie sich um, Hera wollte nichts weiter, als auf die Couch zu flüchten und sich auszuruhen.

»Du hast lange gebraucht.«

Zeus' Stimme riss sie aus jedem Frieden, den sie vorhin mit sich geschlossen hatte und augenblicklich spürte sie, wie die Tränen erneut in ihre Augen schießen wollten.

Doch das erlaubte sie sich nicht, nicht vor ihm. Sie setzte eine strenge Miene auf, ging auf ihn zu. Dort saß er, direkt auf ihrem Lieblingsplatz auf dem Sofa, lehnte gegen die Kissen, als würde ihm hier alles gehören.

Er thronte förmlich auf den weichen Polstern und lächelte ihr entgegen. Doch sein Lächeln erstarb, als sein Blick den ihren traf. Augenblicklich setzte er sich auf, nahm die Beine vom Sofa und erhob sich.

»Du hast geweint.«

Keine Frage, eine Feststellung. Doch das wollte Hera nicht zugeben, nicht vor ihm. Entschieden schüttelte sie den Kopf und trat einen Schritt von ihm weg.

»Wie kommst du hierher?«, fragte sie, doch die Antwort war ihr bereits bekannt. Vor Zeus war nichts sicher, er konnte überall auftauchen. So wie jeder der Götter. Hera stieß einen Seufzer aus.

»Ich bin ein Gott, mich hindern weder Türen noch Mauern noch Fenster.«

Hera schüttelte den Kopf und deutete zur Tür.

»Weißt du, es ist mir egal, wie du hierreingekommen bist. Auch wenn du eingebrochen bist, das ist mir egal! Verschwinde einfach! Los!«

Ihre Stimme war kraftlos, auch wenn sie versuchte, so entschlossen wie möglich zu klingen. Langsam trat Zeus auf sie zu und sie spürte seine Finger an ihrer Wange. Sie wischten ihr sanft die Tränen zur Seite. Sie wollte zurückweichen, seiner Berührung entfliehen, doch ihr Körper gehorchte ihr nicht mehr.

Hera blieb vor ihm stehen, starrte hoch in seine Augen. Es war ihr egal, dass ihr perfektes Make-Up verlaufen war, sie konnte den Blick nicht von ihm abwenden. Zeus blickte ebenfalls zu ihr zurück und sie merkte, wie er ihr langsam näherkam. Doch noch bevor sich ihre Lippen berühren konnten, kam endlich wieder Bewegung in Heras Körper und sie legte ihren Zeigefinger auf seine Lippen.

»Stopp. Mach das nicht.«

Ihre Stimme war brüchig und sie konnte sehen, dass sich ein Lächeln auf seine Lippen stahl.

»Aber dein Körper sagt etwas gänzlich anderes.«

Das war die Wahrheit, aber sich das einzugestehen, dazu fehlte Hera der Mut.

»Ich bin verlobt«, erinnerte sie ihn leise, doch Zeus zuckte mit den Schultern. Sie sah ihn verärgert an. Natürlich schien er von Treue noch immer nichts zu halten! Sollte sie das überraschen? Das tat es nicht und doch fühlte sie sich in dem, was sie über Zeus dachte, nur bestätigt.

»Vielleicht als Mensch, aber in Wirklichkeit hast du immer nur zu mir gehört, Hera.«

Sie blinzelte ihn an und schüttelte den Kopf.

»Celia.«

Auch Zeus schüttelte den Kopf.

»Nein, Hera. Das weißt du genau. Du gehörst an meine Seite, auch wenn du es nicht wahrhaben möchtest.«

Heras Herz flatterte wie wild in ihrer Brust, während sie versuchte, sich von ihm fortzuschieben. Doch es miss-lang, er folgte ihr und duldete keinen Millimeter mehr Ab-stand zwischen ihnen, als er selbst bestimmt hatte.

»Du gehörst zu mir. Du gehörst mir.«

Hera schüttelte entschieden den Kopf.

»Nein, Zeus. Ich habe schon immer nur mir allein ge-hört. Und das werde ich auch immer tun, ich gehöre zu Lucien, aber ich gehöre mir. Ich gehöre niemandem außer mir selbst!«

Zeus schwieg einen Moment lang, doch dann lehnte er sich erneut über sie. Lange sah er in ihre Augen, während ihr Herz noch immer verräterisch raste. Erneut lehnte er sich über sie und sie spürte, wie er mit den Fingerkuppen über ihre Wange strich. Vorsichtig, langsam nach oben und unten.

Ihr Atem setzte aus, als er ihr näher kam als je zuvor und schließlich spürte sie seine Lippen auf den ihren.

Sie schmeckten wie damals, sie schmeckten nach Paradies und fruchtig süß, wie exotisches Obst. Wie jene

Früchte, die in ihrem gemeinsamen Anwesen das ganze Jahr über erblüht waren.

Seine Lippen bewegten sich langsam gegen ihre, fast so, als wollte er sie dazu animieren, mitzumachen. Doch sie war wie erstarrt in ihrer Bewegung, erstarrt in dem süßesten Kuss seit mehreren tausend Jahren.

Lucien, schoss es ihr durch den Kopf und langsam schob sie Zeus von sich fort.

Sie sah hoch zu ihm, blickte in die himmelblauen Augen und merkte, wie er ihr erwartungsvoll entgegenblickte. Er schien auf ihre Reaktion zu warten, doch sie blieb stumm.

Noch immer waren sie aneinandergedrückt, denn Zeus, und das hatte Hera nicht bemerkt, hatte währenddessen die Arme um sie geschlungen. Sie spürte seinen Herzschlag an ihrem Körper und schob ihn von sich fort.

»Mach das nie wieder.«

Ihre Worte waren ein Befehl, sie duldete keinen Widerspruch. Zeus' Lächeln erstarb und er riss den Kopf zur Seite, blickte zu der Tür. Hera verstand und sah ebenfalls in die Richtung. Noch ehe sie sich von ihm lösen konnte, wurde die Tür geöffnet.

»Celia, ich bin wieder zuhause!«

Lucien begrüßte sie, bevor er sie gesehen hatte. Noch ehe er erblickt hatte, welches Bild sich gerade im gemeinschaftlichen Wohnzimmer darbot. Heras Herz rutschte in die Hose und sie versuchte, Zeus von sich fortzuschieben, doch sein Griff war stark.

Zu stark.

Sie hätte ihn mit Gewalt von sich wegschieben können, doch dazu hätte sie die Kräfte in sich aktivieren müssen und das wäre in dieser Situation nur ein Zugeständnis gewesen. Nur eine Bestätigung, dass sie genau wusste, dass er nicht gelogen hatte und dass seine Vermutungen der Wahrheit entsprachen.

Lucien drehte sich um und Hera hatte das Gefühl, als würde alles wie in Zeitlupe passieren. Zu gern hätte sie die Zeit angehalten, hätte alles stillgelegt, doch auch das hätte sie verraten.

Sie konnte nichts tun, um das, was kam, abzuwenden.

Nichts.

Luciens Lächeln erstarb, als sein Blick auf Hera fiel und endlich, endlich nach dieser kleinen Ewigkeit löste sich Zeus von ihr und ging auf Lucien zu.

Im Vorbeigehen erhaschte Hera das siegesgleiche Lächeln auf seinen Lippen und dann blickte er arrogant zu Lucien, der wie versteinert in der Tür stand.

Er stieß Lucien mit seiner Schulter, rempelte ihn an und ging an ihm vorbei aus der Tür. Aus der Wohnung und Hera wurde blass.

»Lucien, ich kann das erklären!«

Zeus

Mit einem letzten arroganten Blick ging Zeus an Lucien vorbei, rempelte ihn noch ordentlich an und natürlich war das seine volle Absicht gewesen. Er hatte gezeigt, dass Hera zu ihm gehörte. Oder Celia, wie sie sich nun nannte. Wie auch immer.

Er stolzierte an dem Mann vorbei, der ihm einen Blick zuwarf, als wollte er ihn auf der Stelle umbringen. Doch das war Zeus egal, sollte er es doch versuchen! Er war der König der Götter und kein einfacher Sterblicher hatte auch nur irgendeine Chance gegen ihn.

Was er wollte, das nahm er sich und in diesem Fall wollte er seine Frau zurück.

Auf der Treppe, als die Haustür des Paares nicht mehr zu sehen war, löste er sich auf und manifestierte sich mit einem erhabenen Grinsen in der Halle der Götter. Dort ließ er seinen Blick umherschweifen.

Athena saß neben Aphrodite, die ihm einen skeptischen Blick zuwarf. Hermes verließ die Halle schlagartig und ihm folgte Eros, dem es offenkundig noch immer peinlich war, dass er Zeus unnötigerweise nach Moskau geschickt hatte.

»Zeus«, begrüßte Aphrodite ihn und er ließ sich neben ihr und Athena nieder. Mit einer Handbewegung wies er

Athena an, dass sie ihm Wein einschenken sollte, was diese auch sofort tat. Wenn auch nicht ohne ihm einen eigenartigen Blick zuzuwerfen.

»Na, das habe ich gut hinbekommen.«

Aphrodite rollte mit den Augen und im Augenwinkel sah Zeus, dass Athena den Tisch verließ und nach draußen ging. Sie ging an Ares vorbei, der auf sie zukam und sich neben Zeus setzte.

Ares schwieg, doch Zeus sah, dass dieser etwas auf dem Herzen hatte. Soweit der Kriegsgott überhaupt ein Herz besaß. Aphrodite seufzte laut auf.

»Gar nichts hast du gut hinbekommen, du hast sie zum Weinen gebracht! Langsam verzweifle ich wirklich mit euch! Du und deine Brüder, ihr seid eine Katastrophe!«, schimpfte Aphrodite laut und leerte ihren Weinbecher mit einem Schluck.

»Tränen sind nicht immer schlecht«, mischte sich Ares ein und Zeus hob eine Augenbraue.

»Meine Gegner haben auch oft geweint, wenn sie gemerkt haben, wer ihnen gegenüberstand.«

»Aber sie soll keine Angst vor ihm haben, sondern sich in ihn verlieben! Ares, du bist wirklich keine große Hilfe!«, schimpfte die Liebesgöttin direkt, doch Ares zuckte mit den Schultern.

»Auch ich habe Erfahrungen mit der Liebe gesammelt«, erklärte er trocken, woraufhin Aphrodite laut aufschnaubte. Zeus wusste weshalb, immerhin hatten die beiden einst eine Affäre miteinander gehabt. Er wusste nicht, ob sie noch Gefühle füreinander hegten, doch es war ihm auch gleich. Damit konnte er sich jetzt nicht aufhalten.

»Wie auch immer, ich habe sie geküsst«, erzählte Zeus, doch damit schien er niemanden zu beeindrucken.

»Ich weiß und jetzt hast du sie in Schwierigkeiten gebracht, Zeus. Wieso tust du das immer?«, fragte Aphrodite, sie wirkte etwas verzweifelt und Zeus konnte sich denken, dass er derzeit nicht der Einzige war, der die Hilfe der Liebesgöttin, oder zumindest ihren Rat, in Anspruch nahm.

»Ich habe sie nur in die richtige Richtung geschubst.«

Ares nickte.

»Schubsen ist gut. Man muss den Weibern zeigen, wer das Sagen hat.«

Aphrodite warf ihm einen abwertenden Blick zu und schüttelte den Kopf.

»Hör nicht auf ihn, er hat keine Ahnung. Ich spreche aus Erfahrung. Zeus, du solltest doch nett zu ihr sein. Hast du denn schon vergessen, worüber wir uns unterhalten hatten? Nett sein. Freundlich sein. Ein bisschen Charme spielen lassen, ist das alles zu viel verlangt?«

Zeus seufzte laut auf.

»Wie machen es meine Brüder?«, fragte er sie bestimmt, während er sich erneut dem Becher mit Wein in seiner Hand widmete.

»Poseidon möchte sie erst dazu bringen, dass sie sich in ihn verliebt und Hades? Ich habe keine Ahnung, was er tut. Er kommt nicht oft hierher.«

Ares lehnte sich nach vorne.

»Bring ihr einen Kopf oder ein anderes Körperteil. Das wird sie bestimmt beeindrucken.«

Aphrodite verdrehte die Augen

»Bloß nicht! Das verschreckt sie nur! Zeus, hör ja nicht auf ihn! Und Ares, geh lieber! Wir haben zu tun und du bist hier wirklich keine große Hilfe!«

»Aber nur ein Kampf führt in das Herz einer Frau, das weiß jeder!«, begann Ares nun mit Aphrodite zu diskutieren, doch Zeus erstickte dieses Gespräch im Keim, indem er mit der Faust auf den Tisch donnerte.

»Ich habe keine Zeit, um darauf zu warten, dass sie selbst bemerkt, wer und was sie ist. Ich habe es ihr gesagt.«

Kurz kam ein Schweigen auf, ehe Aphrodite leicht nickte.

»An sich spricht nichts dagegen, nur solltest du die Art, wie du es sagst, überdenken. Wenn sie sich nicht an dich erinnern kann, dann wird sie jetzt glauben, dass du ein grober Kerl ohne Manieren bist. Das wird dir nicht helfen.«

Ares räusperte sich.

»Wieso muss man immer Manieren haben? Man nimmt sich, was man möchte. So war es auch damals.«

Aphrodite schüttelte den Kopf.

»Diese Zeiten sind längst vorbei und Gott sei Dank aus der Mode! Ich weiß nicht, ob es gut war, Zeus, sie zum Weinen zu bringen.«

Zeus dachte einen Moment nach, ehe er sich erhob und langsam auf und ab ging.

»Sie war aber nicht überrascht, dass ich vor ihr in der Wohnung war.«

Nun hatte er die Aufmerksamkeit beider Götter, sie sahen ihn überrascht an und selbst Ares, der eigentlich mit Aphrodite über die alten Zeiten sprechen wollte und damit begonnen hatte, verstummte.

»Wie meinst du das?«, hakte die Liebesgöttin direkt nach.

»Wir hatten im Café eine kleine ... Auseinandersetzung und dann ist sie gegangen. Zurück in ihre Wohnung und dort habe ich auf sie gewartet. Es hat sie nicht überrascht, dass ich vor ihr dort war, obwohl sie das Lokal lange vor mir verlassen hatte.«

Ares dachte nach und Aphrodites Gesicht nahm einen überraschten Ausdruck an.

»Dann weiß sie vielleicht wer du bist?«

Zeus nickte.

»Ich glaube, sie weiß ganz genau wer ich bin und wer sie ist. Das kann ich spüren. Sie tut nur so, als wüsste sie nichts von mir. Sie lügt mich an.«

Ares ließ seine Faust auf den Tisch donnern.

»Dann solltest du sie zu einem Kampf herausfordern und sie dazu bringen, ihre Kräfte zu benutzen!«

Zeus dachte erneut einen Augenblick nach.

»Die Idee ist vielleicht gar nicht schlecht«, überlegte er laut, doch sofort protestierte Aphrodite.

»Nein! Bestimmt nicht! Du willst sie doch nicht bekämpfen, sondern mit ihr zusammen sein! Ja, so könnte sie sich offenbaren, aber wenn du sie dazu drängst, ohne dass sie die Wahl hat, wird das für dich nicht gut ausgehen. Du weißt doch, wie sie immer war! Also untersteh dich! Und du, Ares, wieso bist du hier? Du kommst doch sonst nicht so oft in die Halle!«

Ares schwieg einen Moment, während Zeus laut ausatmete. Vielleicht hatte Aphrodite recht, auch wenn ihm Ares' Vorschlag wirklich gefallen hatte.

»Achja, hab' ich ganz vergessen. Die Ostseite wurde heute von ein paar Daimonen angegriffen. Es waren zwei und ich habe sie in die Flucht geschlagen!«

Zeus erstarrte in seiner Bewegung und richtete seinen Blick auf Ares. Wut durchströmte ihn augenblicklich.

»Wieso erzählst du mir das erst jetzt? Von solchen Dingen muss ich sofort erfahren!«, herrschte er den Kriegsgott an, doch dieser zuckte unbeeindruckt mit den Schultern.

»Du hattest ja andere Sachen im Kopf. Hast du doch noch immer. Hast du überhaupt Zeit, dich um das alles hier zu kümmern?«

Ares' Fragen waren hart, doch sie entsprachen auch der Wahrheit. Eigentlich konnte es sich Zeus nicht erlauben, seine Zeit hier zu verschwenden, wenn er doch Hera für sich gewinnen wollte und musste. Er fuhr sich mit den Fin-gern durch die Haare, während er nachdachte.

»Daimonen sind nicht sonderlich gefährlich.«

Und ohne seinen Donnerkeil konnte er auch nicht viel ausrichten. Natürlich war er stark, er war auch derzeit stärker als so mancher Gott, aber ohne seine Waffe, da konnte er nicht mal halb so viel ausrichten wie sonst.

»Ja, aber sie sind lästig. Sie werden bestimmt in die ganzen Ritzen kriechen und uns gehörig auf die Nerven gehen«, sagte Ares und Zeus nickte. Das stimmte und sie würden alle hier von ihren Arbeiten abhalten. Auch wenn die Menschen nicht mehr an die Götter glaubten, so lenkten sie noch immer die Welt und taten, was getan werden musste, damit alles seinen gewöhnlichen Lauf nahm.

»Ares, tu dich mit Hermes zusammen und kümmert euch gemeinsam darum. Hermes soll mir Bericht erstatten. Dieses Problem solltet ihr auch ohne meine Hilfe bewältigen können.«

Ares schwieg einen Moment, auch Aphrodite sagte nichts mehr.

»Es wäre für einen Kriegsgott sehr peinlich, wenn er sich von kleinen Plagegeistern bewältigen lassen würde«, fügte Zeus hinzu und augenblicklich wurde Ares' Zorn entfacht. Er sprang auf und nickte sofort.

»Das werden sie nicht! Niemand bezwingt mich im Kampf!«

Zeus nickte und deutete Ares, dass er gehen sollte. Dieser kam seiner Aufforderung sofort nach und verließ die Halle. So ließ er Zeus mit Aphrodite zurück, die ihn besorgt ansah.

»Wir werden angegriffen und du kannst uns nicht helfen?«, fragte sie ihn leise.

Lange hatten sie kein derartiges Problem mehr gehabt. Viele tausend Jahre konnten sie in Frieden leben, aber dieses Jahr stellte wohl ihrer aller Leben auf den Kopf.

»Nein, ohne meinen Donnerkeil kann ich die Sache nicht so einfach beenden und das weißt du.«

Aphrodite wurde blass und nickte dann schließlich.

»Ich werde sie unterstützen, so gut ich kann. Du und die anderen, ihr solltet zusehen, dass ihr wieder eure alten Stärken zurückbekommt.«

Er sah, wie besorgt Aphrodite war und er konnte auch einen Funken Furcht in ihren blauen Augen erkennen.

Langsam ging er zu ihr, nahm ihre Hände und drückte sie.

»Du musst keine Angst haben, Poseidon, Hades und ich, wir werden bald wieder die Alten sein und dann werde ich dafür sorgen, dass euch nichts geschieht.«

Aphrodite nickte, doch die Sorge verschwand nicht aus ihrem Blick und Zeus konnte es verstehen.

Immerhin lag das Schicksal der Welt auch in seinen Händen und hing davon ab, dass er Heras Herz für sich gewann.

Er wollte nicht wissen, was geschah, wenn er versagte und was dann aus ihm und den anderen Göttern werden würde, die hier auf ihn vertrauten und zu ihm aufsahen.

Die Daimonenplage war erst der Anfang, das wusste Zeus.

Kapitel 17

Hera

*H*era sah zu Lucien, der sie ausdruckslos betrachtete. Sie spürte, wie das Blut in ihre Wangen schoss, ihre Gedanken kreisten und rasten durch ihren Kopf.

Verdammt, zischte sie innerlich und sah bittend zu Lucien.

»Hör mir bitte zu«, flehte sie leise, was untypisch für sie war. Hera flehte nie, sie bat selten um etwas, denn dazu war sie viel zu stolz. Doch etwas anderes blieb ihr in dieser Situation auch nicht übrig. Sie könnte seine Erinnerungen zwar verändern, aber sie wollte es nicht.

Es würde auffallen, denn sie wusste genau, dass sie jetzt in dieser Sekunde von Zeus beobachtet werden würde. Immerhin ahnte er ja schon, dass sie von ihrer Existenz genau wusste.

»Ich soll dir zuhören? Was willst du mir denn erklären? Ich bin nicht blind, Celia! Wie konntest du mir das antun!«

Luciens Stimme wurde mit jedem Wort immer lauter und lauter. Hera zuckte zusammen und ging einen Schritt zurück, während er auf sie zutrat.

»Ich dachte, dass du mich lieben würdest. Wir wollten heiraten! Ich habe um deine Hand angehalten und nicht einmal eine Woche später betrügst du mich mit Matteos Arbeitskollegen! Celia, du bist das Letzte!«

Lucien schrie und schrie, während Hera bei jedem seiner Worte immer kleiner und kleiner zu werden schien. Sie schluckte hart und schüttelte den Kopf.

»So war das nicht! Das ist ein Irrtum!« Lucien schnaubte als Antwort und stapfte an ihr vorbei. In seinen Augen loderten die Wut und die Enttäuschung, während Hera von ihrem schlechten Gewissen zerfressen wurde.

Sie hatte ihm nie wehtun wollen. Nie hatte sie ihm schaden wollen!

»Lucien«, begann sie erneut, doch er schüttelte stur den Kopf und hob die Hand als Zeichen, dass sie verstummen sollte. Hera schwieg und wich augenblicklich zurück, als er sie wütend ansah.

Noch nie hatte sie in seinen Augen so viel Hass und Trauer zugleich gesehen.

»Nicht, Lucien. Sprich meinen Namen nie wieder aus! Hat er dich geküsst? Hat er das?« Immer wieder schüttelte Hera den Kopf. Doch er hörte nicht auf, fragte immer weiter und schließlich nickte sie ergeben, konnte und wollte ihn nicht noch länger belügen.

»Du hast mich betrogen, Celia! Ich dachte, du wärst anders, aber du bist nicht anders als die anderen vor dir! Ich bin es leid, betrogen zu werden! Es ist vorbei, es ist aus, hörst du? Ich will nie, nie wieder etwas mit dir zu tun haben!«

Heras Welt brach zusammen. Lucien ging an ihr vorbei und stapfte ins Schlafzimmer, wo sie hörte, dass die Schranktür geöffnet wurde. Sie brauchte einen Moment, ehe sie ihm folgte. Als sie das Zimmer betrat, sah sie, dass er gerade dabei war, sämtliche Kleidungsstücke in seine Sporttasche zu werfen. Er schien dabei gar nicht auf das zu achten, was er in seine Tasche stopfte. Wahllos griff er nach seinen Hemden, Shirts und Hosen und pfefferte diese in die Tasche.

»Lucien, nicht... Es war nur ein Kuss«, murmelte Hera, sie ging auf ihn zu und nahm ihm die Hose, die er gerade in der Hand hielt, aus den Händen. Einen Moment be-rührten ihre Finger sich, doch sofort zuckte Lucien zurück und riss ihr das Kleidungsstück aus den Händen.

»Nur ein Kuss? Heute küsst du ihn und morgen schläfst du mit ihm! Vergiss es, diese Lügen habe ich in meinem Leben schon zu oft gehört! Ich glaube dir kein Wort! Seit dieser Kerl aufgetaucht ist, warst du komisch. Er hat dir offensichtlich gleich gefallen, oder? Gib es doch endlich zu!«

Hera schüttelte den Kopf. Egal, was sie sagte oder tat, offensichtlich konnte sie Lucien nicht umstimmen. Achtlos warf er noch ein paar weitere Kleidungsstücke in seine Sporttasche, ehe er ihr die aufgehaltene Hand hinhielt.

Hera sah diese an, doch reagierte nicht.

»Der Ring, ich will ihn zurück. Du hast kein Recht darauf, ihn zu tragen!«

Er sprach die Worte voller Verachtung aus und Hera merkte, dass in ihr ebenfalls Wut und Verzweiflung anwuchs. Sie kam sich ungerecht behandelt vor. Erst von Zeus, der sie gegen ihren Willen geküsst hatte und nun von Lucien, der sie für etwas strafte, wofür sie in ihren Augen nichts konnte.

Sie hatte Zeus nicht geküsst, er hatte das getan! Und ja, ihr Herz gehörte vielleicht nicht Lucien, aber sie hatte sich für ihn entschieden!

Doch konnte sie ihm das sagen?

Sie wagte einen Blick in seine dunklen Augen, doch in diesen war für sie nur Verachtung übrig. Hera schüttelte den Kopf. Es reichte ihr, sie hatte genug. Genug von den Männern, die sie betrogen, belogen und die ihr nicht glaubten und wohl nur das Schlechte in ihr sahen.

Hera hatte genug.

Mit einem kräftigen Ruck zog sie sich den Ring vom Finger und drückte ihn energisch in seine Handfläche.

»Da hast du ihn zurück! Wenn du schon gehen willst, dann richtig. Lass mir den Schlüssel hier und verschwinde!«

Denn die Wohnung gehörte ihr, Lucien war aus seiner WG damals zu ihr gezogen. Doch jetzt, wo er gehen wollte, dann sollte er für immer gehen.

Sie erwartete, dass Lucien sich sträubte, dass er es sich womöglich anders überlegte. Doch er nahm den Schlüssel von seinem Schlüsselbund und drückte ihn ihr in die Hand.

»Nichts lieber als das. Morgen hole ich die restlichen meiner Sachen. Ich bin fertig mit dir, du Miststück!«

Hera wurde bei diesen Worten bleich, sie schüttelte den Kopf und lehnte sich an den Türrahmen.

»Verschwinde einfach.«

Ihre Worte waren kraftlos und obwohl sie auch wütend war, wollte sie das nicht auf ihn übertragen.

Lucien schulterte seine Tasche und ging an ihr vorbei, sie folgte ihm weiter.

»Den Schlüssel der unteren Tür kannst du auch direkt hierlassen.«

Erneut nahm Lucien kommentarlos einen Schlüssel von seinem Schlüsselbund und legte ihn in eine kleine Schüssel. Er ging Richtung Tür und Hera folgte ihm.

»Das Gehen fällt dir ja besonders leicht.«

Lucien stoppte und drehte sich zu Hera, die mit verschränkten Armen vor ihm stand. Tatsächlich überraschte es sie, dass ihm das Beenden ihrer Beziehung so einfach fiel.

War da etwas im Busch?

»Dieses Flittchen, das bei euch gerade ein Praktikum macht... ist sie noch immer hinter dir her? Wenn ja, dann kannst du ihrem Werben endlich nachgeben, denn du bist ja jetzt frei. Oder beendest du das mit uns deshalb so rasch? Weil es sie gibt und sie dir gefällt?«

Betrog er sie vielleicht schon länger? Hera würde das nicht überraschen und wäre Zeus nicht hinter ihr her, dann würde sie dieser Dame einen Besuch abstatten und ihre Kräfte an ihr versuchen.

Doch das sollte sie in ihrer Situation lieber nicht ausprobieren.

»Du spinnst doch. Ich bin hier nicht derjenige, der betrügt! Du betrügst mich, nicht ich dich! Verdreh hier keine Tatsachen! Ich bin fertig mit dir, Celia.«

Lucien stapfte aus der Tür und Hera folgte ihm, hielt die Tür auf, die er zuknallen wollte.

»Achja? Und ich bin fertig mit dir! Verschwinde!«, brüllte sie ihm nach und Lucien ging, ohne noch etwas zu ihr zu sagen.

Hera donnerte die Tür ins Schloss und ließ sich auf dem Sofa nieder, wobei sie nach ihrem Handy griff und die SMS Funktion öffnete. Genauer genommen den Chat mit Isabella.

‚Es ist aus, wir werden nicht heiraten und er hat die Schlüssel hiergelassen.‘, tippte sie und schickte die Nachricht ab. Noch ehe sie sich richtig in die Kissen lehnen konnte, piepte ihr Smartphone bereits und ein Blick auf den Bildschirm verriet ihr, dass Isabella bereits geantwortet hatte.

‚Was ist passiert? Wieso? Ihr wart so ein tolles Paar! Soll ich vorbeikommen?‘

Genau das konnte Hera nun wirklich nicht gebrauchen. So sehr sie Isabella auch gern hatte, immerhin war sie ihre beste Freundin, so wollte sie diesen Moment für sich haben. Sie musste zur Ruhe kommen.

‚Ich möchte lieber allein sein.‘, tippte sie und schickte die Nachricht ab. Auf die Fragen ging sie nicht ein, denn sie hatte gerade keinen Nerv dafür, sich mit dem was passierte auseinanderzusetzen. Sie musste sich ablenken.

Hera griff nach der Fernbedienung und schaltete den Fernseher ein. Irgendeine Sitcom lief gerade, doch sie bekam nicht mit, was eben ausgestrahlt wurde. Wie apathisch starrte sie minutenlang, vielleicht auch stundenlang, auf den Bildschirm.

Heras Leben war ein Scherbenhaufen und das verdankte sie einzig und allein Zeus.

Zeus und seine Avancen, die ihr nichts als Unglück brachten und sie in ein Chaos stürzten, aus dem sie so einfach nicht mehr wieder herauskommen würde.

Kurz schielte Hera auf ihr Telefon, doch es blieb stumm. Vielleicht hatte Isabella sich ihren Wunsch zu Herzen genommen und ließ ihr Freiraum. Weshalb sie ihr das genau in diesem Moment erzählt hatte, das wusste sie selbst nicht. Vielleicht weil sie sonst niemand anderen hatte?

Hera kam sich gerade ziemlich einsam und allein vor, denn wenn sie genauer auf dieses menschliche Leben blickte, so hatte sie nicht viele, die sie nahe an sich herangelassen hatte.

Da waren nur Lucien, Isabella und Matteo, wobei letzterer eher ein Freund von Lucien und zusätzlich noch der Ehemann von Isabella war. Sie pflegte nicht den besten Kontakt zu ihm.

»So ein Mist«, murmelte sie leise, als es an der Tür läutete. Sie sah auf und ging langsam zur Gegensprechanlage. Hatte Lucien etwas vergessen? Wollte er zurückkommen, und ihr noch weitere Dinge sagen, die ihm zuvor entfallen waren? Kraftlos drückte Hera auf den Knopf und hörte dann, wie jemand die Treppen hinauflief.

Sie wartete, öffnete ihre Haustür und war überrascht, als sie Isabella sah, die ohne zu fragen in ihre Wohnung trat. Sie hievte die schwere Handtasche auf den Esstisch und Hera konnte bereits zwei Flaschenhälse erkennen, die aus der Tasche ragten.

»Als ob ich dich in dieser Situation allein lassen würde.«

Hera blieb ausdruckslos stehen, während Isabella auf sie zukam. Erst als sie die Arme ihrer Freundin um sich spürte und die Umarmung erwiderte, erlaubte Hera es sich, ihre Gefühle zuzulassen und spürte, wie die ersten Tränen über ihre Wangen liefen.

Hera ließ sich in die Umarmung sinken und lehnte sich einen Moment an ihre Freundin, ehe sie sich wieder von ihr löste und sich die Tränen wegwischte.

»Willst du mir erzählen, was passiert ist?«, fragte Isabella leise, während sich Hera auf dem großen beigefarbenen Sofa niederließ und die Beine eng an ihren Körper zog.

Sie drehte den Kopf zur Seite und beobachtete Isabella, wie sie zwei Gläser aus dem Schrank holte und diese auf den Couchtisch abstellte. Kurz darauf öffnete sie den Wein und schenkte ihr ein. Es war ein Weißwein, doch Hera fragte nicht von welcher Marke er war.

Das war ihr heute wirklich egal.

»Ich weiß es nicht.«

Isabella reichte ihr ihr Glas und stieß einen leisen Seufzer aus.

»Ihr wart doch immer so glücklich. Ich verstehe das alles nicht«, murmelte sie und warf die kastanienfarbenen Haare über ihre Schulter.

Hera antwortete nichts und nippte an dem Weinglas, doch bekam den Geschmack des Weines nicht wirklich mit.

Mit einem leisen Seufzen schaltete sie den Fernseher aus, der noch immer im Hintergrund gelaufen war.

»Ich auch nicht. Wenn ich dir erzähle, was war, dann wirst du mich wahrscheinlich genauso scheiße finden, wie es Lucien jetzt tut.«

Isabella schüttelte sofort den Kopf und stellte ihr Glas ebenfalls ab.

»Unsinn! Das würde ich niemals! Du kannst mir alles erzählen, ich urteile nicht. Versprochen.«

Hera holte tief Luft und sah ihre Freundin prüfend an, ehe sie leicht nickte und sich zurücklehnte.

»Ich habe beim Nachhause gehen Zeus getroffen.«

Sie wartete kurz und Isabella nickte schließlich, als sie den Namen zuordnen konnte.

»Den Zeus? Matteos Arbeitskollegen?«

Hera nickte.

»Ja, den Zeus. Er hat mich angesprochen und nicht in Ruhe gelassen, also bin ich mit ihm zu Louise gegangen. Dort haben wir gestritten und schließlich bin ich nachhause gegangen. Zeus ist mir gefolgt und dann hat er mich hier in der Wohnung geküsst. Und Lucien hat uns mehr oder weniger erwischt«, erklärte Hera.

Sie hatte bewusst ein paar Dinge anders erzählt, als es tatsächlich passiert war, denn schließlich konnte sie Isabella nicht erklären, wie Zeus vor ihr in einer verschlossenen Wohnung sein konnte. Das behielt sie nun doch lieber für sich.

Isabella blinzelte verwirrt und schüttelte den Kopf.

»Aber du kannst den doch nicht leiden, weshalb solltest du ihn küssen wollen?«

»Ich wollte ihn auch nicht küssen, er hat mich geküsst. Das ist ein Unterschied. Jetzt glaubt Lucien, dass ich ihn mit ihm betrüge und hat Schluss gemacht.«

Isabella schüttelte den Kopf.

»Männer. Wenn du möchtest, dann spreche ich mit ihm. Er ist gerade bei Matteo, ich habe ihn nur kurz ge-sehen, als ich gegangen bin.«

Es überraschte Hera nicht, dass Lucien zu seinem besten Freund geflüchtet war, und sie konnte sich gut vor-stellen, dass er sich mit diesem jetzt gehörig das Maul über sie zerreißen würde. So wie sie es an seiner Stelle wohl auch tun würde.

Hera schüttelte den Kopf.

»Nein, ich brauche keinen Mann. Vor allem keinen, der mir nicht glaubt und mir unterstellt, dass ich ihn betrüge, obwohl ich das nicht getan habe.«

Isabella seufzte laut auf.

»Wenn ich Matteo in so einer Situation erwischt hätte, dann hätte ich ihm den Kopf abgerissen. Ich kann ihn schon verstehen. Vielleicht sieht die Welt für Lucien morgen bereits anders aus.«

Hera schüttelte den Kopf.

»Das ist mir egal, ich bin fertig mit ihm. Ich habe für all das keine Nerven, Isabella.«

Die Angesprochene nahm Hera in den Arm und Hera ließ sich das nur zu gern gefallen. Sie erlaubte es ihr, dass sie ihr goldenes Haar streichelte und schloss einen Moment die Augen.

»Aber du kannst doch nicht allein bleiben.« Isabellas Stimme klang verzweifelt und besorgt. Langsam löste sich

Hera von ihrer Freundin und sah sie verwundert an. Wie sie erwartet hatte, triefte Sorge in den Augen ihrer Freundin und sie verzog das Gesicht.

»Isabella, ich bin eine starke und unabhängige Frau. Ich brauche keinen Mann, um glücklich zu sein.«

Tatsächlich war sie lieber allein, als noch einmal in so eine Situation zu geraten. Auch wenn sie sich eine Familie sehr wünschte – immerhin war sie damals die Göttin für Familien, Mütter und Ehefrauen gewesen – so konnte sie ihr Leben anders ausrichten. Auch ohne Mann. Kinder hatte sie in keinem ihrer Leben bekommen, denn sie hätte es nicht ertragen, ohne sie zu leben und sich immer an sie zu erinnern.

»Und Zeus?«, fragte Isabella vorsichtig nach, woraufhin Hera eine Augenbraue hob.

»Was soll mit ihm sein?«

»Na, wirst du ihn wiedersehen? Er scheint dich zumindest sehr zu mögen, wenn er dich schon geküsst hat und deine Verlobung gesprengt hat. Ich kann ihn übrigens nicht leiden! Er drängt sich dazwischen, wo er nicht hingehört!«, regte sich Isabella auf und insgeheim musste Hera ihr zustimmen. Diese Beschreibung passte außergewöhnlich gut zu Zeus, doch das konnte sie so nicht aussprechen.

Denn in diesem Leben kannte sie ihn nicht.

»Ich glaube nicht, dass ich das möchte.«

Isabella ließ es dabei gut sein und nippte stattdessen an ihrem Wein. Hera bemerkte, dass sie sie dabei nicht aus den Augen ließ und neigte den Kopf.

»Danke, dass du da bist. Das bedeutet mir wirklich viel«, murmelte Hera leise und Isabella schenkte ihr dafür direkt ein Lächeln.

»Dafür musst du mir nicht danken. Wofür hat man sonst beste Freunde!«

Hera lächelte und nippte ebenfalls an ihrem Wein, ehe Isabella ihnen beiden nachschenkte und auf den Fernseher deutete.

»Um dich abzulenken... wie wäre es mit einem netten Horrorfilm?«

Hera hob eine Augenbraue.

»Nett und Horrorfilm schließen sich eigentlich aus.«

Isabella musste lachen und schüttelte eifrig den Kopf.

»Unsinn, dann hast du nur noch nicht den richtigen Film für dich gefunden. Warte, ich weiß genau, welchen wir uns ansehen können! Irgendwas Komisches aus Japan, die haben meistens abgedrehte Sachen!«

Hera beobachtete Isabella missmutig dabei, wie diese einen Streamingdienst startete und schließlich einen Horrorfilm auswählte, der Hera nicht bekannt vorkam.

Sie sah diese Art von Filmen äußerst selten, denn eigentlich mochte sie lieber seichte Liebesgeschichten. Doch darauf hatte Hera heute wirklich keine Lust.

»Na dann los. Bei jedem Toten kannst du dir ja vorstellen, dass das Lucien ist. Oder Zeus. Oder beide, je nachdem auf wen du mehr sauer bist!«

Hera musste leise lachen und kuschelte sich dabei in die Kissen.

»Heute ist es wohl die ganze Welt, wobei du die große Ausnahme bist!« Isabella strahlte bei den Worten und lehnte sich ebenfalls in die Kissen, ehe der Film begann. Die Titelmusik ertönte und einige Zeit verfolgte Hera den Film.

»Weißt du, ich dachte wirklich, dass Lucien und ich für immer zusammenbleiben würden«, murmelte sie schließlich und hatte damit direkt wieder Isabellas ungeteilte Aufmerksamkeit.

»Ich dachte das auch. Willst du wirklich keinen zweiten Versuch mit ihm starten?«, fragte sie leise nach. Sie beide lehnten in den weichen Couchkissen und tranken ihren Wein, der stetig von Isabella nachgeschenkt wurde.

»Ich glaube nicht, ich könnte nie vergessen, wie er heute gegangen ist. Dieses Bild hat sich in meinem Kopf eingebrannt.« Eine traurige Erkenntnis, die auch Isabella leise seufzen ließ. Sie drehte sich gänzlich zu Hera und versuchte sich an einem zaghaften Lächeln.

»Wenn das Schicksal es will, dann findet ihr wieder zusammen.« Doch Hera glaubte nicht daran, dass das Schicksal sie und Lucien tatsächlich erneut verbinden würde. Denn immerhin wusste sie, dass sie eigentlich nicht in diese Welt gehörte. Sie war ein Störenfried, der eigentlich zum Olymp gehörte und nicht unter Menschen. Sie seufzte laut auf.

»Ja, das stimmt. Lass uns auf das Schicksal vertrauen«, murmelte sie leise und sah dann wieder zum Fernseher. Sie schwieg und auch Isabella verfiel in ein Schweigen, bis es in leises Schnarchen übergegangen war.

Hera lugte zu ihr hinüber und lächelte. Sie nahm ihr das Glas aus der Hand und deckte sie mit der weichen Kuscheldecke leicht zu, ehe sie den Fernseher ausschaltete.

Ihr Blick schweifte in der Wohnung umher, ehe sie schließlich aufstand und zu der Kommode ging, wo sie Luciens Schlüsseln liegen sah. Sie hatte den zweiten Schlüssel ebenfalls hineingelegt.

Kurzerhand griff sie nach einem Post-it und schrieb in sorgfältiger Handschrift ‚Mache einen Spaziergang, aber bin bald wieder zurück' darauf. Dieses Post-it klebte sie auf den Tisch, direkt vor Isabella.

Sie sollte sich keine Sorgen um sie machen, denn das war das Letzte, das Hera wollte.

Langsam ging sie ins Badezimmer und blickte sich selbst im Spiegel an. Sie brauchte eine Auszeit, ganz dringend.

Soll ich wirklich?, fragte sie sich in Gedanken, doch sofort verwarf sie die Frage wieder. Sie musste hier raus und es gab nur einen Ort, an den es sie zog – Samos.

Als sie die Augen wieder öffnete, steckten ihre Füße in kaltem Sand und der Mond spiegelte sich im dunklen Meer. Sie befand sich an der Küste der Insel, die ihr besonders viel bedeutete und die sie auch mit Zeus verband.

Sie war, seit sie zum ersten Mal gestorben war, nicht hierher zurückgekommen. Sie verschränkte die Arme vor der Brust und genoss die frische Meeresluft, die sich wie ein wohltuender Mantel um sie legte.

»Ich habe dich bereits erwartet.«

Zeus' Stimme hallte durch die Nacht, doch sie drehte sich nicht um. Stattdessen sah Hera hoch in den Himmel, betrachtete die Sterne.

»Ich weiß.«

Kapitel 19

Sie sagte nichts mehr und auch Zeus schwieg, dennoch konnte sie seine Anwesenheit klar und deutlich spüren. Der Wind hob sich und umwehte sie sanft, wobei sie sich leicht mit den Fingern über die Unterarme strich.

»Also weißt du, wer du bist.«

Keine Frage, eine Feststellung und Hera musste zugeben, dass sie nun keinen anderen Ausweg mehr wusste als die Wahrheit. Weshalb sollte sie auch noch lügen? Ein Mensch konnte nicht von Florenz nach Samos reisen, innerhalb weniger Stunden. Das war nicht möglich und selbst mit einem Flugzeug wäre sie nie so schnell hierhergekommen, wie sie es getan hatte.

»Ja. Das wusste ich schon immer.«

Langsam drehte sich Hera zu Zeus um und blickte direkt in seine hellblauen Augen, die in ihre grünen Iriden sahen.

»Weshalb hast du gelogen?«, fragte er sie leise, doch zunächst antwortete Hera nur, indem sie ein leises Schnauben zum Besten gab.

»Wieso sollte ich nicht lügen? Hast du vergessen, wie unsere Ehe verlaufen ist? Hast du vergessen, wie du mich damals behandelt hast? Wie oft du mich betrogen hattest? Ich war doch nie gut genug für dich.«

Zeus schüttelte den Kopf und legte seine Hände auf ihre, schob ihre eigenen von ihren Unterarmen und verschränkte die Finger mit den ihren. Hera wandte den Blick ab.

»Ich war doch nie genug für dich und ich habe mich immer gefragt, weshalb du mich geheiratet hast, wenn du mich doch nicht liebst.«

Schmerz lag in ihrer Stimme, während sie auf den kalten Sand zu ihren Füßen sah. Sie spürte, dass Zeus ihre Hand sanft drückte, doch sie erwiderte den Druck nicht.

»Ich habe dich immer geliebt, Hera. Wie viele Fehler ich auch mache, es zieht mich immer zu dir zurück. Mein Herz gehört dir, denn du warst immer die Eine für mich. Du gehörst zu mir und ich gehöre zu dir. Oder bin ich je nicht zu dir zurückgekommen?«

Einen Moment dachte Hera nach, doch sie schüttelte den Kopf.

»Du bist immer zurückgekommen, aber das entschuldigt deine Taten nicht. Kannst du nicht verstehen, wie sehr du mich verletzt und gekränkt hast? Mich, die Göttin der Familie und der Ehen! Du hast mich nie so behandelt, wie ich es verdient habe. Deshalb kehre ich auch nicht zu dir zurück.«

Sie wusste, dass ihre Worte hart waren und dass Zeus sie nicht gerne hörte. Doch sie musste sie aussprechen, musste sagen, was in ihrem Kopf vor sich ging.

Sie war es leid, dass man mit ihr machte, was man wollte.

»Ich habe mehr verdient als das, was du mir gegeben hast.«

Zeus schwieg einen Moment und Hera hob den Blick. Sie sah zu ihm und er nickte.

»Ich weiß und ich werde es besser machen. Das verspreche ich dir, Hera. Ich schwöre es dir bei allem, was mir heilig ist.«

»Also nichts, denn dir ist nichts heilig. Das war es nie und das wird es auch nie sein. Du belügst dich selbst, wenn du denkst, dass du mir ein treuer Ehemann sein kannst. Das konntest du doch nie! Wie oft hast du mir versprochen, dass du dich besserst und dass du mich nicht mehr betrügst. Aber du hast jedes deiner Versprechen gebrochen. Wes-halb sollte es jetzt anders sein? Weshalb solltest du nicht auch wieder ein Versprechen brechen? Ich bin es leid, dass man mir wehtut, Zeus. Lass mich meine sterblichen Leben leben, wenn dir wirklich etwas an mir liegt, denn ich kann nicht mehr.«

Hera wandte den Blick erneut ab und löste ihre Finger von seinem Griff. Sie drehte sich zur Seite und sah wieder zum Meer. In ihr tobten tausend Gefühle, Gefühle, die sie zu übermannen drohten.

»Du bist nicht fair, wieso gibst du mir keine Chance mehr? Ich will nur dich Hera, ich habe mich geändert, ich werde es dir beweisen!«

Hera drehte sich zur Seite, denn Zeus hatte sich noch nie so ernst angehört wie in diesem Moment. Er hatte diese Worte oft gesagt und insgeheim hatte sie ihm nie glauben wollen und nie glauben können, doch nun, nun war es anders. Etwas war anders. War Zeus anders?

Sie neigte den Kopf und sah in seine Augen.

»Wie willst du mir das beweisen?« Zeus schwieg und Hera wandte sich mit einem Schnauben erneut ab, als keine Antwort folgte.

»Indem ich dir treu bin, einen kleinen Vertrauensvorschuss musst du mir gewähren.« Wieder schüttelte Hera den Kopf über ihn und sah in das Meer. Ob die anderen Götter sie gerade beobachteten?

Sie konnte sich gut vorstellen, dass sie diese Unterhaltung so gut wie nur möglich mitverfolgten und Hera konnte sich insbesondere Aphrodite dabei vorstellen, wie diese mitfieberte und fluchte, wenn Zeus etwas sagte, das sie niemals aussprechen würde.

»Das möchte ich nicht. Beweise es mir anders, wenn es dir wirklich wichtig ist.«

Hera wusste, dass es keinen anderen Weg geben würde und doch war sie nicht bereit, das Risiko zu tragen, erneut von ihm mit gebrochenem Herzen verschmäht zu werden.

Langsam drehte sie sich doch wieder zu ihm und sah in seine Augen. Er wirkte nun verzweifelt, ratlos und so, als wüsste er nicht weiter.

Diesen Anblick hatte Zeus ihr noch nie dargeboten und Hera musterte ihn, um sich das Bild genau einzuprägen.

»Ich bin wirklich anders als früher«, beharrte Zeus auf diese Aussage, doch Hera wollte davon nichts mehr wissen. Sie schüttelte den Kopf und ging etwas näher zum Wasser, spürte, wie das Meer ihre Zehen umspielte und starrte auf die Wellen, die sich langsam auf und absenkten.

»Mein Verlobter hat sich deinetwegen von mir getrennt«, murmelte sie, ohne Zeus dabei anzusehen. Ob er wusste, was er ihr angetan hatte?

»Ich würde lügen, wenn ich behaupten würde, dass mir das leid täte.«

Hera seufzte laut auf und drehte sich zu ihm um.

»Er hat mir etwas bedeutet, Zeus. Und er hatte es nicht verdient, dass er betrogen wird. Obwohl ich ihn niemals betrügen wollte!«

Zeus ging auf sie zu

»Und ich wollte dich damals nie betrügen!« Hera schnaubte erneut und schüttelte den Kopf über seine Worte.

»Willst du mir damit etwa sagen, dass du nur zufällig in deine Affären geschlittert bist?« Zeus nickte, wobei Hera die Augen zusammenkniff. Sie schwieg einen Mo-ment, ehe sie weitersprach.

»Und du willst mir auch sagen, dass deine ganzen Liebschaften nicht von dir gewollt waren und du das arme Opfer warst?« Ihre Stimmlage zeigte, dass sie das alles selbst nicht ernst nahm, doch erneut nickte Zeus.

»Nichts davon war ernst gemeint.«

Nun merkte Hera, wie erneut Wut in ihr emporwallte. Sie machte einen Schritt auf Zeus zu und zeigte mit dem Zeigefinger direkt gegen seine muskulöse Brust. Mit hochroten Wangen sah sie zu ihm auf.

»Das ist eine Lüge und das weißt du! Nur weil ich deine billigen Flittchen allesamt bestraft habe, heißt das nicht, dass du unschuldig bist oder gar ein Opfer! Du bist an keiner deiner Affären unschuldig oder der Verführte! Im Gegenteil, es ging immer von dir aus! Ich habe diese

Weiber nur bestraft, weil ich dich nicht bestrafen konnte! Und jetzt hör auf zu lügen, du hast mich geküsst und deshalb denkt Lucien, dass ich ihn betrogen hätte, aber nichts davon ging von mir aus. Ich bin anders als du! Du hast immer nur an dich gedacht, hast du jemals daran gedacht, wie es mir damit ging, wenn du mal wieder bei einer Hure im Bett gelandet bist? Nein, denn du bist egoistisch und du denkst immer nur an dich selbst!«

Hera unterbrach ihren Redefluss und holte tief Luft, ehe sie einen Schritt von Zeus wegmachte.

»Und genau deshalb werde ich nie, niemals zu dir zurückkehren, hörst du?«

Hera betrachtete Zeus, der erstaunlich ruhig für das geblieben war, was sie ihm vorgeworfen hatte. Doch sie merkte, wie sich sein Blick verfinsterte. Eine Zornesfalte legte sich auf seine Stirn, während er bedrohlich schnaubte.

»Wie kannst du es wagen, so mit mir zu sprechen, Hera?«

Dieses Mal widersprach Hera nicht und besserte ihren Namen nicht aus.

»Du verträgst die Wahrheit nicht, das ist es. Es ist nicht meine schuld, dass du nicht fähig bist, deine Fehler einzugestehen!«

Dunkle Wolken zogen sich über den Himmel und verdeckten den Mond. Hera konnte Zeus dank ihrer Kräfte noch immer deutlich erkennen, doch wäre sie ein Mensch, dann wäre ihr das nicht mehr möglich. Die ersten Blitze jagten über den Himmel.

»Überdenke deine Worte!«

Hera schüttelte den Kopf und sah ihn streng an.

»Das werde ich nicht. Du musst der Wahrheit ins Gesicht sehen, du bist nichts weiter als ein Betrüger und du hast mich verloren. Für immer.«

Kapitel 20

Zeus blickte sie lange an und Hera erwiderte diesen Blick. Eine Zeitlang herrschte zwischen ihnen Stille und Hera war darüber dankbar. Auseinandersetzungen mit Zeus waren schon immer anstrengend gewesen, das hatte sie beinahe vergessen.

»Du bist kalt wie Eis«, murmelte Zeus und Hera schüttelte daraufhin entschieden den Kopf, sodass ihre blonden Haare hin und her geworfen wurden.

»Nein. Du hast mich dazu gemacht. Mit jedem weiteren Fehltritt hast du mich zu dem gemacht, was ich heute bin. Kannst du es mir verübeln?« Eine einfache Frage, doch auf diese erhielt sie keine Antwort. Zeus stand ihr gegenüber, seine Kiefer mahlten und in seinen Augen konnte Hera genau erkennen, wie ihm wohl sämtliche Gedanken durch den Kopf schossen.

»Es ist nicht fair von dir, mir die alleinige Schuld zuzuschieben. Mit deiner Eifersucht hast du mich ja quasi zu den anderen Frauen gedrängt.« Hera presste die Lippen fest zusammen und widerstand dem Drang, ihm eine wüste Beschimpfung entgegenzuschleudern.

»Ich war eifersüchtig, weil du dir lieber andere Frauen angesehen hast, als mit mir Zeit zu verbringen.« Eine Pattsituation und Hera war klar, dass weder sie noch Zeus es schaffen würden, da wieder herauszukommen.

Im Gegenteil. Mit jedem weiteren Wortwechsel wurden die Schutzwälle immer höher und höher gefahren. Hera war sich sicher, dass diese Beziehung nicht zu retten war. Auch wenn sie es sich wünschte, aber daran glauben konnte sie nicht.

»Wieso war ich dir nie genug, Zeus?«, fragte Hera nun leise, nachdem sie keine Antwort mehr von ihm erhalten hatte. Er seufzte laut auf und fuhr sich mit den Fingern durch die Haare.

»Ich weiß es nicht.«

Das war nicht das, was sie hatte hören wollen und doch konnte sie hören, dass er ehrlich zu ihr war.

»Dann denk darüber nach, wieso schaffen es einfache Menschen, sich treu zu sein, aber erhabene Götter nicht?«, versuchte Hera es weiter. Wieder kam die erdrückende Stille auf, während sie ihm die Zeit gab, nachzudenken.

»Ich war wankelmütig.«

Ein Zugeständnis, dem sie nur beipflichten konnte. Sie nickte als Antwort, aber hüllte sich in Schweigen. Sie hatte genug gesagt, jetzt war es Zeus, der sich erklären musste, der sprechen sollte und ihr die Antworten geben musste, auf die sie jahrelang wartete.

»Jeder hat eine Schwachstelle und meine sind wohl Frauen.« Hera seufzte laut auf. Sie hatte mit einer besseren Antwort, mit einer anderen Erklärung gerechnet. Doch damit konnte sie wahrlich nichts anfangen.

»Solange du dich nicht änderst, möchte ich nicht mehr an deiner Seite sein.« Hera wusste, dass ihre Aussage hart war und dass sie Zeus auf damit treffen würde, doch es war ihr gleich. Er musste damit leben, denn sie wollte ihr damaliges Leben nicht wiederholen.

»Nimm dir das zu Herzen, es hat einen Grund, weshalb ich damals gegangen bin.« Zeus horchte auf und sie merkte, dass sie damit sein Interesse nur noch mehr gesteigert hatte. Er musterte sie und sie merkte, wie Härte in seinen Blick trat.

»Wie meinst du das? Du bist gegangen? Eris hat euch überlistet und in den Tod geführt!« Sie wollte nicht mehr lügen, die Wahrheit auf den Tisch bringen. Vielleicht würde Zeus sie ihr Leben leben lassen, wenn er die Wahr-heit hörte. Wenn er erfuhr, dass sie sich nicht hatte täu-schen lassen und bewusst diesen Fluch ausgelöst hatte, dann würde er sie vielleicht in Ruhe lassen. Auch wenn sie sich dem nicht wirklich sicher war.

»Sie hat mich nicht überlistet, ich habe das mit ihr geplant. Es war meine freie Entscheidung, ein mensch-liches Leben zu wählen. Und ich habe viele, unzählige Leben gelebt. Jedes davon war schöner als das, welches ich bei dir hatte.«

Zeus verstummte und Hera war sich bewusst, dass ihre Worte hart geklungen haben mussten, aber sie hatte sie bewusst so gewählt. Er sollte endlich erfahren, was er ihr angetan hatte, wie er mit ihr umgegangen war und wozu er sie getrieben hatte.

»Das glaube ich nicht, du lügst!«, schrie Zeus sie direkt an, aber Hera schüttelte entschieden ihren Kopf.

»Nein. Das war die Wahrheit, auch wenn sie dir nicht gefällt.« Ein Blitz jagte über den Himmel und lautes

Donnern echote in der kleinen Küste, in der sie sich befanden. Hera verschränkte die Arme vor der Brust, während Zeus sie wütend anstarrte. Sie erkannte in seinem Blick, dass er kurz davor war, die Beherrschung zu verlieren.

»Und weißt du was? In jedem meiner Leben wusste ich, wer ich bin und ich habe mich immer aktiv dagegen entschieden, zu dir zurückzukehren.« Ein weiterer Schlag in Zeus' Gesicht, doch das hatte sie sich nicht verkneifen können. Heras Lippen verzogen sich zu einem spöttischen Grinsen und sie wandte sich langsam ab, ging ein wenig die Küste entlang. Sie hörte, dass Zeus ihr folgte, und kurz darauf spürte sie seine Hand um ihren Oberarm.

Er zog sie zurück, zwang sie dazu, sich umzudrehen und sie gehorchte.

Doch als sie in seine Augen blickte, schwieg er weiterhin, während sein Kiefer unerlässlich mahlte.

»Was ist denn noch? Hast du noch nicht genug? Ich möchte nicht mehr an deiner Seite sein. Versteh das doch endlich, solange du dich nicht grundlegend änderst und dein ganzes Denken umwirfst, hat das alles hier keinen Sinn.«

Hera riss sich aus seiner Umklammerung und löste sich vor seinen Augen auf. Sie spürte noch die ersten Tropfen, die mit einer ungeheuren Wucht auf sie niederprasselten, ehe sie sich in ihrem Schlafzimmer in Florenz wiederfand.

Es war seltsam, aber sie spürte einen tiefen Frieden in sich. Die Wut und der Schmerz, das, was sie sonst immer gefühlt hatte, wenn sie an Zeus dachte, das war fort. Sich alles von der Seele zu reden, auch wenn es Zeus nicht gefallen hatte und auch, wenn sie ihn mit der Wahrheit hatte konfrontieren müssen, hatte es seine Wirkung nicht verfehlt.

Hera ging es besser, besser als je zuvor. Langsam zog sie sich um und ging in ihrem Nachthemd ins Wohnzimmer, wo noch immer Isabella auf ihrem Sofa lag und leise schnarchte.

Auch wenn ihr Leben ein Scherbenhaufen war, sie fühlte sich zufrieden.

Es war ihr bewusst, dass sie die anderen um sich verletzt hatte, aber in diesem Moment, jetzt gerade, da fühlte es sich richtig an.

Zeus

Mit weit aufgerissenen Augen starrte Zeus auf jene Stelle, an der sich Hera eben noch befunden hatte. Die Wolken hatten sich verdunkelt und zahllose Blitze jagten über den Himmel, die allesamt ins Meer fuhren. Er war wütend, zornig und das, was Hera ihm an den Kopf geschmissen hatte, das war mehr, als er gerade verkraften konnte.

Ein lauter Schrei entkam Zeus, der sich auf die Knie fallen ließ und die Hand, die zu einer Faust gebildet war, donnernd auf den harten Boden niederfahren ließ. Ein leichtes Beben ging von diesem Schlag aus, während wasserfallähnlicher Regen über ihn niederprasselte. Doch das war ihm gleich. Alles war ihm egal!

»Zeus?«

Er reagierte nicht, wollte nichts hören und auch niemanden sehen. Nicht, wenn er gerade vor Wut raste und sich kaum noch beherrschen konnte.

»Zeus!« Wütend drehte er sich zur Seite und erkannte Hermes, der neben ihm aufgetaucht war. Er hielt sich die Hände über den Kopf, doch das half nichts – er war bereits patschnass und sah alles andere als glücklich aus. Zeus wusste, dass Hermes Regen nicht sonderlich mochte – vor allem nicht jene der Götterbrüder, denn sie waren besonders stark.

»Was ist?«, keifte Zeus Hermes an. Sah dieser nicht, dass er zu der denkbar schlechtesten Zeit gekommen war? Grummelnd erhob er sich. Der Anzug klebte an Hermes' Körper und die hellen Haare an seinem Gesicht.

»Die Daimonen, sie sind fort. Wir haben sie in die Flucht geschlagen!«, erklärte Hermes ihm und Zeus stieß einen Seufzer aus. Wenigstens eine gute Nachricht, wenn diese Nacht schon so eine scheußliche Wendung genommen hatte!

»Gut. Ares hat es also in den Griff bekommen«, sagte Zeus in den Regen, woraufhin Hermes das Gesicht verzog.

»Nicht allein, Poseidon hat geholfen.« Zeus hob eine Augenbraue und sah fragend zu dem Götterboten, der unsicher von einem Bein auf das andere trat.

»Er hat seine Kraft zurück, Amphitrite ist wieder an seiner Seite. Sie haben ihren Palast im Ozean wieder bezogen«, verkündete Hermes und Zeus konnte in dessen Stimme deutlich die Erleichterung hören. Einer der drei Brüder hatte die Aufgabe wohl gemeistert. Zeus ärgerte sich, dass nicht er der Erste war, der wieder zur vollen Stärke gekommen war, doch das konnte er nun nicht mehr ändern.

Wäre Hera nicht so, wie sie war, dann hätte er sich all das hier ersparen können! Er nickte und kommentierte das nicht weiter, woraufhin Hermes erleichtert wirkte. Offensichtlich hatte dieser mit einer anderen Reaktion des Götterkönigs gerechnet.

»Was ist denn noch?«, fragte Zeus ihn unhöflich, denn Hermes ging nicht. Er stand neben ihm und trat erneut unsicher von einem Fuß auf den anderen.

»Ich mache mir Sorgen um dich, Zeus. Das tun alle auf dem Olymp! Aphrodite besonders, sie hat nicht gesagt, was passiert ist und wir anderen haben wegen der Daimonenplage nichts mitbekommen.«

Zeus winkte ab und verschränkte die Arme vor der Brust. Der Regen nahm langsam ab, was Hermes einen erleichterten Seufzer entlockte.

»Hera weiß, wer sie ist.«

Hermes weitete die Augen und klatschte in die Hände.

»Sehr gut! Wann kommt sie auf den Olymp? Dann fehlt nur noch Hades und wir haben das alles hier hinter uns!«, sagte Hermes erleichtert, doch Zeus schüttelte den Kopf.

»Nein. Das geht nicht. Sie kommt nicht wieder.« Hermes' Lächeln erstarb auf seinen Lippen, während er das Gesicht verzog und Zeus verwirrt ansah.

»Aber wieso? Wenn sie weiß, wer sie ist, dann gehört sie zu uns!« Zeus schwieg und stieß einen leisen Seufzer aus. Hermes trat an seine Seite und blickte zu ihm hoch.

»Du sagst gar nichts darauf.« Keine Frage, eine Feststellung, auf die Zeus nur nicken konnte. Er verschränkte die Arme vor der Brust und sah entkräftet zu Hermes. Die Wolken hatten sich mittlerweile wieder verzogen und der Mond beleuchtete sie.

»Sie hat mir klar gesagt, dass sie nicht zurückkehren möchte und dass sie von diesem Leben nichts mehr wissen will.«

Hermes schüttelte den Kopf.

»Aber Zeus! Sie muss, denn was wird sonst aus uns allen?«, rief Hermes entrüstet aus, doch Zeus schüttelte erneut den Kopf.

»Sie muss gar nichts, das solltest du wissen. Hera kann man nicht zwingen, das konnte man nie und sie zu überzeugen, ist alles andere als einfach.«

Hermes schwieg und stieß einen lauten Seufzer aus.

»Das müssen wir mit den anderen besprechen, sie müssen davon wissen.« Doch Zeus war nicht dieser Meinung. Er blickte streng zu Hermes, der leicht den Kopf neigte.

»Noch nicht, behalte das für dich, ich muss nachdenken und jetzt geh und lass mich allein. Sorge mit Ares dafür, dass der Olymp gesichert bleibt. Ich habe das ungute Gefühl, dass die Daimonenplage nur der Anfang war.«

»Aber Zeus«, warf Hermes ein, verstummte aber, als dieser eine Hand hob und ihm deutete, ruhig zu sein.

»Kein aber. Habe ich dich je enttäuscht? Ich muss nachdenken und dann werde ich handeln.«

Er drehte den Kopf und sah in Hermes' Augen, doch dieser war äußerst skeptisch.

»Du hast nie nachgedacht, bevor du etwas getan hast«, warf dieser ein, woraufhin Zeus mit den Augen rollte. Genervt atmete er aus und blickte Hermes skeptisch an, der seinen Fehler augenblicklich bemerkte und rot wurde.

»Ich ähm, naja... das ist kein Geheimnis, dass du nicht so nachdenkst...«, stammelte der Götterbote verlegen, Zeus räusperte sich und augenblicklich verstummte er.

»Dann ist es an der Zeit, mich zu ändern. Geh jetzt.«

Völlig irritiert wandte Hermes sich ab und löste sich in Luft auf. Zeus seufzte erneut genervt aus und war froh, dass er nun allein an der Küste war. Er sollte wirklich tun, was er Hermes gesagt hatte – sich ändern.

Vielleicht würde ihn das weiterbringen. Doch eigentlich wollte er nur eines: er wollte Hera zurück.

Sein Herz hatte erkannt, dass es zu ihr gehörte, sie war sein sicherer Hafen, seine Zuflucht. Es hatte ihn immer wieder zu ihr zurückgetrieben und ihm war klargeworden, dass es nur sie war, die an seine Seite gehörte.

»Vorbei mit den Weibern«, murmelte er zu sich selbst. Vorbei war die Zeit der Affären und der Liebschaften. Es gab viele schöne Frauen auf dieser Welt, aber wenn er jede einzelne neben Hera stellte, dann musste er zugeben, dass keine von ihnen seiner Frau das Wasser reichen konnte.

Selbst in ihrer neuen Gestalt überstrahlte sie alles und brachte ihn dazu, sich in ihrer Gegenwart wohlzufühlen.

Zeus' Entschluss stand fest und hierbei war nicht der Fluch die entscheidende Kraft, die ihn vorantrieb, sondern seine Gefühle, die sich stetig um Hera drehten.

Er würde sie zurückgewinnen. Er würde zeigen, dass er es wert war, an seine Seite zurückzukehren. Sie gehörte zu ihm und er würde ihr beweisen, dass er der Mann sein konnte, den sie verdient hatte.

Das verhängnisvolle Fest

Hera

Es war ein Fest wie jedes andere, an dem Hera wie immer gelangweilt teilnahm. Mit prüfendem Blick ließ sie ihre Augen durch den großen Saal wandern und seufzte laut auf.

Sie hatte diesem Fest nicht entfliehen können, denn es war ein Fest zu Ehren der drei Brüder, Zeus, Poseidon und Hades. Ausgerichtet von Zeus persönlich.

Hades verließ selten sein Totenreich und noch seltener war Persephone an seiner Seite. Sie besuchte den Olymp kaum. Im Hintergrund spielten Musen, zupften die Saiten der Leiern und Harfen. Es war kein leises Fest, keines ihrer Feste war je leise gewesen. Wie immer ging es wild einher, lautes Lachen wurde vom Wind aufgefasst und durch die offene Halle des Olymps getragen.

Hera lehnte sich näher zu dem Rotweinbecher, den Dionysos bereitgestellt hatte. Doch das war nicht nur irgendein Fest, es sollte das Fest der Feste werden. Denn Eris hatte sie nicht umsonst aufgesucht und Hera hatte zugestimmt, ihren Plan zu unterstützen.

Sie war es so leid, von Zeus benutzt und betrogen zu werden. Auch konnte sich Hera gut vorstellen, dass dieser am heutigen Tag ebenfalls wieder unter fremde Röcke kriechen würde. Sie wollte gar nicht daran denken. Sie blickte weiterhin in der Halle umher und sah schließlich ihren Mann. Zeus stand neben einer der Musen, die sich nicht an der Musik beteiligten und ganz offensichtlich ließ er seinen Charme spielen.

Hera wurde bei diesem Anblick übel und sie verzog das Gesicht. Sofort wandte sie sich wieder ab und versuchte den Groll zu unterdrücken, sich in ihr bildete. Sie leerte den Weinbecher mit einem kräftigen Schluck und drehte sich demonstrativ von ihrem Mann weg, weg von dem Anblick, der ihr die Galle hochsteigen ließ.

Hera war es so leid, dass sie ständig die Betrogene war. Selbst wenn sie sich im selben Raum befand wie er, hörte er nicht auf mit dem, was er zu tun pflegte!

Sie hatte es satt und sollte sich diese Muse ihm tatsächlich hingeben, würde sie sie schon zum Schweigen bringen. Doch Hera beobachtete, dass Zeus der Muse überdrüssig wurde und sich einer neuen Dame zuwandte: einer Nymphe der Artemis. Hera hatte genug.

Schließlich erhob sich Hera, um etwas Abstand zwischen sich und Zeus zu bringen und ließ ihren Blick nun über die anderen Gäste schweifen. Schnell wurde sie fündig und entdeckte Amphitrite, die ebenfalls missgelaunt auf ihrem Platz saß und sich zu ärgern schien. Mit einem leichten Lächeln auf den Lippen ging Hera auf die Nereide zu, schob sich an ein paar Nymphen vorbei und gesellte sich zu der Königin der Meere.

»Amphitrite, sag mir, was geht in deinen Gedanken vor?« Die Angesprochene drehte sich überrascht zur Seite und sie sah in die blauen Augen der Meereskönigin, die an den Ozean erinnerten.

»Männer«, erwiderte Amphitrite trocken und Hera musste leicht nicken. Sie erkannte in ihren Augen, dass auch sie verärgert war und sah sich um. Recht bald war ihr klar, weshalb sie so aufgebracht war. Poseidon stritt sich mit Athena und das ziemlich laut. Hera schüttelte den Kopf und stieß einen Seufzer aus.

»Sie sind furchtbar, meint ihr nicht auch?« Eris setzte sich in diesem Moment neben sie und führte den Becher an ihre Lippen. Die dunklen Haare der Göttin fielen ihr in dichten Locken über den Rücken, woraufhin Hera die Augen verengte.

Das Spiel hatte begonnen, nun mussten sie ihnen nur noch ins Netz gehen.

»Du bist doch nicht eingeladen worden?«, hakte Hera schließlich nach. Sie wusste genau, wer auf der Gästeliste stand und Eris' Name befand sich nicht darauf. Sie wusste, dass sie die Misstrauische spielen musste und gab ihr Bestes.

»Es ist ein Fest der Götter und: Überraschung! Ich gehöre dazu, meine Liebe! Aber keine Sorge, deinem Gatten werde ich keine schönen Augen machen. Das erledigt Medea schon. Artemis wird sie dafür gewiss verstoßen, doch vielleicht war es das dann wert? Wer weiß es schon?«, plauderte Eris mit einem Grinsen.

Im Hintergrund stritten Poseidon und Athena noch immer und Hera erkannte, dass Zeus bei Medea mittlerweile auf Tuchfühlung gegangen war. Hera beobachtete, wie Hades sich bei dem Streit von Poseidon einmischte, während Persephone auf sie zukam und sich zu ihnen gesellte.

»Dich sieht man hier nicht oft, hast du dich verlaufen?«, fragte Eris die eben Angekommene und richtete die Aufmerksamkeit auf sie. Persephone musterte Eris kritisch, doch anstatt ihr zu antworten, drehte sie ihr den Rücken zu. Bestimmt hatte ihr Demeter den Rat gegeben, nicht zu viele Worte mit der Göttin der Zwietracht zu wechseln. Da war sich Hera fast sicher.

»Lass sie doch«, mischte sich Amphitrite nun ein, aber Eris zuckte mit ihren Schultern.

»Es ist kein Geheimnis, dass sie wohl nicht oft von ihrem Ehemann nach draußen gelassen wird. Das wäre kein Leben für mich! Ein Leben in Gefangenschaft muss furchtbar sein!« Nun drehte Persephone sich doch zu Eris und rümpfte die Nase. Hera lehnte sich zurück und beobachtete die Situation gelassen. Sie würde Eris in die Karten spielen, sobald es notwendig wurde.

»Ich lebe nicht in Gefangenschaft, ich darf machen, was ich möchte. Ich bin meine eigene Herrin!«

Eris zuckte hingegen gelangweilt mit den Schultern.

»Er hat dich geraubt und festgehalten. Im Winter kannst du die Unterwelt nicht verlassen. Das, meine Liebe, ist Gefangenschaft. Aber ihr, ihr habt es nicht besser er-wischt! Hera, mit ihrem Mann, der sie jede Woche mit einer neuen Frau betrügt und Amphitrite mit einem Mann, der für seine Wutausbrüche bekannt ist! Ich beneide keine Einzige von euch!«

Hera begann zu lächeln. Das lief wohl ganz gut nach ihrem Plan.

»Du hast keine Ahnung!«, sagte Persephone entrüstet, während Eris mit den Schultern zuckte und an ihrem Rotweinglas nippte.

»Wollt ihr nicht lieber geschätzt und geliebt werden? Eure Männer werden euch nie den Respekt entgegenbringen, den ihr verdient! Ich bin der Meinung, dass man sich eine gesunde Beziehung verdienen muss! Sie müssen um euch kämpfen, glauben, dass sie euch verlieren. Dann werden sie sich auch wieder mehr um euch bemühen. Oder kann jemand von euch behaupten, glücklich zu sein?«

Die beiden Frauen schwiegen, ebenso wie Hera. Diese beobachtete die Reaktion der beiden Frauen und bemerkte schließlich Persephones Blick, der zu ihr wanderte. Langsam nickte sie zustimmend, doch Persephone schüttelte den Kopf.

»Dann müsst ihr etwas ändern. Hades und ich lieben uns auch so, er muss mir nichts beweisen.«

Persephone schien sich sicher zu sein, doch in Heras Augen war sie nichts weiter als ein dummes Kind. Sie war jünger, bei weitem jünger als sie. Hera war die Schwester des Zeus, sie war älter als er und älter als die drei Göttinnen, die ihr gegenübersaßen. Niemand von ihnen wusste, was sie sagte. Sie blickte zu Eris, die ein kaum merkliches Nicken andeutete.

Das Spiel nahm seinen Lauf.

»Wenn du dir so sicher bist, dann hast du doch nichts zu verlieren, oder?« Eris lächelte, als sie den Becher abstellte und sich nach vorn lehnte.

»Warum sollten wir dir überhaupt trauen? Denkst du, dass wir die Sache mit Troja vergessen haben?«, warf

Amphitrite ein und Persephone nickte zustimmend, während Hera jedoch den Kopf schüttelte. Jetzt begann ihre Rolle. Sie musste Eris bestärken und sie vor den beiden Frauen als gut darstellen.

»Sie hat sich bei Athena, Aphrodite und mir entschuldigt. Sie möchte sich bessern.« Hera blickte zwischen den beiden hin und her konnte nur erahnen, was sich in ihren Gedanken abspielte. Kaum sichtbar gab sie Eris ein Zeichen, weiterzusprechen.

»Ja und ich sehe bei euch meine Chance, es wieder gut zu machen. Wenn Hera mir vertraut, dann könnt ihr doch auch über eure Schatten springen. Oder?«

Stille legte sich über sie und Hera schenkte Amphitrite und Persephone die Zeit zum Nachdenken, die sie brauchten.

Persephone war die Erste von ihnen, die die Stimme erhob.

»Na gut, wenn Hera es macht, dann mache ich es auch!« Hera nickte Persephone zu, Amphitrite schien jedoch länger zu überlegen.

»Ihr müsst euch keine Sorgen machen. Ich würde nie etwas gutheißen, das einer Ehe schaden würde.«

Damit sollten sie die Sache erledigt haben.

»In Ordnung. Woran dachtest du?«, fragte Amphitrite nun an Eris gewandt, die amüsiert lächelte. Freude funkelte in ihren Augen, als sie sich näher an die drei Frauen lehnte und wissend nickte. Sie hatten sie dort, wo sie sie haben wollten.

Das Spiel war fast gewonnen.

»Wir geben euch als Sterbliche aus und lassen die Männer in dem Glauben, dass sie euch zurückerobern müssen.
Wenn sie um euch kämpfen, dann könnt ihr euch sicher
sein, dass ihnen an euch etwas liegt. Wir werden es so aus-
legen, dass sie ihre Laster abwerfen müssen.«

Amphitrite war nicht überzeugt.

»Und wie soll das funktionieren?«, hakte sie nach, doch
Eris schien dafür ebenfalls etwas parat zu haben.

»Die Moiren haben noch eine Schuld bei mir offen, sie
werden uns helfen, alles zu verschleiern. Keine Sorge, es ist
alles gut durchdacht.«

Eris klang selbstsicher und Hera nickte bestärkend. Sie
würde sie in dem Vorhaben unterstützen, würde ihr helfen,
die drei Männer zu stürzen. Nur zu gern wollte sie ihr
sterbliches Leben aufnehmen. Besser heute als morgen.

Hera fragte nicht nach und blickte zwischen den
anderen beiden hin und her. Sie schienen noch nachzudenken. Kurz wanderte ihr Blick zu Zeus, der sich mit
Medea aus dem Staub machte.

Sie hatte wirklich nichts zu verlieren, sie konnte nur
gewinnen.

»Wieso tust du das?«, fragte Persephone leise.

»Weil ich es leid bin, immer die Böse zu sein. Immer
gemieden zu werden. Wenn ich Zeus und seinen Brüdern
dabei helfen kann, eine bessere Ehe zu führen, dann werden
auch die anderen mir verzeihen. Da bin ich mir sicher.
Zumindest hoffe ich das. Das mit Troja hängt mir ewig nach
und ich bin es leid, für etwas gemieden zu werden, das vor
mehr als hundert Jahren stattgefunden hat.«

Amphitrite schwieg, Persephone ebenso. Nur Hera nickte bestätigend. Sie verstand nicht, weshalb sich Amphitrite und Persephone noch wehrten. Doch dann erkannte Hera in ihren Augen, dass sie nachgaben, dass sie zustimmten. Sanft lächelte Hera die beiden Frauen an, die sie ohne schlechtes Gewissen in den Tod schicken würde.

»Ich verstehe, wir machen es. Sag uns wann und wo. Unsere Männer werden sich noch umschauen und lernen, wie man eine Frau richtig behandelt.« Hera sprach laut und deutlich und Amphitrite nickte, ebenso wie Persephone.

Das Spiel war gewonnen.

Kapitel 22

Ein paar Wochen zogen ins Land und Hera hatte ihr Leben wieder einigermaßen in den Griff bekommen. Lucien hatte sich wirklich von ihr getrennt und von Isabella hatte sie erfahren, dass dieser bei Tina, seiner Kollegin eingezogen war. Er hatte sie zwar nicht betrogen, aber sie hatte die Gelegenheit beim Schopf gepackt und ihn für sich gewonnen.

Hera war das mehr oder weniger egal, ihr Stolz war zwar verletzt, aber Lucien sollte glücklich werden. Und vielleicht war Tina diejenige, die zu ihm gehörte und die für ihn die Gefühle hegte, die er verdient hatte.

»Ich bin froh, dass du wieder lächeln kannst«, sagte Isabella mit einem Strahlen im Gesicht. Hera hatte sich mit ihr in dem kleinen Café von Louise getroffen, deren liebstes Gesprächsthema nach wie vor Zeus war und nur zu gern gab sie zum Besten, wie sie ihn zusammengestaucht und den Kopf gewaschen hatte.

Zu gern hätte Hera das mitangesehen, doch leider konnte sie sich die Bilder nur bei den Erzählungen vorstellen.

Hera nickte als Antwort und nippte an ihrem Chai Latte, für den sie in den letzten Wochen eine gewisse Liebe entdeckt hatte.

»Wieso sollte ich es nicht können?«, entgegnete sie und beobachtete Isabella dabei, wie diese die kastanienfarbenen Haare zurückwarf und ihr einen dramatischen Blick zuwarf.

»Na, weil er eine andere hat. So schnell. Ihr seid gerade ein paar Wochen getrennt und schon ist er bei einer anderen eingezogen«, lästerte Isabella. Hera zuckte mit den Schultern.

»Na und? Irgendwo muss er ja wohnen, sei lieber froh, dass er euer Sofa wieder verlassen hat.«

Denn Lucien war nach der Trennung vorübergehend zu seinem besten Freund Matteo geflüchtet und Isabella hatte mehr oder weniger zwischen den Stühlen gestanden. Denn immerhin hatte sie Luciens enttäuschte und wütende Blicke ertragen müssen, wann immer sie sich mit Hera getroffen oder gar von ihr erzählt hatte.

»Das stimmt, das war richtig anstrengend. Er hätte sowieso bald ausziehen müssen, wir brauchen den Platz.«

Hera wurde hellhörig, sie lehnte sich nach vorne und neigte den Kopf.

»Wie meinst du das? Ihr braucht das Wohnzimmer?« Isabella nickte als Antwort. Matteo und Isabella bewohnten eine kleine Wohnung, in der sich ein Schlafzimmer, ein Wohnzimmer und ein Koch- Essbereich finden ließen. Sie sprachen oft davon, eine größere Wohnung zu beziehen, aber sie waren nie umgezogen. Hera vermutete, dass sie es nicht übers Herz gebracht hatten, denn immerhin hatte Isabella diese Wohnung von ihrer verstorbenen Großtante übernommen, die für sie immer wie eine zweite Großmutter gewesen war.

»Naja, er musste gehen... Es ging nicht anders.« Isabella sprach in Rätseln und Hera verstand nicht, was sie ihr damit sagen wollte.

»Was willst du mir gerade sagen?«, hakte Hera direkt nach und bemerkte, wie Isabella nervös an ihrem T-Shirtsaum herumnestelte. Sie schwieg einen Moment, ehe sie doch lächelte und zu Hera blickte.

»Bist du dir sicher? Du bist eben erst von Lucien getrennt und auch, wenn du die Trennung gut verkraftest ...«, setzte Isabella an, doch Hera schüttelte entschieden den Kopf.

»Ja, sag es mir doch einfach!«

Isabella holte tief Luft und setzte schließlich ein Strahlen auf, das Hera erst einmal bei ihr gesehen hatte. Bei ihrer Hochzeit, an dem Tag, als sie und Matteo sich das Jawort gegeben hatten.

»Ich bekomme ein Baby, ich bin schwanger.« Heras Augen weiteten sich und sie quietschte freudig auf. Sofort lehnte sie sich über den Tisch und drückte Isabella an sich.

»Das freut mich für euch! Endlich!«, strahlte Hera. Sie wusste genau, wie lange Isabella schon versucht hatte, schwanger zu werden. Hätte es nicht bald auf natürlichem Wege funktioniert, hätte Hera eingegriffen und ein wenig nachgeholfen. Doch das war nicht mehr nötig. Isabella strahlte.

»Ja! Ich kann es kaum glauben!«

Erneut umarmte Hera ihre beste Freundin und strich ihr über die Haare.

»Wieso hast du mir das nicht schon früher erzählt? Seit wann weißt du es?«, wollte sie von Isabella wissen, die nicht mehr aufhören konnte zu lächeln.

»Ich weiß es seit einer Woche, aber ich wollte es dir nicht sagen. Lucien und du, ihr habt euch erst getrennt und ich wollte nicht noch mehr Salz in die Wunde streuen und dir wehtun.« Hera schüttelte entschieden den Kopf.

»Unsinn! Damit tust du mir nicht weh, im Gegenteil! Ich wollte schon immer Tante werden!«, verkündete sie strahlend und lehnte sich zurück.

Isabella nickte etwas und trank an ihrem Früchtetee, während Hera sich ebenfalls einen Schluck erlaubte.

»Du wirst Tante werden, Tante Celia. Das klingt doch gut, oder?« Hera musste leise lachen und nickte zustimmend.

»Nicht nur gut, das klingt fantastisch!«

Hera stellte die Tasse wieder ab, während sie Isabella betrachtete. Deren Augen sahen an ihr vorbei und Hera bemerkte, dass sich Isabellas Gesicht verfinsterte. Sofort drehte sich Hera um und seufzte laut auf, als sie Zeus bemerkte, der sich im Lokal umsah.

»Was will der denn hier?«, brummte Isabella verstimmt und verdrehte die Augen. Hera zuckte mit den Schultern.

»Keine Ahnung, lass uns nur hoffen, dass er uns nicht sieht.« Doch Hera wusste, dass er sie sehen würde. Hatte er sie gesucht? Sie war sich eigentlich sicher gewesen, dass sie ihn dazu gebracht hatte, zur Vernunft zu kommen. Sie war sich sicher gewesen, dass er sie hätte ziehen lassen und dass sie ihr Leben leben konnte, so wie sie es für richtig hielt.

Ohne die göttlichen Verpflichtungen, ohne Zeus, der ihr laufend das Herz brach. Doch sie konnte nicht ver-hindern, dass ihr Magen zu kribbeln begann und ihr Herz pochte ein wenig schneller gegen ihre Brust. Sie seufzte über ihre eigene Reaktion auf.

Na ganz toll. Das hatte ihr noch gefehlt. Sie spürte, wie Zeus' Blick zu ihr glitt und auf ihr haften blieb. Er hatte sie erkannt, ohne Zweifel. Isabella schnaubte und ver-schränkte die Arme vor der Brust.

»Du kannst direkt wieder gehen«, zischte sie Zeus entgegen, als er sich neben Hera stellte. Diese verdrehte die Augen und sah zu ihm auf.

»Dem stimme ich zu. Verschwinde.«

Doch Zeus bewegte sich nicht von der Stelle, seine blauen Augen fixierten Hera regelrecht und ein wohliger Schauer schoss durch ihren Körper. Verdammte Gefühle! Sie verfluchte diese innerlich und stieß einen lauten Seufzer aus.

»Was möchtest du?«, fragte sie schließlich, als Zeus weder ging noch etwas sagte.

»Ich möchte mit dir sprechen.« Sein Blick glitt zu Isabella, die alles andere als freundlich dreinblickte und dann wieder zu Hera zurück. »Allein.«

»Das kommt gar nicht infrage. Du weißt schon, was du angerichtet hast, oder? Wie kommst du auf die Idee, dass sie auch nur irgendetwas mit dir allein besprechen möchte? Was auch immer du ihr zu sagen hast, das kannst du auch vor mir tun! Also? Ich bin ganz Ohr! Was ist so wichtig, dass du es wagst, wieder angekrochen zu kommen?«, zischte Isabella feindselig und Hera warf ihr einen verwirrten Blick zu. So kannte sie ihre Freundin gar nicht, denn normalerweise war sie stets fröhlich und hatte nie böse Worte auf der Zunge.

Anders als Hera, die durchaus sagen konnte, was sie sich dachte. Sie wollte Isabella nicht fragen, welche Gedanken ihr gerade durch den Kopf schossen und wandte sich an Zeus. Konnte er wirklich offen vor Isabella sprechen? Sie wollte ungern, dass diese erfuhr, wer sie wirklich war und das würde passieren, wenn Zeus wirklich so sprach, wie er es wohl tun würde.

»Ich rede lieber alleine mit ihm.« Hera erhob sich, während Isabella direkt laut protestierte.

»Bist du verrückt? Er hat dein Leben zerstört! Wie kannst du mit ihm allein sprechen wollen?«, regte sie sich auf, doch Hera schüttelte den Kopf. Sie lehnte sich über den Tisch und berührte sanft den Arm ihrer Freundin.

»Ich möchte nicht, dass du dich unnötig aufregst«, murmelte sie ihr zu und warf einen kurzen Blick auf den noch flachen Bauch. Isabella verstand augenblicklich und seufzte.

»Na gut. Aber du erzählst mir alles ganz genau und wenn er scheiße zu dir ist, dann sagst du mir das auch, damit ich ihm gehörig in den Arsch treten kann!« Hera weitete die Augen und legte währenddessen noch ge-nügend Geld für ihr Getränk und das von Isabella auf den Tisch.

»Welche Worte seit Neustem aus deinem Mund kommen, Isabella!« Diese zuckte unschuldig mit den Schultern.

»Ist nicht meine schuld«, murmelte sie und legte dabei die Hand auf ihren Bauch. Offensichtlich gingen die Emotionen mit ihr durch. Oder wohl eher die Hormone, doch das wollte Hera so gewiss nicht ansprechen. Sie war nicht lebensmüde.

»Wie auch immer, ich rufe dich an«, murmelte Hera leise und verabschiedete sich mit einem Lächeln von Isabella, ehe sie sich an Zeus wandte. Als sie zu ihm sah, erstarb ihr Lächeln direkt wieder und sie blickte finster zu ihm hoch.

Ob er das von ihr wollte, was sie ahnte? Wollte er ihr erneut erklären, wohin sie gehörte? Zumindest seinen Empfindungen nach? Davon hatte Hera jetzt schon genug. Eigentlich wollte sie nicht mit ihm gehen, aber mit ihm hier zu sprechen wäre nur noch mühsamer.

»Und jetzt zu dir. Wir gehen, dann sagst du mir, was du willst, und dann verschwindest du.«

Hera stapfte voraus, während Zeus ihr direkt folgte. Unter dem Blick von Isabella und Louise, die sich auf Heras Platz gesetzt hatte und mit Isabella zu tuscheln begann.

Hera seufzte auf und hoffte, dass sie das Gespräch nicht bereuen würde.

Kapitel 23

Kaum fiel die Tür des kleinen Cafés hinter ihr ins Schloss, wandte sie sich Zeus zu, der sie mit klarem Blick betrachtete und die Arme vor der Brust verschränkt hatte. Seine Mimik war undurchlässig, sie konnte nicht erahnen, was sich hinter seinem Blick verbarg. Leicht neigte sie den Kopf. Wie immer sah er aus wie ein Businessmann, ganz im Anzug, der aus den teuersten Stoffen gefertigt wurde. Hera strich sich ihr weißes Sommerkleid glatt und neigte den Kopf.

»Was willst du?«, fragte sie ihn erneut, während sie sich mit ihm in Bewegung setzte. Sie begann einen Spaziergang und war sich sicher, dass er ihr folgen würde. So war es auch, denn kaum hatte sie die ersten Schritte getan, schloss er zu ihr auf und sie konnte seine Präsenz direkt neben sich spüren. Eine verräterische Gänsehaut breitete sich auf ihrem Unterarm aus, während sie zu ihm hochsah.

»Ich möchte mit dir sprechen, ich habe über all das nachgedacht, was du mir gesagt hast.«

Er hatte die Unterhaltung reflektiert? Hera sah ihn an, als wäre ein Gespenst. So ein Verhalten sah Zeus nicht ähnlich, er war stets wie seine Brüder mit dem Kopf gegen die Wand gelaufen und hatte kaum Rücksicht darauf genommen, wie es anderen mit seinen Worten und Taten ging.

»Es tut mir leid, aber das kann ich mir nur schwer vorstellen«, murmelte Hera und trat einen Schritt zur Seite, um ein wenig mehr Abstand zwischen sich und Zeus zu bringen. Dieser musterte sie und stieß einen tiefen Seufzer aus.

»Aber es entspricht der Wahrheit. Ich habe mich nach unserer letzten Unterhaltung zurückgezogen und habe nachgedacht. Allein. Ohne, dass jemand auf mich einredet. Ich glaube, das hat mir gutgetan.«

Hera konnte kaum glauben, was sie da hörte. Überrascht neigte sie den Kopf und ihr Mund öffnete sich, doch noch immer kam kein Ton über ihre Lippen.

»Bist du wirklich Zeus?« Dieser schenkte ihr ein charmantes Grinsen und nickte knapp.

»In all seiner Pracht und Göttlichkeit. Du wolltest doch immer, dass ich alles überdenke... wieso überrascht es dich, dass ich das einmal getan habe?« Fragend blickte er zu Hera, die den Blick wieder abgewendet hatte und langsam weiterging. Ihr Herz raste.

All das, was sie sich immer gewünscht hatte, Zeus, den sie immer angefleht hatte, er möge auf sie hören und sein Verhalten überdenken, konnte all das wirklich geschehen sein? Hera schwieg und ging langsam weiter, ehe sie sich räusperte.

»Doch, das wollte ich.«

»Aber?«, hakte Zeus nach. Hera zuckte mit den Schultern und es fiel ihr schwer, in Worte zu fassen, was ihr durch den Kopf ging.

Instinktiv führten sie ihre Schritte zu dem Fluss Mugnone, direkt zu der kleinen Bank, an der sie oft saß und auf welcher sie gern den Sonnenuntergang genoss. Schweigend setzte sie sich und Zeus ließ sich neben ihr nieder.

»Hera, sag doch etwas.« Hera blickte zur Seite und war erstaunt, welch weichen Gesichtsausdruck Zeus aufgesetzt hatte. Er schien wirklich über alles nachgedacht zu haben, zumindest sagte ihr das ihr Gefühl.

»Ich weiß nicht, was ich sagen soll«, gab sie mit leiser Stimme zu. Sie überkreuzte die Beine und blickte auf ihre Füße, die in hellbraunen Sandalen steckten, wobei diese vorne bei den Zehenspitzen offen waren und wo sie den goldenen Nagellack erkennen konnte, der zu ihr emporglitzerte.

Sie lehnte sich zurück und war dankbar, dass Zeus einen Augenblick schwieg. Sie spürte seinen Körper direkt neben ihrem, sein Bein, welches ihres berührte und seine Hand, die sich auf ihrem Oberschenkel ablegte.

Tausend Emotionen schossen durch Heras Körper, Emotionen, die sie eigentlich nie wieder hatte spüren wollen. Vorsichtig sah sie zur Seite, blickte hoch zu ihm. Zeus hatte seinen Blick in die Ferne gerichtet, doch dann drehte er den Kopf und seine himmelblauen Augen blickten direkt in ihre.

»Ich habe wirklich über alles nachgedacht, Hera. Ich habe dich nicht gut behandelt, das tut mir leid. Ich war ein furchtbarer Ehemann, dabei wollte ich immer nur dich. Das ist mir klar geworden.«

Hera runzelte verwirrt die Stirn und überlegte, ob sie sich seiner Berührung entziehen sollte, doch entschied sich dagegen.

»Wieso ist dir das erst so spät klargeworden? Ich war immer bei dir und ich habe dich nie verlassen, egal, wie furchtbar du gewesen bist.«

Zeus zuckte mit den Schultern und schien einen Moment über ihre Worte nachzudenken. Noch ein Fortschritt, denn sonst hatte er seine Gedanken immer, ohne zu zögern, in die Welt hinausposaunt.

»Deswegen wohl. Es gab nie eine Konsequenz für mich, also habe ich mich nicht ändern können. Jetzt habe ich dich zum ersten Mal verloren und du bist nicht zu mir zurückgekommen, obwohl ich mir dessen so sicher war. Ich habe zum ersten Mal wirklich darüber nachgedacht, was ich getan hatte, und ich möchte es besser machen. Ich bitte dich, Hera, gib uns noch eine Chance!«, hauchte er leise, doch Hera wandte den Blick ab.

Sie sah auf das klare Wasser und stieß einen leisen Seufzer aus.

»Möchtest du das meinetwegen, oder weil du deine Kräfte zurückhaben möchtest?«, fragte Hera ihn leise und drehte sich nun doch wieder zu ihm. Zeus hatte währenddessen seinen Blick nicht von ihr genommen und er lächelte.

»Du kannst auch nach diesem Jahr zu mir zurückkommen. Mir ist nur wichtig, dass ich dich wieder an meiner Seite habe«, raunte er leise. Heras Herz raste und sie merkte, wie ihre Wangen rot wurden. Das hatte sie sich immer gewünscht.

Sie hatte immer davon geträumt, dass Zeus sie um ihretwegen wollte.

»Ist das dein Ernst?«, hakte sie leise nach und Zeus nickte ihr sanft zu. Ein leichtes Lächeln umspielte seine Lippen und er neigte den Kopf zur Seite.

»Das ist mein voller Ernst. Ich will dich zurück, egal, ob als Götterkönig oder nicht. Aber kehre zu mir zurück, Hera. Ich bitte dich«, raunte er ihr zu und sie schluckte hart.

Alles in ihr schrie seinen Namen, wollte nachgeben, wollte sich ihm hingeben. Doch gleichzeitig fürchtete sie sich vor einer konkreten Entscheidung.

Immerhin hatte sie sich in jedem ihrer Leben gegen ein göttliches Leben gewehrt, hatte es immer ausgeschlossen, doch jetzt?

Konnte sie zurück?

Sie dachte nach und erhob sich schließlich.

»Das ist keine Entscheidung, die ich jetzt treffen kann«, murmelte sie und drehte sich langsam zu ihm um.

Zeus war ebenfalls aufgestanden und griff nach ihren Händen, leicht drückte sie diese und sah in seine Augen.

»Dann überdenke sie, und wenn du die Antwort weißt, dann sage sie mir. Auch wenn ich hoffe, dass du dich für mich entscheiden wirst und nicht gegen mich. Wir zwei sind Zeus und Hera, wir gehören zusammen. Das haben wir schon immer und das werden wir immer.«

Heras Herz schlug wie wild gegen ihre Brust, während sie kurz den Blick senkte, nur um ihn dann wieder zu heben und direkt in seine Augen zu sehen.

»Möglicherweise, aber das entscheide ich noch.«

Hera dachte einen Moment nach, ehe sie ihre Hände von seinen löste und ihm zum ersten Mal ein Lächeln schenkte. Das erste Lächeln seit mehr als über tausend Jahren.

»Triff mich morgen Abend in der Bar, wo wir uns in diesem Leben zum ersten Mal über den Weg gelaufen sind. Dann werde ich dir sagen, wie ich mich entschieden habe.«

Zeus lächelte und nickte leicht. Er hob die Hand und Hera spürte seine Finger, die sanft ihre Wange streichelte.

»Ich werde da sein und auf dich warten, ich werde immer auf dich warten, Hera, denn ich liebe dich. Mehr als du denkst und ahnen kannst«, flüsterte er ihr zu, lehnte sich zu ihr und legte seine Lippen sanft auf ihre Stirn.

Hera war wie erstarrt, bewegte sich nicht und sah zu ihm hoch. Kaum hatte er seine Lippen von ihr gelöst, war er verschwunden und Hera stand allein vor dem Fluss, allein mit ihrem Gefühlskarussell, das sich ohne Gnade drehte und drehte.

Langsam wandte sie sich ab und sah hoch in den Himmel, dorthin, wo der Olymp verborgen sein musste.

Sie hatte noch etwas Zeit für ihre Entscheidung und Hera betete, dass sie die richtige Wahl treffen würde.

Zeus

Mit einem Lächeln auf den Lippen manifestierte sich Zeus in der großen Halle und sah sich um. Er hatte ein gutes Gefühl bei der Sache mit Hera und er hoffte, dass er heute Aphrodite antreffen würde, mit der er über das Gespräch reden wollte.

Immerhin hatte er sich bis jetzt immer nur ihr Geschimpfe anhören müssen und war sich sicher, dass er das eben gut hinbekommen hatte. Er wurde nicht enttäuscht, Aphrodite saß neben Poseidon und Amphitrite, die wohl wieder in Inbegriff ihrer göttlichen Kräfte sein musste.

Langsam ging er auf die kleine Gruppe zu und nickte in deren Richtung, als diese ihn bemerkte.

»Zeus«, begrüßte Poseidon ihn mit einem zufriedenen Lächeln auf den Lippen. Instinktiv rollte Zeus mit den Augen. Er konnte sich gut vorstellen, dass Poseidon ihm unter die Nase reiben würde, dass er die Aufgabe als Erster gelöst hatte.

»Poseidon, Amphitrite, es tut gut, dich wieder zu sehen. Wenn auch in neuer Gestalt.« Die dunkelhaarige Frau drehte sich zu Zeus und nickte ihm zu. Nichts an ihrem Äußeren erinnerte an die einstige Nereide, nur die Augen hatten sich nicht verändert. Sie waren noch immer ozeanblau so wie damals.

»Du hast das vorhin gut hinbekommen«, lobte Aphrodite Zeus, der nun mit vor Stolz geschwellter Brust vor ihnen stand. Genau deshalb hatte er sich zu der Dreiergruppe, insbesondere zu der Liebesgöttin, begeben. Er wollte das Lob einheimsen, das ihm seiner Meinung nach auch zustand.

»Ich weiß, bis morgen Abend wird sie eine Entscheidung treffen.« Poseidon drehte sich zu ihm und neigte den Kopf.

»Also hast du ihr bereits gesagt, wer sie ist?« Der Meeresgott schien entweder nichts mitzubekommen, oder Hermes hatte wirklich Stillschweigen über alles gelegt.

Doch so wie Aphrodite ihn anblickte, schien Poseidon unterhalb der Meeresoberfläche nicht viel zu erfahren.

»Sie weiß bereits, wer sie ist«, lüftete Zeus das Geheimnis, bevor Aphrodite ihm zuvorkommen konnte. Amphitrite neigte den Kopf.

»Wie kann das sein? Ich hatte keine Ahnung!«, wollte sie wissen. Zeus drehte sich zur Seite und bemerkte, dass nun auch Ares und Hermes die Halle betraten. Als sein Blick den von Hermes kreuzte, zog dieser den Kopf ein.

Also hatte er wohl geplaudert. Innerlich rollte Zeus mit den Augen und sah zu Amphitrite.

»Sie wusste immer, wer sie ist, denn sie ist nicht auf Eris reingefallen, so wie du und Persephone.« Sofort legte die ehemalige Nereide die Stirn in Falten.

»Willst du mir damit etwa sagen, dass ich dumm bin?«, zischte sie. Poseidon legte ihr seine Hand auf den Oberschenkel, doch sie schlug diese ohne zu zögern weg.

»Nein. Aber Hera hat sich bewusst für den Tod entschieden.« Hermes und Ares setzten sich zu ihnen und es gefiel Zeus nicht, dass sie nun mehrere Leute waren.

Er deutete auf den Krug und Hermes schenkte ihm Rotwein ein, ehe er ihm demütig den Becher reichte. Das schlechte Gewissen war ihm ins Gesicht geschrieben.

»Hab ich schon gehört, muss ziemlich beschissen sein, wenn sich das Weib umbringt, nur weil sie dich nicht mehr aushält«, brummte Ares und augenblicklich zischte Aphrodite entrüstet. Zeus schüttelte den Kopf.

»Niemand von euch hier hat sich mit Ruhm bekleckert. Soll ich dich daran erinnern, dass wir alle dich und Aphrodite erwischt hatten?«, knurrte Zeus und Ares zuckte mit den Schultern.

»Mir doch egal, ich nehme mir eben, was ich will. Der Stärkste setzt sich immer durch!«, erklärte Ares nun und Zeus verdrehte die Augen.

»Hermes, hatte ich dir nicht aufgetragen, Stillschweigen zu bewahren?« Der Angesprochene rutschte auf seinem Platz hin und her und wagte es nicht, ihn anzusehen.

»Hermes?« Wieder zuckte dieser zusammen, ehe er doch zu Zeus blickte.

»Es tut mir leid. Sowas kann ich nicht für mich behalten!«, murmelte er, doch Zeus schwieg. Es war ihm nicht danach, den Götterboten zu bestrafen. Um das Thema zu wechseln, wandte er sich an Poseidon und Amphitrite.

»Du hast dich wirklich bemüht, Zeus, sie wird bestimmt zu dir zurückkehren«, versuchte Aphrodite ihm gut zuzureden und Zeus nickte langsam.

»Ich habe alles in meiner Macht Stehende getan, mehr kann ich nicht mehr tun«, murmelte Zeus leise. Denn er konnte nicht in die Vergangenheit zurückkehren, um alles anders zu machen. Das war ihm leider nicht möglich – wäre das eine Option, dann hätte er diese längst ergriffen.

Mit einem leisen Seufzen nippte er an seinem Wein und blickte in die Runde.

»Hera hat uns verraten«, murmelte Ares nun und sein Tonfall war neutral, wobei Zeus auch eine kleine Spur der Drohung darin hören konnte. Er schluckte.

»Nein, sie wusste keinen anderen Ausweg. Du kannst ihr nichts übelnehmen, ohne selbst in derselben Situation gewesen zu sein«, ergriff Amphitrite Partei für Hera und blickte Ares streng an. Dieser zuckte mit den Schultern.

»Sie war eine Königin. Unsere Königin, und sie hat uns verraten.« Zeus neigte den Kopf und dachte einen Moment nach. Wenn er das aus dieser Perspektive betrachtete, dann hatte Ares recht. Dann hatte sie sie alle betrogen und verraten. Doch Zeus sah es anders.

»Sie wollte ein neues Leben beginnen und für sie gab es keinen anderen Ausweg. Außerdem ist das viele tausend Jahre her, wir sollten uns darüber kein Urteil mehr bilden«, brummte Hermes, doch Zeus war sich sicher, dass dieser es sich gut mit Zeus stellen wollte, bevor er sich dazu entschloss, ihn doch noch für seine Geschwätzigkeit zu bestrafen.

Zeus brummte leise.

»Lasst uns nicht mehr darüber sprechen und den morgigen Tag abwarten. Vielleicht ist Hera dann wieder unter uns.«

Er hoffte es wirklich, denn er wusste nicht was er sonst noch tun sollte, um sie für sich zu gewinnen. Würde sie sich ihm morgen Abend verwehren, dann konnte er nichts weiter tun, als es zu akzeptieren.

Auch wenn das nicht in seiner Natur lag. In seiner Natur lagen der Donner, die Blitze und das Gewitter. Er konnte genauso stürmisch werden wie der Himmel, wenn Unwetter darüber hinweg jagten.

»Wenn sie nicht freiwillig kommt, dann gehe ich und überzeuge sie!«, mischte sich Ares ein. Zeus sowie Aphrodite blickten entsetzt zu dem Kriegsgott. Dieser hatte eine entschlossene Miene aufgesetzt und Zeus war sich sicher, dass man von Ares nicht überzeugt werden wollte.

»Hoffentlich entscheidet sie sich für den Olymp«, murmelte Aphrodite, die den Kopf schüttelte und Ares' Einwand unkommentiert ließ. Zeus nickte und erhob sich.

»Das hoffe ich auch, aber das werden wir morgen sehen.«

Mit diesen Worten trat Zeus an der Gruppe vorbei und ging mit schnellen Schritten aus der Halle. Er musste allein sein, denn die anderen wühlten ihn auf.

Warten war nicht seine Stärke, er war ungeduldig und doch konnte er jetzt nichts ausrichten. Er manifestierte sich in seinem Anwesen und verschloss es von innen, damit niemand ihn stören konnte.

Er konnte nichts anderes tun, als warten.

Hera

Hera sah noch eine Weile in den Himmel, ehe sie sich schließlich von dem Anblick löste und langsam kehrt machte. Sie holte ihr Telefon aus ihrer Handtasche und schrieb Isabella eine kurze Nachricht.

‚Das Gespräch war gut, er war sehr einsichtig. Ich denke über alles nach‘, tippte sie und sendete die Nachricht schließlich ab. Kaum hatte sie das Telefon in ihrer Jackentasche verstaut, hörte sie das altbekannte Piepen und nahm es wieder in die Hand.

‚Einsichtig? Er hat dein Leben ruiniert! Bist du dir sicher?‘ Hera musste schmunzeln, als sie die vielen verschiedenen wütenden Emojis hinter der Textnachricht sah, und schüttelte über ihre Freundin den Kopf.

‚Mach dir keine Gedanken, ich weiß, was ich tue. Mach dir mit Matteo einen schönen Abend, ihr habt es verdient.‘, tippte sie und fügte im Anschluss noch ein Herz an, nachdem sie nach diesem Emoji gesucht hatte. Lächelnd steckte sie das Handy in ihre Tasche und ging auf dem schnellsten Weg zurück in ihre Wohnung. Nach einem kurzen Zwischenstopp beim Supermarkt, wo sie sich fertiges Sushi zum Mitnehmen gönnte, kam sie in ihrer

Wohnung an, und setzte sich an den Küchentisch. Wie von selbst entzündeten sich ein paar Kerzen und Hera lächelte.

Ihre Kräfte waren doch ganz praktisch, sie hatte sie während ihres Zusammenlebens mit Lucien nie ausgelebt und sie hatte auch immer viel zu große Angst gehabt, dass man sie im Olymp bemerken würde. Doch nun war beides hinfällig und sie konnte sich frei entfalten.

Vorsichtig schob Hera sich das erste Stück Sushi in den Mund, als sie eine Bewegung im Badezimmer wahrnahm. Die Tür stand offen und eine Sekunde später trat Eris aus dem Raum. Sie sah nicht begeistert aus.

»Eris«, begrüßte Hera sie knapp und widmete sich weiterhin genüsslich ihrem Essen. Eris kam auf sie zu und schlug mit der flachen Hand auf den Tisch.

»Wie kannst du hier seelenruhig essen?«, herrschte Eris sie an, doch Hera hob eine Augenbraue. Wenn sie sich für ihr menschliches Leben entschied, dann musste sie dringend eine Barriere für Götter einrichten, damit sie hier auch wirklich in Ruhe leben konnte.

»Wieso sollte ich das nicht tun?«

»Du hast dich mit Zeus getroffen! Am Fluss, das hat mir Ate erzählt!« Eris' Stimme war vorwurfsvoll, doch Hera zuckte nur mit den Schultern.

»Er hat mich eben erkannt und weiß, wer ich bin. Du wolltest ihn doch ablenken, das hat ja nicht sonderlich gut funktioniert«, schob Hera nun die Schuld wieder Eris zu, welche direkt den Kopf schüttelte.

»Findest du das etwa lustig? Er will dich zurück!«, beharrte Eris, doch Hera zuckte mit den Schultern. Die restliche Farbe wich aus Eris' Gesicht, als sie Heras Reaktion auf ihre Worte vernahm.

»Na und? Ich habe mit ihm gesprochen, ja. Er hat sich geändert und ich bin mir sicher«, murmelte Hera leise, doch Eris schüttelte den Kopf. Sie ließ sich Hera gegenüber nieder und sah ernst zu ihr, während diese noch immer ihr Abendessen verspeiste.

»Du gefährdest den Plan!« Hera antwortete nicht darauf, sondern griff nach der Sojasauce, in die sie ihr Sushi tauchte, ehe sie es sich in den Mund schob. Eris seufzte.

»Wir waren uns doch einig, dass Zeus nichts Gutes im Schilde führt. Kannst du dich nicht mehr an die Ehe erinnern? Weißt du nicht mehr, wie er dich behandelt hat? Willst du das wirklich wieder?« Hera antwortete nicht, sie drehte das kleine Reisstückchen mit den Stäbchen in ihrer Hand hin und her. Erneut donnerte Eris' flache Hand auf den Tisch.

»Und kannst du jetzt endlich aufhören zu essen?«, fügte sie laut hinzu. Hera ließ nun doch die Stäbchen sinken und hob eine Augenbraue.

»Ich habe mehr als ein Gespräch mit ihm geführt und ich glaube, er hat sich wirklich geändert. Ich glaube es nicht nur, ich bin mir sicher. Es ist meine Entscheidung, ob ich nicht doch zu ihm zurückgehe!«, erwiderte Hera nun, während Eris erneut den Kopf hin und her warf. Ihre dunklen Haare flogen von einer Seite zur anderen, während die giftgrünen Augen sie unverwandt anstarrten.

»Ich weiß, was ich tue, Eris. Mach dir keine Sorgen.« Wobei Hera bezweifelte, dass diese sich überhaupt Sorgen machte. Wenn sich Eris sorgte, dann bestimmt nur um ihren Plan, den Hera mit einem falschen Wort zunichtemachen konnte. Oder zumindest einen Dämpfer verpassen würde, denn sie wusste nicht, ob Poseidon oder Hades bereits den Fluch gelöst hatten.

Doch das würde sie Eris nicht fragen, sie wusste nicht, ob diese ihr auch die Wahrheit sagen würde.

»Keine Sorgen? Hera! Du bist dabei den größten Fehler seit langem zu begehen!«, konterte Eris nun. Hera stieß einen leisen Seufzer aus.

»Hör auf, auf mich einzureden! Ich weiß genau, was ich tue!«, murmelte sie und verdrehte die Augen. Eris je-doch starrte sie weiterhin an und stieß ihrerseits einen Seufzer aus, als Hera erneut nach ihrem Essen griff und sich ein neues Stück Sushi in den Mund schob.

»Du bist unmöglich«, murmelte Eris schlechtgelaunt, doch Hera reagierte nicht. Einen Moment lang schwiegen beide Frauen und Hera verspeiste den Rest ihres Abend-essens.

»Wenn du dir so sicher bist, dass er sich geändert hat, dann können wir ihn auch auf die Probe stellen«, schlug Eris vor. Hera hob den Blick und neigte den Kopf.

»Wie meinst du das?«, fragte sie leise, doch ein un-definierbares Lächeln schlich sich auf die Lippen der Göttin.

»Naja, wir prüfen seine Treue. Du bist dir doch sicher, dass er sich geändert hat? Das lässt sich leicht testen.« Hera schnaubte nur auf und lehnte sich zurück. Sie griff nach ihrem Wasserglas und ließ die Finger leicht daran auf und ab fahren.

»Ich glaube nicht, dass du sein Typ bist.« Doch Eris winkte ab.

»Ich spreche nicht von mir, aber ich kenne einige Damen, die sich dafür durchaus eignen würden. Was sagst du? Wenn du dir so sicher bist, dass er sich geändert hat, dann spricht doch nichts dagegen, oder?« Sämtliche Warnsignale in Hera begannen zu blinken und sie schluckte.

Eris war die Göttin der Zwietracht und es war nie gut, ihr zu trauen. Womöglich hatte Hera bereits damals einen Fehler begangen, indem sie ihr ihr Vertrauen geschenkt hatte.

Doch sie konnte den Vorschlag auch nicht ablehnen, ohne damit anzudeuten, dass sie Zeus womöglich doch nicht so traute, wie sie es tat. Hera befand sich in einer Zwickmühle und schwieg.

»Na? Was sagst du?«, hakte Eris nach und Hera kniff die Lippen zusammen. Zeus hatte sich geändert, zumindest waren das seine Worte gewesen. Was hatte sie zu verlieren?

Nichts.

Denn selbst wenn Eris recht behielt und Hera sich täuschte, dann bewahrte sie diese nur davor, einen erheblichen Fehler zu begehen. Heras Herz wurde schwer und ein ungutes Bauchgefühl breitete sich in ihr aus.

»Na gut, mach es. Er wird bestehen, da bin ich mir sicher«, murmelte Hera, obwohl ihre Stimme alles andere als zuversichtlich klang.

Eris sah jedoch nicht so aus, als wäre sie bereits fertig mit der Unterhaltung.

»Ich werde außerdem versuchen, ihm den Donnerkeil zu entreißen.« Verwirrt musterte Hera Eris und neigte den Kopf.

»Den Donnerkeil? Was willst du denn damit? Er gehorcht dir nicht. Zumindest noch nicht. Derzeit ist er nutzlos.« Das war eine Tatsache, denn mit ihrem Ableben hatte Zeus die Kontrolle über seine mächtigste Waffe verloren. Hera konnte sich nicht vorstellen, warum Eris ihn für sich wollte.

Sie konnte ihn nicht verwenden.

»Das ist egal, sicher ist sicher.« Doch damit war Hera nicht einverstanden, sie schüttelte den Kopf und sah ihr direkt in die Augen.

»Nein.« Das war alles, was sie dazu zu sagen hatte. Eris hob eine Augenbraue.

»Nein? Weshalb?«, wollte sie wissen, doch einen genauen Grund konnte Hera ihr auch nicht nennen.

»Ich glaube nicht, dass das für dich gut ausgehen würde. Lass ihn, wo er ist, versprich es mir«, murmelte sie und sah Eris bittend an. Diese erwiderte den Blick und verdrehte schließlich die Augen.

»Wenn es dir so viel bedeutet.«

»Tut es, ich danke dir.« Sie hoffte nur, dass Eris ihr Versprechen auch halten würde.

»Wenn das alles vorbei ist und Zeus versagt, dann verspreche ich dir, dass ich dir eigenhändig dabei helfe, ihn an dich zu nehmen.« Aber bis es so weit war, sollte er bei Zeus bleiben. Das war das Mindeste, was sie für den Götterkönig tun konnte.

Ein gemeines Grinsen breitete sich auf Eris' Lippen aus, ehe sie leicht nickte und im nächsten Augenblick verschwand.

Hera schluckte hart und erhob sich.

Hoffentlich hatte sie nicht die falsche Entscheidung gewählt.

Kapitel 26

In der vergangenen Nacht hatte Hera fast nicht schlafen können und auch an diesem Tag war sie in der Arbeit alles andere als konzentriert. Eine Ent-scheidung hatte sie noch immer nicht gefällt, doch ihre Gedanken kreisten immerzu um Zeus und Eris, die mal wieder ihre Finger im Spiel hatte.

»Celia, pass doch besser auf!«, rügte Kim Hera, die überrascht aufblickte. Jenna hielt ihre Hand und sah treu zu ihr auf, doch Hera hatte nicht mitbekommen, dass sie beinahe in eine kleine Gruppe von Kindern gelaufen wären, die mit den Laufrädern unterwegs waren.

Hera wurde bleich und ließ Jennas Hand direkt los.

»Das tut mir leid, Jenna.«

Das kleine Mädchen kicherte und neigte den Kopf.

»Mir ist nichts passiert. Das war lustig. Fast wie in diesen Actionfilmen, die Mama und Papa immer schauen«, plapperte sie fröhlich und klatschte in die Hände, als sie sich zu den anderen Kindern drehte.

»Julian, das habe ich gesehen! Die Zunge muss im Mund bleiben, sagt Mama immer. Sonst kommt jemand und schneidet sie ab!« Mit diesen Worten lief Jenna auf die anderen Kinder zu, wobei insbesondere Julian direkt die Flucht vor ihr ergriff. Hera runzelte die Stirn, während Kim zu ihr rüberkam. Sie schüttelte den Kopf.

»Wo bist du heute nur mit deinen Gedanken, Celia?«, fragte sie, doch Hera schüttelte den Kopf. Eigentlich hatte Kim kein Recht dazu, sie zu kritisieren, denn immerhin kam diese normalerweise öfter zu spät und einmal hatte sie sogar noch etwas Restalkohol von der letzten Nacht ge-habt.

»Ist nicht so wichtig«, winkte Hera ab und setzte sich schließlich auf die Bank, auf der auch Isabella saß. Ihre Gruppe war ebenfalls im Garten und mit Adleraugen beobachtete Isabella ihre Kinder und schrie immer wieder quer über den Spielplatz die Namen jener, die sich schlecht benahmen.

»Cindra, runter mit den Steinen! Nein, du darfst Fabian nicht einmauern! Wir spielen heute nicht Vampir!«, keifte Isabella in die Richtung eines kleinen, schwarzhaarigen Mädchens, das direkt den Kopf einzog und in die Richtung der Rutsche lief.

Isabella drehte den Blick zu Hera.

»Sie machen mich wahnsinnig. Seit Cinda diese seltsame Vampirserie im Fernsehen gesehen hat, will sie immer irgendjemanden einmauern! Ich verstehe nicht, wieso die Eltern ihr das erlaubt haben!«

Hera nickte, während Isabella sich noch ein wenig mehr darüber aufregte und sich schließlich zurücklehnte.

»Ist alles in Ordnung?«, fragte sie Hera schließlich, die sich überrascht zu ihrer Freundin drehte.

»Ja, ich bin heute nur ein wenig neben der Spur. Ich treffe mich nach der Arbeit mit Zeus.« Als der Name fiel, verdrehte Isabella direkt die Augen.

»Zeus«, äffte sie seinen Namen genervt nach und schnaubte.

»Wenn ich den Namen schon höre. Ja, du meintest, er war gestern nett zu dir und ja, ich weiß, es ist deine Entscheidung, aber wieso er? Er hat deine Verlobung platzen lassen!« Hera schwieg einen Moment, während sie die Arme vor der Brust verschränkte.

»Lucien und ich haben sowieso nicht so gut zueinander gepasst. Wenn ich ehrlich sein darf, hat es in den letzten Wochen der Beziehung nicht mehr so gut funktioniert«, murmelte sie leise.

Falsch. Es hat nicht mehr funktioniert, seit Zeus aufgetaucht ist, besserte sie ihre Worte in Gedanken aus, doch sie sprach diese nicht aus. Isabella warf ihr einen skeptischen Blick zu. Hera winkte ab.

»Er hat nur das ausgelöst, was unweigerlich passiert wäre«, murmelte Hera leise und Isabella wandte sich wieder den Kindern zu.

»Du bist dir wirklich sicher mit dem, was du tust?«, hakte sie leise nach und Hera nickte. Sie wusste, dass Isabella das nicht gesehen haben konnte, doch diese drehte sich ihr gleich wieder zu, nachdem sie auch das nächste Kind ermahnt hatte.

»Ich will nur nicht, dass du wieder verletzt wirst. Ich möchte dich nicht wieder weinen sehen«, murmelte Isabella leise, doch Hera legte ihr vorsichtig die Hand auf den Oberarm.

»Keine Sorge, das werde ich nicht. Ich werde mich für das Richtige entscheiden, das weiß ich einfach.« Das musste sie, traf es wohl eher und Hera sah ihrer Freundin an, dass diese nicht begeistert war. Hera dachte noch einen Moment lang nach, dann zuckte sie mit den Schultern.

»Wenn er sich heute gut anstellt, dann werde ich ihm eine Chance geben«, entschied sie mit leiser Stimme. Augenblicklich drehte sich Isabella zu ihr um und sah sie verwirrt an.

»Was? Aber ihr kennt euch doch erst so kurz«, sagte Isabella leise und Hera sah, wie sie sie entsetzt anblickte. Der Schreck war ihr ins Gesicht geschrieben.

»Celia, ich gehe jetzt nach Hause«, riss Jenna sie aus dem Gespräch. Das kleine Mädchen stand vor ihr und blickte treuherzig zu ihr hoch. Hera lächelte etwas.

»Ist deine Mutter denn schon da?« Das kleine Mädchen nickte als Antwort und Hera lächelte sanft. »Dann komm gut nach Hause und hab einen schönen Abend«, verabschiedete sie Jenna, die quietschend über die Spielwiese lief.

Langsam wandte sich Hera wieder Isabella zu und musterte sie. Sollte sie ihr die Wahrheit sagen? Sie biss sich auf die Unterlippe. Eigentlich wollte sie ihre Freundin nicht anlügen und doch hatte sie ihr stets verschwiegen, was sie war.

»Kannst du ein Geheimnis für dich behalten?«, fragte Hera sie leise und Isabella sah sie an, als wäre sie komplett verrückt geworden.

»Natürlich. Aber was willst du mir denn sagen, Celia? Gott! Sag es mir doch endlich!« Hera konnte nicht zurück, denn selbst wenn Zeus sich heute nicht als ihrer würdig herausstellen würde, dann würde sie mit dem göttlichen Teil in sich leben wollen. Und vielleicht war es ein schöneres Leben, wenn Isabella von ihr wusste.

Es würde einfacher werden. Das musste es einfach und doch brachte Hera diese kleinen Worte nicht über die Lippen.

»Celia?«

Hera sah zu ihr und schluckte.

»Ich komme heute nach dem Treffen mit Zeus dir. Dann erzähle ich es dir«, murmelte sie leise. Isabella wirkte enttäuscht und sie verdrehte die Augen.

»Wieso kannst du es mir nicht jetzt sagen? Das ist unfair, erst machst du mich neugierig und dann rückst du nicht mit der Sprache heraus!« Hera konnte ihre Freundin gut verstehen, auch sie war nicht sonderlich geduldig in solchen Dingen, und doch konnte sie es ihr jetzt nicht sagen.

Nicht hier, wo lauter Kinder um sie herumliefen, die auch ihre Aufmerksamkeit verlangten.

»Später, nicht hier.«

Isabella seufzte laut auf und verschränkte die Arme vor der Brust. Griesgrämig erhob sie sich.

»Wehe, wenn du nicht kommst und es mir nicht erzählst, dann kannst du was erleben!«, zischte Isabella ihr zu und ging zu zwei Kindern, die sich gerade wegen einer Spielzeugschaufel in die Haare bekommen hatten. Hera blickte auf die Uhr und seufzte auf, ehe auch sie zu den Kindern ging, die sie brauchten.

***

Nach dem Arbeitstag hatte Hera sich in ihrer Wohnung für den Abend zurechtgemacht. Sie hatte ein goldenes Kleid angezogen und die blonden Haare leicht gelockt. Die Füße steckten in weißen High Heels und als Hera in den Spiegel blickte, hatte sie zum ersten Mal das Gefühl, dass ihr eine Göttin entgegenblickte.

Sie lächelte, als sie noch dezentes Make-up auflegte und nach ihrer weißen Handtasche griff. Sie war bereit.

Bereit, sich zu entscheiden und hoffte, dass Zeus die Prüfung bestand.

Würde alles gut gehen, dann würden sie gemeinsam in den Olymp zurückkehren können – doch Hera wusste genau, dass da noch Eris war, die ihre Finger im Spiel hatte und mitmischen würde.

Und Hera ahnte, dass sie es Zeus nicht einfach machen würde, die kommende Prüfung zu bestehen.

Kapitel 27

Mit einem komischen Gefühl in der Bauchgegend ging Hera zu jener Bar, in der sie sich mit Zeus treffen wollte.

Vor dieser verharrte sie und blickte kurz in das Lokal. Zeus wartete bereits auf sie, sie konnte ihn an der Theke erkennen und ihr Herz schlug wie wild gegen ihre Brust.

Heute würde sich alles entscheiden.

Würde Zeus den Test nicht bestehen, dann würde sich Hera gänzlich vom Olymp abwenden, denn dann hätte sie eindeutig genug. Doch noch keimte der letzte Funke Hoffnung in ihr auf. Hera schluckte, während sie ein heiteres Kichern neben sich hörte.

»Willst du nicht warten und die Show genießen?« Langsam drehte Hera den Kopf zur Seite und sah zu Eris, die neben ihr aufgetaucht war. Auch sie hatte sich herausgeputzt und trug ein blutrotes Kleid, das ihrem Körper außerordentlich schmeichelte. Doch so schön sie auch war, Hera wusste, dass sie nur Unheil brachte.

»Welche Show?«

Hera kniff die Augen zusammen und sah dann erneut zu dem Lokal, als Eris auf die Theke deutete. Dort, wo Zeus saß, ging eine junge Frau auf ihn zu. Sie hatte wallendes, rotes Haar, das ihr in dichten Locken über den Rücken fiel.

Zudem trug sie ein smaragdfarbenes Kleid und so mancher Gast drehte sich zu ihr um.

Hera schluckte.

»Syke? Sie verlässt nur äußerst selten ihren Feigenbaum«, murmelte Hera leise und Eris lachte leise.

»Das tut sie, aber sie steht noch in meiner Schuld. Und jetzt können wir beobachten, ob Zeus ihrer Verführung standhält oder nicht.«

Hera neigte den Kopf. Kannte Zeus Syke überhaupt? Es gab viele Nymphen auf dieser Welt und die Hamadryaden, zu denen Syke gehörte, waren ein besonders scheues Volk. Die Frauen waren wunderschön, doch sie verweilten meist in ihren Bäumen und traten nur äußerst selten mit der Außenwelt in Kontakt. Hera selbst kannte sie nur, da sie nach einem Streit mit Zeus Zuflucht bei ihnen gesucht hatte und sich unter ihnen hatte verstecken können.

Syke war zu einer guten Freundin geworden, sie war ihre Zuflucht gewesen, wenn sie eine Auszeit von Zeus gebraucht hatte. Die Hamadryade war stets mit einem offenen Ohr für sie dagewesen und jetzt? Jetzt spazierte sie auf Zeus zu, den Mann, von dem Syke genau wusste, dass er zu Hera gehörte.

Wie freiwillig war sie hier? Und hatte Eris von der Freundschaft zwischen Syke und Hera gewusst? Kurz warf Hera Eris einen Seitenblick zu und biss sich auf die Unterlippe.

Bestimmt, denn es konnte kein Zufall sein, dass sie ausgerechnet Syke hier ins Gefecht schickte.

Syke, ihre treue Freundin.

Ein beunruhigendes Gefühl überkam Hera.

»Hamadryaden können ihren Baum nicht lange verlassen.« Eris zuckte mit den Schultern und Hera fuhr sich mit den Fingern durch die Haare.

»Es reicht, wenn sie ihm einen Kuss stiehlt, um zu bestehen.«

Hera riss die Augen auf. Das konnte unmöglich Eris' Ernst sein.

»Was geschieht, wenn sie nicht besteht? Wenn Zeus nicht auf sie hereinfällt?«, wollte sie wissen, doch Eris kicherte leise.

»Nun, Bäume mögen kein Feuer, oder? Scheitert sie, wird Ate ihren Baum entflammen und Syke wird es nicht mehr geben.« Ungläubig schüttelte Hera den Kopf und starrte in das Lokal. Sie wollte Syke töten, wenn Zeus sich nicht von ihr verführen lassen würde. In Hera tobte ein Wirbelwind der Emotionen.

Egal wie es ausgehen würde, für einen von ihnen wäre das Resultat verheerend. Fast hoffte Hera, dass Zeus Sykes Charme erliegen würde, doch sogleich würde das auch bestätigen, dass er gelogen hatte. Eris kicherte leise.

»Das ist ein spaßiger Abend, meinst du nicht?«

Hera schüttelte erneut den Kopf und ihre blonden Locken flogen von einer Seite zur anderen.

»Das ist grausam.«

»Das ist das Leben«, konterte Eris und deutete Hera, dass sie weiter in das Lokal sehen sollte. Syke hatte Zeus mittlerweile in ein Gespräch vertieft und lehnte sich zu diesem, doch obwohl er zunächst noch lächelte, drehte er sich zur Seite. Syke lehnte sich näher zu Zeus und berührte seinen Oberschenkel, er reagierte nicht. Schließlich lehnte sie sich zu ihm und küsste seine Wange, ehe sie sich weiter zu ihm lehnte und versuchte, seine Lippen zu küssen.

»Das reicht.«

Hera hatte genug gesehen, sie stieß die Tür auf und stürmte in das Lokal, während sie im Augenwinkel bemerkte, wie Eris sich in Luft auflöste.

»Zeus!«, donnerte sie und blieb vor diesem stehen, der dabei war, Syke von sich zu stoßen.

Er drehte sich zu ihr und kniff die Augen zusammen.

»Das ist nicht so wie es aussieht. Ich habe sie nicht küssen wollen!«, verteidigte er sich und Heras Herz wurde schwer. Das hatte er nicht, doch zugleich würde dies das Ende der Hamadryade bedeuten.

»Gelogen, er hat mit mir geflirtet!«, mischte sich Syke ein. Hera wusste nicht, ob sie ihr glauben sollte und schüttelte den Kopf.

»Verschwinde doch endlich!«, zischte Zeus der Nymphe entgegen, doch sie blieb, wo sie war. Sollte Hera sie warnen? Sollte sie ihr erzählen, dass ihr Baum in Feuer aufgehen würde? Sie drehte sich zu Zeus und schluckte.

Nein, sie konnte und wollte die Hamadryade nicht in den Tod schicken.

»Unsinn. Ich möchte von allem nichts hören. Hast du dich überhaupt geändert?«, zischte Hera und es tat ihr in der Seele weh, dass sie Zeus dies entgegenschleudern musste. Sie unterstellte ihm Dinge, die nicht wahr waren, obwohl sie wusste, dass er sich gebessert hatte.

Früher hätte er die Gelegenheit beim Schopfe gepackt, doch nun hatte er sich für Hera entschieden. Und Hera? Sie stieß ihn von sich weg, ungerechtfertigt.

Sie schluckte und merkte, wie sich Zeus' Miene verfinsterte.

»Du glaubst mir nicht.«

Seine Worte waren ernst und kalt, Hera zuckte zurück und senkte den Blick. Syke drehte sich auf dem Absatz um und lief eilig aus dem Lokal, offensichtlich wollte sie nicht zwischen die Auseinandersetzung zwischen Hera und Zeus kommen. Hera betete, dass diese nicht zu spät zu ihrem Feigenbaum kommen würde. Syke hatte ihr damals geholfen und sie wollte nicht an ihrem Tod schuld sein.

Sie sah zur Seite und bemerkte, wie draußen bereits die ersten Blitze über den Himmel jagten.

»Hör mir gefälligst zu!«, tobte Zeus neben ihr und sie drehte sich zur Seite. Hera schluckte hart und fuhr sich mit den Fingern durch die Haare.

Die dicken Locken blieben zwischen ihren Fingern hängen und sie schüttelte den Kopf.

»Es gibt nichts mehr zu bereden«, murmelte sie und drehte sich zur Seite. Hera wusste nicht, wie sie die Situation retten sollte. Selbst wenn sie sich Zeus anvertraute, würde Syke gerettet werden können? Sie war auf Eris hereingefallen.

Schon wieder.

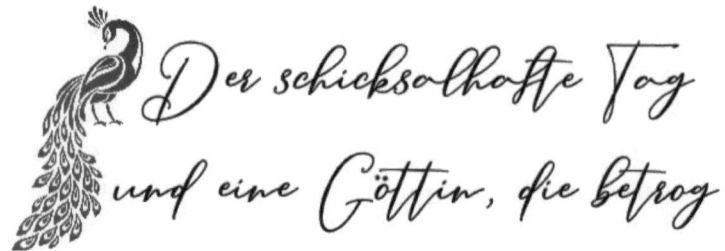

Der schicksalhafte Tag und eine Göttin, die betrog

Mit verschränkten Armen stand Hera am Rand ihres Anwesens und blickte hinab in das Tal. Fenix stand neben ihr, schmiegte sich an ihre Seite und sie ließ ihre Finger über das Köpfchen des Vogels gleiten.

»Du wirst mir auch fehlen, mein Kleiner«, sagte Hera leise. Denn heute war es so weit, Eris' List würde in die Tat umgesetzt werden. Eigentlich hätte Hera ein schlechtes Gewissen haben müssen, immerhin schickte sie Amphitrite und Persephone in den Tod, doch das hatte sie nicht.

Sie tat den beiden einen Gefallen, denn ein Leben unter den Männern, die sich so verhielten wie sie es taten, das war nichts, was man sich wünschen sollte.

Hera seufzte leise auf und blickte sanft zu Fenix, der sie aus traurigen Augen betrachtete.

»Du weißt, warum ich das tue. Es ist seinetwegen. Aber vielleicht sehen wir uns wieder, ich werde dich nicht vergessen«, raunte sie leise und ging etwas in die Knie, um ihn zu umarmen. Ihn zurückzulassen, war das Schwerste für Hera.

Zeus zu verlassen?

Nichts war einfacher! Sie wollte nicht wissen, wo er sich gerade herumtrieb und was er tat. Bei welcher Frau er wohl lag? Hera schüttelte den Kopf.

Das war egal. Schon bald wäre dieses Leben Vergangenheit. Ein letztes Mal drückte sie sanft Fenix an sich und verschwand. Auf einer kleinen Insel, auf der sie sich mit Eris und den anderen treffen wollte, erschien sie.

Eris war bereits hier und wartete ungeduldig. Sie verdrehte die Augen, als sie Hera erblickte.

»Du bist spät dran. Die anderen ebenso«, beschwerte sie sich direkt. Hera schnaubte.

»Es könnte schlimmer sein.« Mit diesen Worten beendete sie das Gespräch und blickte hoch in den Himmel. Die Sonne schien nicht, der Himmel war wolkenverhangen und ein kalter Wind umwehte sie.

»Du erinnerst dich an die Abmachung? Ich möchte in jedem Leben wissen, wer ich bin und auf einen Teil meiner Kräfte zugreifen können.« Eris nickte gelangweilt.

»Als ob ich das vergessen könnte«, murmelte sie, verstummte aber, als Persephone sich vor ihnen manifestierte. Sie trug ebenso wie Hera ihre Krone, als Zeichen ihres Standes und sah sich verunsichert um. Heras Krone, die sie täglich trug, bestand aus blauen Blumen und Gold, während jene der Persephone schwarz und mit weißen Blumen verziert war.

»Amphitrite fehlt noch«, erklärte Eris rasch und Hera deutete auf das Wasser. Ein Delfin durchbrach die Wasseroberfläche und auf diesem saß die Meeresgöttin, die schließlich auf sie zu schwamm.

»Wir sind vollständig«, murmelte Eris, während Hera leicht nickte und ihre Aufmerksamkeit Amphitrite zuwendete.

»Du bist spät dran«, erinnerte sie Amphitrite, die als Letzte eingetroffen war.

»Das ist egal, jetzt sind wir hier versammelt und das allein zählt. Trinkt das und ihr werdet für die Götter nicht mehr aufzuspüren sein. Keine Sorge, ich werde es ebenfalls trinken. Ihr müsst keine Bedenken haben«, erklärte Eris und reichte ihnen jeweils einen Becher mit grüner Flüssigkeit. Hera nickte, diese Flüssigkeit würde ihnen das Leben nehmen, doch davon ahnten die anderen beiden nichts.

Kurz hatte sie wieder ein schlechtes Gewissen, doch sie erdrückte es sogleich im Keim. Es musste so sein.

»Was ist das?«, fragte Amphitrite skeptisch nach.

»Ein Serum der Moiren, damit verschleiern sie eure Kräfte und lassen euch für göttliche Augen menschlich erscheinen. So werden eure Männer spüren, dass euch etwas zugestoßen ist, und dann könnt ihr eure Pläne ausführen.« Wieder nickte Hera als Bestätigung, dass alles seine Richtigkeit hatte und lächelte aufmunternd in die Runde.

»Gut«, gab sich Amphitrite zufrieden. Hera war die Erste, die nach dem Becher griff und trank. Im Augenwinkel bemerkte sie, wie es ihr Amphitrite und Persephone gleichtaten und ebenfalls die Becher leerten. Auch Eris trank.

Viel war nicht in dem kleinen Gefäß vorhanden gewesen, es hatte für zwei Schlucke gereicht. Augenblicklich schoss ein unnatürlich starker Schmerz durch ihren Körper, doch Hera blieb standhaft. Während Amphitrite und Persephone sich vor Schmerzen krümmten, stand sie mit hoch erhobenem Haupt vor ihnen. Nur ihre Augen verrieten, welcher Schmerz in ihr wütete.

»Eris, beim Hades! Was hast du uns gegeben?«, fluchte Persephone beinahe lautlos. Doch so schnell der Schmerz sie auch ergriffen hatte, genauso schnell war er auch wieder verschwunden. Eris richtete sich als Erste auf und lächelte. Hera wusste, was gleich auf sie zukommen würde und schloss die Augen.

»Es ist vollbracht.«

Plötzlich jagte ein übernatürliches Kreischen über den Himmel, Hera musste nicht in den Himmel sehen, um zu wissen, dass drei Frauengestalten sich auf sie herabstürzten.

Doch dann öffnete sie doch die Augen und blickte nach oben. Die drei Frauen waren wunderschön und hatten riesige Flügel, doch in ihren Augen lag etwas Beängstigendes.

Die Erinnyen.

Persephone schrie als Erste auf und wollte fliehen, als Megara nach ihr griff, während sich Alekto auf Amphitrite stürzte. Hera blickte zur Seite und sah direkt in die Augen der Tisiphone, die ihr mit einem gemeinen Grinsen entgegenblickte. Tisiphone, die Vergeltende.

Hera schwieg, während Tisiphone laut kreischte, ihre Krallen um sie legte und der Boden unter ihnen brach. Das laute Geräusch ging in ein Grollen über, als Hera in die Tiefe gerissen wurde.

Tisiphone zog sie immer weiter nach unten. Hera konnte die Schreie der anderen beiden vernehmen, doch sie wusste, dass an dem hier kein Weg dran vorbeiführte.

Es musste so sein, wie es sein musste. Die Insel war nicht mehr zu sehen, sie wurden immer weiter in die Erde gezogen.

»Sei sanfter zu mir, ich bin noch immer deine Königin«, zischte sie Tisiphone zu, die bitter auflachte.

»Nicht mehr lange... nicht mehr lange«, lachte sie schadenfroh, während Hera, die noch immer in den Klauen der Erinnye war, nach unten blickte. Sie wurden zu den Moiren gebracht und dort würde man ihre Leben beenden.

Hera seufzte laut auf und Aufregung kroch in ihr hoch.

Gleich war es vorbei.

Gleich.

Sie landete hart am Boden und musste sich nicht umsehen, um zu wissen, dass sie in der Unterwelt, im Hades, gelandet waren. Es war dunkel und keine Sonne erhellte die Kammer, obwohl diese nach oben hin nicht geschlossen war. Sie wirkte so endlos.

Eris wartete unten bereits auf sie und Hera übergab ihr wie von selbst ihre Krone, ehe sie noch die beiden Kronen der anderen beiden Gefallenen einsammelte.

»Was soll das?«, verlangte Persephone zu wissen. Sie ließ sich von der Umgebung nicht einschüchtern, anders als Amphitrite, doch das überraschte Hera nicht. Das hier war schließlich ihre Heimat, zumindest für einen Teil des Jahres.

Hera ignorierte sie und wandte sich den Moiren zu.

Drei Frauen, die in weiß gekleidet und deren Gesichter mit dunklen weißen Schleiern verhangen waren. Obwohl keine Sonne schien, konnte Hera jedes Detail genau erkennen, doch sie wusste nicht weshalb. Sie hatte auch keine Zeit, das weiter zu hinterfragen.

Sie musterte die drei Frauen vor sich und wägte sich in Sicherheit. Die drei Moiren, Lachesis, Klotho und Atropos. Die Spinnerinnen der Schicksale der Welt.

Klotho spann den Faden, Lachesis bestimmte dessen Länge und Atropos durchschnitt ihn. Sie bestimmten die Lebensdauer der Sterblichen und die der Götter, niemand konnte darauf Einfluss nehmen, nicht einmal Zeus.

Hera atmete einmal tief ein und aus, als sie zu den Moiren blickte. Klotho spann drei Fäden und reichte diese an Lachesis weiter. Es waren ihre Fäden, ihre Leben, die nun in den Händen der Schicksalsspinnerinnen lagen. Ohne zu sprechen, maß Lachesis den Faden aus.

»Was soll das? Das war nicht abgemacht«, murmelte Amphitrite nun, doch Eris lachte leise. Sie genoss die Situation mehr als es Hera für möglich gehalten hätte.

»Ihr habt eure Unsterblichkeit aufgegeben. Zeus, Poseidon und Hades haben lang genug über uns alle geherrscht. Es wird Zeit, dass das Zepter in andere Hände übergeht. Mit euch und diesem Fluch wird auch ein Teil ihrer selbst sterben. Ein Teil ihrer Macht, die ich und die anderen erhalten.«

Hera schwieg, sie sprach kein Wort. Sie wartete nur darauf, dass es endlich vorbei sein würde.

Dass sie endlich frei sein würde.

»Du hast uns betrogen«, stellte Amphitrite leise fest und auch Persephone war nicht minder entrüstet.

»Ich habe euch nicht betrogen. Eure Männer werden dadurch auch lernen, dass sie ihre Laster ablegen müssen.«

Die Fäden waren fertig abgemessen, Heras Aufregung wuchs und wuchs. Doch dann tauchte plötzlich eine weitere Gestalt vor ihnen auf, eine geflügelte Frau, die auf dem Olymp nur allzu gut bekannt war. Sie besah die Situation mit ausdrucksloser Miene.

Nemesis, die Göttin des gerechten Zornes und der ausgleichenden Gerechtigkeit.

Weshalb war sie hier? Hera blickte zu Eris, deren Augen sich gefährlich verengten.

»Du hast dich hier nicht einzumischen!«

Doch Nemesis schien sich von Eris nicht aus der Ruhe bringen zu lassen. Sie sah sich in der Höhle um und blieb mit ihrem Blick bei Eris haften.

»Welcher Fluch, was ist damit gemeint?«, verlangte Persephone zu wissen und auch in ihrem Gesicht konnte man Qualen ablesen.

»Der Fluch, der das Ende der Herrschaft von Zeus und seinen bescheuerten Brüdern bedeutet! In dem Moment, als ihr das Gift leichtgläubig getrunken habt, wurde er in Gang gesetzt und an ihm ist nichts mehr zu ändern!«, kreischte Eris laut, doch Nemesis schüttelte den Kopf. Offensichtlich hatte sie entschieden, einzugreifen und für ausgleichende Gerechtigkeit zu sorgen.

»Das ist falsch, denn ich werde dafür sorgen, dass ausgleichende Gerechtigkeit eingehalten wird! Ja, du hast einen Fluch über sie gebracht, doch er soll nicht unabdingbar sein. Selbst wenn es jetzt zu spät ist, so sollen diese Frauen ihre Chancen zur Gerechtigkeit erhalten. Du hast dich selbst überschätzt und dieses Handeln gehört bestraft.«

Die Stimme der Nemesis hallte in den Hallen wider, sie dröhnte auch in Heras Kopf, die die Hände an die Ohren presste. Sie hasste es, wenn Nemesis in den Köpfen zu ihnen sprach. Eris protestierte laut, doch Hera wusste, dass sich niemand in diesen Punkten Nemesis entgegenstellen konnte. Wenn sie eingriff, war es nicht mehr zu ändern.

»Wenn der Olivenbaum der Götter erblüht, so ist das Zeitfenster geöffnet, in dem die Brüder Zeus, Hades und Poseidon zur Tat schreiten und sich ihre rechtmäßigen Frauen und ihre Macht zurückholen können. Während der Zeit der Blüte können Hera, Persephone und Amphitrite zurück in ihre göttlichen Leben geführt werden und ihre alten Plätze wieder einnehmen. Nur zu dieser Zeit und zu keiner sonst. Gelingt es nicht, so ist es Eris, die den Sieg trägt.«

Nemesis erhob sich und die Welt bebte für einen Moment, ehe sie nach oben flog. Sie hatte den Brüdern eine Chance gegeben, ihnen die Chance gegeben, zurück-zukommen. Hera mahlte mit ihren Kiefern und verwünschte sie.

Sie hörte die Schreie von Amphitrite und Persephone, und auch, wie sie immer wieder Nemesis Namen wieder-holten, doch es war vorbei.

Hera blickte wieder zu den Moiren. Lachesis spannte drei Fäden, zog diese straff und Atropos hob ihren Dolch.

Sie ließ ihn niedersausen und durchtrennte die Leben der Hera, der Persephone und der Amphitrite.

Es war vollbracht.

Sie war frei.

Endlich.

Kapitel 28

Hera schüttelte immer wieder den Kopf und drehte sich schließlich um. Mit schnellen Schritten verließ sie das Lokal, dicht gefolgt von Zeus, der sie draußen auf der Straße ergriff und dazu brachte, dass sie sich zu ihm umdrehte. Verzweifelt sah Hera zu ihm hoch.

»Was ist denn los?«, fragte Zeus sie. Offensichtlich erkannte er, dass Hera wohl gerade nicht sie selbst war. Doch Hera schüttelte erneut den Kopf.

»Tja, sie scheint dir keine Antwort mehr geben zu wollen, mein Lieber.« Eris ging langsam auf sie zu und es überraschte Hera nicht, dass diese im Schatten der Nacht auf sie gewartet hatte.

Wie ein Dämon, der nur darauf wartete, sich auf sein Opfer zu stürzen. Sie blickte Eris unverwandt an und diese lachte leise.

»Hat dir Syke gefallen, Zeus?«, fragte Eris Zeus direkt, doch dieser blickte unsicher zwischen den beiden Frauen hin und her.

»Wie meinst du das?«

Eris lachte leise und warf dabei die dunklen Haare in den Nacken. Sie genoss die Situation, ohne Zweifel.

»Naja, sie hat sich dir doch quasi angeboten. Hat dir das nicht zugesagt, Zeus? Sonst bist du doch auch kein

Kostverächter«, trällerte Eris leise und Hera blickte in den Himmel. Nirgendwo sonst spiegelte sich Zeus' Gefühlswelt so sehr wie hoch oben in den Wolken. Sie hatte das früher immer Himmelsflüstern genannt, wenn sie hochblickte und sah, dass sich die Wolken in verschiedenste Formen für sie schoben oder der Himmel in diversen Farben erstrahlte.

Ihr Himmelsflüstern.

Und gerade verriet es ihr, dass er zornig war. Wütend, denn Blitze jagten einander auf dem Himmel und ein grollender Donner war zu hören. Hera zuckte zusammen und blickte zwischen Zeus und Eris hin und her.

»Sie hat dir also nicht gefallen? Das ist schade. Für sie.«

Hera weitete die Augen und schüttelte den Kopf.

»Nein!«, kreischte sie laut, doch erneut war es Eris, die lachte. Panisch sah Hera ihr in die Augen und zum ersten Mal seit langem fühlte sie sich Eris schutzlos ausgeliefert. Sonst war es immer sie gewesen, die die Zügel in der Hand hielt, doch nun hatte Eris die Oberhand. Etwas, das Hera missfiel.

Eindeutig.

»Bitte, tu das nicht.« Heras Stimme war nicht mehr als ein Flüstern im Wind und die ersten Regentropfen prasselten auf die Erde. Eris lachte wieder auf.

»Ich soll was nicht tun?«, hakte sie nach und genoss die Situation sichtlich.

Zeus drängte sich in den Vordergrund.

»Was ist hier los? Ich verlange zu erfahren, was hier vor sich geht. Hat sich dieses Weibsstück deinetwegen an meinen Hals geworfen? War das deine schuld, Eris? Wie geschmacklos!«, keifte er und Hera schüttelte den Kopf.

»Nicht«, murmelte sie, doch Eris hatte für sie nur ein Grinsen übrig.

»Zu spät.«

Zwei kleine Worte, die Heras Welt durcheinanderbrachte. Sie schüttelte den Kopf und trat einen Schritt zurück.

»Das hast du nicht getan.«

Eris neigte den Kopf und Hera blickte zu Zeus. In seinem Gesicht stand Ratlosigkeit, er wusste nicht, was geschah und Hera hatte keine Zeit, sich ihm zu erklären.

»Vielleicht, vielleicht auch nicht. Willst du dich ihm wirklich anschließen? Zu ihm zurückkehren? Stell dir deine Zukunft vor, sie wird sich nicht von der Vergangenheit unterscheiden. Wer betrogen wird, ist nicht dumm, wer sich aber dafür entscheidet, diese Rolle weiterhin zu übernehmen, der ist es.«

Eris Stimme war nur noch ein Zischen, während Hera hart schlucken musste.

Zeus stellte sich schützend vor Hera, doch sie versuchte ihn von sich fortzuschieben. Sie brauchte keinen Schutz.

Sie wollte keinen Schutz.

»Wenn du dabei bist, dir die Zukunft vorzustellen, Hera, dann überlege, wie die Welt unter *ihrer* Herrschaft aussehen wird. Kannst du dir denken, dass es eine schöne Welt wird? Ich bezweifle es stark«, murmelte Zeus leise und Hera war hin und her gerissen. Sie überlegte.

Wie wäre die Welt, wenn Zwietracht regierte? Wäre dann jeder Abend so wie der Heutige? Sie wagte nicht daran zu denken und langsam wurde ihr klar, worauf sie sich eingelassen hatte.

»Du kannst in meiner Welt eine gute Rolle bekommen, das habe ich dir versichert.« Hera schüttelte den Kopf. Daran konnte sie jetzt nicht glauben. Unbewusst streckte sie die Fühler nach ihren Kräften aus und manifestierte sich und die anderen beiden zu der Stelle, wo die Hamadryaden lebten. Sie sah sich um und im Augenwinkel bemerkte sie Zeus, wie dieser verwirrt umherblickte.

Eris jedoch lachte und lehnte sich an einen Lorbeerbaum. Kurz hielt Hera bei dem Anblick Eris' inne. Sie lehnte an Daphne, Apollos Geliebte und hinter Eris konnte sie Feuer erkennen, es riechen und verängstigte Schreie drangen zu ihr.

»Syke.«

Atemlos dränge sich Hera an Eris vorbei, lief an den verschiedensten Bäumen vorbei und blieb vor einem Feigenbaum stehen. In dessen Rinde hockte ihre Freundin, jene Frau, die noch zuvor an Zeus' Seite gesessen hatte. Sie hatte die Augen geschlossen, atmete schwer, während Flammen an ihrem Körper emporschossen.

»Zeus, tu etwas!«, kreischte Hera. Sie konnte ihr nicht helfen, sie wusste nicht wie. Zeus war ihr gefolgt und blieb neben ihr stehen. Auch in seinem Gesicht lag pures Entsetzen. Augenblicklich verdunkelte sich der Himmel und die ersten Regentropfen fielen auf die Stelle, wo der Feigenbaum stand. Ein Platzregen, der sich nur über diesem Baum erstreckte. Die Hamadryade sackte gegen ihren Baumstamm und Hera sah, dass ihr Brustkorb sich nicht mehr bewegte. Sie atmete nicht mehr.

Heras Herz brach und sie deutete Zeus, dass er aufhören sollte. Langsam ging sie auf ihre Freundin zu, begleitet von

Eris' heiterem Lachen, das ihr das Blut in den Adern gefrieren ließ.

»Syke.« Ihre Stimme war ein leises Murmeln, während sie die Hand nach ihrer Freundin ausstreckte. Doch kaum berührte sie diese, zerfiel sie zu Asche. Asche, die von Wind erhoben und davongetragen wurde. Der Baum, Sykes Lebensbaum, stand einsam und ohne sie da und Hera spürte, wie auch er langsam erstarb, denn das Feuer hatte ihm zu sehr zugesetzt, als dass er das überleben konnte.

Tränen sammelten sich in Heras Augen.

»Du hast sie ausgelöscht. Sie hat getan, was du wolltest und du hast sie getötet.«

Eris stieß sich von dem Lorbeerbaum ab und ging auf Hera und Zeus zu.

»Ich werde gewinnen, egal ob mit deiner Hilfe oder ohne. Jetzt hast du gelernt, was jenen blüht, die gegen mich sind.«

Hera wurde bewusst, dass Eris an Syke ein Exempel statuiert hatte. Mehr war ihre Freundin nicht wert gewesen. Ein Bauernopfer, das der Göttin der Zwietracht zum Opfer gefallen war.

»Hera, es tut mir leid«, hörte sie Zeus leise murmeln und sie wusste, dass ihn keine Schuld traf. Er hatte an Sykes Ableben keinerlei Schuld, wenn, dann war das ihre Eigene gewesen.

Hera schüttelte langsam den Kopf.

»Dir muss nichts leidtun, du hast nichts falsch gemacht«, murmelte sie und blickte erneut zu Eris.

Obwohl Sykes Tod ihr anzurechnen war, schien diese damit kein Problem zu haben.

Ein Frösteln überkam Hera und sie befürchtete, dass sie damals einen entscheidenden Fehler begangen hatte, als sie sich Eris angeschlossen hatte.

Kapitel 29

Noch immer standen Hera und Zeus Eris gegenüber, die durch den Garten spazierte, als wäre das hier ihr Zuhause.

»Zeus«, murmelte Hera leise und blickte zu ihm hoch und merkte, dass alles in ihm raste. Auch in ihr tobten sämtliche Gefühle, sie wusste nicht, was sie noch tun sollte.

Syke war fort. Was war mit ihren menschlichen Freunden? Es graute ihr davor, dass Eris auch Isabella einen Besuch abstatten würde.

»Ich habe Angst, dass sie noch jemanden in Gefahr bringt, den ich liebe«, murmelte Hera leise und noch bevor Zeus etwas erwidern konnte, manifestierte sich Hermes neben ihnen.

Der Götterbote war außer Atem und schien gehetzt zu sein. Er blickte zwischen dem Götterpaar hin und her und entschied sich dann, Zeus in die Augen zu blicken.

»Was ist los?«, fragte dieser Hermes, der noch immer schwer außer Atem war.

»Der Olymp, wir haben da ein Problem«, murmelte Hermes und Hera spürte, wie Zeus sich neben ihr versteifte. Die Muskeln wurden härter und sie erkannte in seinem Gesicht, dass er angespannt war. Dieser Tag war verflucht, eindeutig.

»Androktasiai. Sie und ihr Gefolge greifen den Olymp an und haben es insbesondere auf die Männer abgesehen«, erklärte Hermes und blickte außer Atem zu Hera.

»Es tut gut, dich wiederzusehen, Hera«, murmelte er, ehe er dann zu Zeus blickte. Dieser fuhr sich mit den Fingern durch das dichte Haar und stieß einen Fluch aus.

»Dann muss ich gehen, ich muss ihnen helfen!«

Hera wusste, dass die Androktasiai nicht ungefährlich waren. Sie waren für unzählige Männermorde verantwortlich und wo sie auftauchten, da war eine Schlacht nicht weit entfernt.

»Aber das ist nicht das einzige Problem.«

Zeus wirbelte herum und Hermes wurde nun ziemlich klein, während er sich auf die Unterlippe biss.

»Was denn noch?«, fuhr Zeus ihn an und in Hera breitete sich ein ungutes Gefühl aus.

»Der Donnerkeil ist verschwunden. Hephaistos sagte, er wäre nicht mehr in dem Versteck.«

Wieder fluchte Zeus und sah ernst zu Hera. Sie erwartete, dass er noch etwas sagte, doch er schwieg einen Moment.

»Ich hoffe, dass du davon nicht gewusst hast.« Mit diesen Worten verschwand er, während Hera und Hermes auf die Stelle blickten, wo Zeus noch zuvor gestanden hatte.

»Kommst du zu uns zurück?«, fragte Hermes Hera direkt, doch diese war mit der Situation überfordert. Ihr Blick glitt zu Eris, die sie mittlerweile entdeckt hatte und sich offenbar köstlich amüsierte. Hera schwieg und auch Hermes stieß einen wüsten Fluch aus.

»Was willst du denn noch? Der Olymp wird untergehen, wenn es das ist, was du willst, dann hast du gewonnen. Ich hätte nie gedacht, dass wir dir alle so egal wären!«, stieß Hermes verzweifelt aus und auch er verschwand vor ihren Augen.

Eris ging langsam auf Hera zu, die ausdruckslos zu ihr sah. Wut keimte in Hera auf, während sie ebenfalls auf Eris zuging.

»Du hast dein Versprechen gebrochen!«, schrie Hera sie an, doch Eris zuckte ahnungslos mit den Schultern.

»Man muss sich eben alle Möglichkeiten offenhalten. Hast du schon eine Seite gewählt, Hera? Jetzt ist es Zeit. Wähle, wen du unterstützt.«

Eris sah sie lange an und Hera erwiderte den Blick. Sie hielt ihr stand, während die Zeit um sie herum stillzustehen schien. Verzweiflung kam in Hera empor.

»Was ist, hat es dir die Sprache verschlagen?« Eris' Worte waren hart und Hera hätte nie damit gerechnet, dass die Göttin, von der sie eigentlich dachte, dass sie Verbündete wären, so mit ihr sprechen würde.

»Ich denke nach.« Eris lachte leise und verdrehte die Augen.

»Tu das. Aber beeil dich, ich möchte zusehen, wie der Olymp untergeht. Wusstest du, dass meine Androktasiai in der Lage sind, Götter zu töten? Sie sind unglaublich stark.« In Hera drehte sich alles und sie schüttelte den Kopf. Sie konnte sich nicht vorstellen, dass irgendjemand einen Gott töten konnte. Sie waren unsterblich und es gab nur sehr wenige Dinge, die ihnen gefährlich werden konnten.

Hera biss sich auf die Unterlippe.

»Du hast mich nur benutzt«, stellte Hera schließlich fest und Eris lachte wieder auf. Sie antwortete nicht und das war für Hera Antwort genug. Sie schüttelte den Kopf und verschwand vor Eris' Augen.

Einen Augenblick später befand sich Hera in dem Wohnzimmer von Isabella und Matteo, die Hera erst entsetzt anstarrten, ehe Isabella einen spitzen Schrei ausstieß.

»Was zum...? Wie kommst du hierher?« Hera konnte es ihrer Freundin nicht verübeln, dass sie geschockt war, auch sie wäre es in ihrer Situation gewesen. Doch für eine Erklärung hatte sie keine Zeit.

Nicht mehr. Sie wollte nicht zulassen, dass sie in die Hände von Eris fallen würden. Sie hatte heute eine Freundin verloren und Isabella war die Einzige, die ihr wirklich noch auf dieser Welt geblieben war.

»Ihr seid in Gefahr, ihr beide. Vertraut ihr mir?«, murmelte Hera leise und sah, wie Isabella und Matteo sich verwirrt ansahen.

»Ja, aber Celia, was ist hier los?«, warf nun Matteo ein, doch auch er erhielt keine direkte Antwort von Hera. Ohne auf Weiteres Rücksicht zu nehmen, griff sie nach den Händen der beiden und löste sich mit ihnen zusammen auf. Sie wusste zunächst noch nicht wohin, doch sie mussten weg.

Weg von hier, wo sie möglicherweise in Gefahr waren.

Isabella kreischte auf, als sie sich direkt im Garten der Hesperiden wieder manifestierten. Geschockt klammerte sie sich an Matteo, der ebenfalls die Augen weit aufgerissen hatte. Ein schreckliches Brüllen ertönte über den Garten und Hera drehte sich langsam um.

»Ladon, mein alter Freund. Erkennst du mich nicht?«, murmelte sie leise und streckte dem Drachen die Hand entgegen. Alle drei Köpfe bewegten sich auf Hera zu, schnaubten und der Mittlere von ihnen schnupperte erst an Heras Hand, ehe er sich an diese schmiegte. Erleichtert strich sie über die heißen Schuppen des Drachens und deutete auf Isabella und Matteo.

»Das sind meine Freunde, sie sind in Gefahr. Das verstehst du doch, oder, Ladon?«

Isabella und Matteo blickten verwirrt zu Hera, die auf sie gerade keine Rücksicht nehmen konnte. Erneut wandte sie sich an den Drachen.

»Du musst auf sie aufpassen. Egal, wer kommt, verteidigt sie. Nur Zeus und mir kannst du trauen, das verstehst du doch, oder, mein treuer Freund?«, fragte sie leise und strich nun auch über die anderen beiden Köpfe.

Der Drache brummte und legte wie zu dem Einverständnis den langen, schuppigen Schwanz um das Ehepaar.

Isabella kreischte laut auf und klammerte sich an Matteo, der sie verwirrt ansah.

»Celia, was zum...?«, setzte er an, doch Hera unterbrach ihn, indem sie den Kopf schüttelte.

»Ich muss gehen, ich kann keine Fragen beantworten, sobald ich alles wieder richtiggestellt habe, komme ich zurück, versprochen«, murmelte Hera leise und griff nach Isabellas Hand. Diese weinte leise und Hera spürte, dass sie aufgebracht war. Sollte sie Hypnos rufen und ihn bitten, beide in einen Schlaf zu versetzen? Hera entschied sich dagegen, sie wusste nicht, ob Zeus Hypnos nicht in seinem eigenen Kampf brauchte.

Zeus.

Sie musste ihm helfen, das war sie ihm schuldig, denn sie hatte erkannt, dass es nur eine Möglichkeit für sie gab, die sie wählen konnte.

Und das war nicht Eris.

»Da ist ein Drache, Celia«, murmelte Isabella leise und weinte weiter. Hera nickte und strich ihr über die Wange.

»Das weiß ich und es tut mir leid, dass ich euch das antun muss. Aber ich habe Angst, dass euch etwas zustößt«, murmelte sie leise.

Isabella schluchzte und sah zu Hera.

»Vertraut mir, euch wird nichts geschehen. Ich weiß, es ist schwer, aber Ladon wird euch beschützen. Denn ich kann es gerade nicht«, sagte sie leise und drückte Isabellas Hand sanft.

Sie griff nach ihrem Geist, versuchte ihr so ein wenig Ruhe zu schenken und stärkte sie. Langsam beruhigte sich Isabellas Atmung und sie blickte Hera aus tränenverschleierten Augen an.

»Celia, was ist hier los? Sag es uns«, murmelte Matteo, doch Hera schüttelte den Kopf. Die Erklärung musste warten, so leid es ihr auch tat.

»Wenn ich zurückkomme, erkläre ich euch alles. Aber ich bin nicht Celia. Mein Name ist Hera.«

Ihre Stimme war bestimmend und klar. Zum ersten Mal seit über tausend Jahren hatte sie ihren Namen wieder ausgesprochen. Isabella blickte sie verwirrt an, doch schwieg.

»Hera?«, fragte Matteo leise nach und setzte sich mit Isabella auf den Boden.

»Ja, Hera, die Göttin der Ehe und Geburt.«

Das war sie und dieses Schicksal nahm sie wieder an. Etwas, das sie längst hätte tun sollen.

Kapitel 30

Isabella und Matteo blickten sie verwirrt an, doch Hera konnte ihnen keine Antworten geben. Später, wenn alles geklärt wäre, dann konnte sie es. Sie schenkte ihren Freunden ein letztes Lächeln, ehe sie sich schließlich auflöste und zum ersten Mal seit vielen tausend Jahren den Olymp anvisierte.

Nervosität machte sich in ihr breit, als sie sich vor der großen Halle materialisierte und sich umsah. Das Kampfgeschrei war bereits gut zu vernehmen und ein paar Götter, die das Kämpfen verabscheuten, hasteten an ihr vorbei. Noch hatte niemand von ihr Notiz genommen, alle waren mit sich selbst beschäftigt.

Der Klang von aufeinanderschlagenden Schwertern echote durch das Tal der Götter, Hera blickte sich um. Am Rande der Siegeshalle, jener Halle, die immer für besondere Feste genutzt wurde, war der Kampf richtig im Gange. Hera erstarrte einen Moment und betrachtete das Geschehen.

Hephaistos warf mit seinen Schmiedewerkzeugen um sich, Apollo stand etwas erhöht und visierte die Gegner mit seinen Pfeilen an, die er über seinen goldenen Bogen losschickte. Ares befand sich direkt im Herzen des Kampfes und Hera erschauderte, denn sie hatte ihn noch nie so glücklich gesehen.

Seine Augen strahlten, als er die Schwerter schwingen ließ und sich mit lautem Gebrüll auf die anderen Kämpfenden warf. Direkt neben ihm stand Zeus, bewaffnet mit einem Schwert des Ares. Heras Herz rutschte in die Hose, denn mit seinem Donnerkeil wäre Zeus in der Lage gewesen, die Gegner rasch zu besiegen. Doch ohne ihn war Zeus nicht stärker als die restlichen Götter. Auch Poseidon befand sich unter den Kämpfenden, er schwang seinen Dreizack und vertrieb die Angreifer der Androktasiai.

Hera löste sich aus ihrer Erstarrung und setzte sich in Bewegung.

»Zeus!«, rief sie laut und für einen Moment war die Aufmerksamkeit der anderen Götter auf sie gerichtet. Sie blendete die Blicke der anderen aus, die teils erstaunt, teils entsetzt oder überrascht waren. Hermes sah erleichtert aus und sie schenkte ihm ein leichtes Lächeln.

Sie schlängelte sich durch die kämpfende Meute und drang nach vorne zu Zeus durch. Athena warf ihr kommentarlos eines ihrer zwei Schwerter zu, das Hera problemlos in der Luft fing und es schwingen ließ. Sie hob es, drehte sich damit zur Seite und fing den Hieb eines der Angreifer mühelos ab.

»Du bist hier? Weshalb? Ich dachte, du kommst nicht mehr«, sagte Zeus, doch Hera blickte nicht zu ihm. Sie konzentrierte sich auf den Kampf vor sich.

»Ich hatte noch etwas zu tun, aber jetzt bin ich, wo ich sein soll. Hier bei dir«, raunte sie und hatte den Fokus noch immer auf das Geschehen vor ihr gerichtet.

Zeus knurrte laut auf.

»Wenn ich meinen Donnerkeil hätte, dann wäre es einfacher.« Denn der Donnerkeil würde, vor allem in

Verbindung mit Poseidons Dreizack, mehr ausrichten können und den Angriff direkt im Keim ersticken können.

Hera nickte leicht.

»Wir werden ihn finden.«

Sie blickte zur Seite und bemerkte, dass Ares gerade zwei Angreifer auf einen Schlag zurückgedrängt hatte. Mit einem lauten Gebrüll stieß er sein Schwert in die Richtung der Androktasiai und ihren Anhängern, stieß die Schwertspitze in den weichen Körper der Lakaien, die augenblicklich zu stinkender Asche zerfielen.

Die Anhänger der Androktasiai waren wohl lediglich mit Seelen versetzt, gefangen in einem leicht zu zerstörenden Körper. Zumindest das konnte für sie nur Gutes heißen.

Zeus knurrte und Hera richtete kurz den Blick auf ihn. Er hob den Arm und parierte den Angriff ab, der auf Hera gerichtet war.

»Also kehrst du zu mir zurück?«, fragte er, Hera nickte.

»Das tue ich, mein Platz ist an deiner Seite. Ich war dumm, dass ich mich dir solange verwehrt hatte.«

Erleichterung durchströmte Zeus' Körper, sowie ein Zucken und Beben. Nun, da Hera ausgesprochen hatte, was so lange ausgesprochen gehört hatte, kehrte die restliche Kraft in Zeus zurück, die ihm geraubt worden war. Er stieß ein Gebrüll aus und die Aura, die ihn folglich umgab, war anders als noch kurz zuvor.

Sie war reißerisch, gebieterisch und vor allem eines: mächtig.

Mit einem mächtigen Grinsen wandte sich Zeus den Angreifern zu und schwang nun müheloser als zuvor das

Schwert und erledigte direkt zwei der Lakaien mühelos. Ares jubelte.

»Jetzt kann es richtig losgehen!«, rief der Kriegsgott euphorisch und nickte Zeus zu, der das Nicken erwiderte und mit ihm auf die Gegner zulief. Es wurden immer mehr Angreifer, immer mehr Figuren, die nun nicht mehr menschlich aussahen und sich auf die Götter zubewegten.

Hera blickte Zeus hinterher und sah sich schließlich um. Athena lief auf sie zu und stellte sich mit hoch erhobenem Haupt und Schwert an ihre Seite.

»Der Donnerkeil«, knurrte Athena und Hera nickte.

»Wo kann er sein?« Eine Frage, die sie beschäftigte und worüber sie sich seit ihrer Ankunft den Kopf zerbrach.

»Er muss noch hier sein, der Donnerkeil kann den Olymp nicht ohne Zeus verlassen«, brummte Hephaistos, der sich zu ihnen durchgekämpft hatte. Auf seiner Kleidung und Haut klebte Ruß der Lakaien und sein Gesicht war schwarz verschmiert.

Hera nickte und hob ihr Schwert, drehte sich zur Seite und streifte mit der Klinge die Haut einer pechschwarzen Frau, die sich mit lautem Kreischen auf sie gestürzt hatte. Zumindest glaubte Hera, dass es eine Frau sein musste, denn sie besaß kein Gesicht und nur die Körperformen erinnerten vage an eine weibliche Gestalt.

»Die Zyklopen haben ihn, weil er die mächtigste uns bekannte Waffe ist, mit einer Schutzvorrichtung erschaffen. Nur Zeus kann ihn vom Olymp fortbewegen, ansonsten muss er hier noch irgendwo sein.« Das machte die Sache natürlich einfacher, doch Hera wusste von dieser Eigenschaft des Donnerkeils. Sie war eine der Wenigen, die davon in Kenntnis war.

»Aber wo kann er denn sein? Habt ihr danach gesucht?«, verlangte Hera zu wissen. Im Hintergrund erklangen noch immer die Geräusche der Kämpfenden, doch sie versuchte sie auszublenden. Sie hatte eine neue Mission, eine die nicht minder wichtig war als der Kampf hier.

»Nein, sobald ich bemerkt hatte, dass der Donnerkeil fort ist, wurden wir angegriffen.« Hephaistos drehte sich zur Seite und deutete auf den Kampf. »Ich werde Zeus beistehen, aber nun, da er wieder in Vollbesitz seiner Kräfte ist, wird es einfacher werden. Das Problem ist nur, dass für jeden zerstörten Lakaien ein neuer erscheint. Oder zwei. Fast so schlimm wie diese verfluchte Hydra!« Athena nickte ihm zu und auch Hera deutete ihm, dass er sich in das Getümmel werfen sollte.

Schließlich wandte Hera sich an Athena, während ihre Gedanken rasten.

»Was sollen wir tun?« Athenas Frage war begründet, doch Hera wusste weder die Antwort noch einen Rat.

»Ich weiß es nicht. Wieso fragst du mich das?«, murmelte Hera, blickte erneut umher. Aphrodite entfernte sich ebenfalls von dem Kampf und Hera konnte es ihr nicht verübeln. Zwar verachtete Aphrodite gute Kämpfe nicht, aber nur solange sie selbst nicht ein Teil davon war.

»Du bist unsere Königin! Natürlich frage ich dich das! Hast du in all den Jahren vergessen, welche Funktion du hast?«, zischte Athena ihr zu und schüttelte genervt mit dem Kopf. Hera tat es ihr als Antwort gleich.

»Wir müssen suchen, Athena. Sag es auch Aphrodite und jedem, der sich nicht dem Kampf stellt«, befahl Hera mit kräftiger Stimme. Hera selbst setzte sich ebenfalls in Bewegung.

Mit schnellen Schritten lief sie an den unten liegenden Hallen vorbei, an der Siegeshalle, der Jahreszeitenhalle und all den anderen Hallen. Hera lief weiter und im Augenwinkel bemerkte sie, dass auch Athena und Aphrodite sich aufgeteilt hatten. Eros hatte sich ebenfalls der Suche angeschlossen und somit brachen sie in sämtliche Himmelsrichtungen auf.

Doch egal, in welche Halle Hera auch blickte, welches Anwesen sie durchsuchte, sie fand nichts. Weder im Palast der Artemis noch in dem des Apollos. Nirgendwo war der Donnerkeil zu finden.

Hera stieß einen Fluch aus und ging die weiteren Möglichkeiten durch, die ihnen blieben.

Sie wusste nicht, wie lange der Kampf bereits dauerte, aber sie befürchtete, dass selbst den Göttern irgendwann die Kräfte ausgehen würden. Kurz sah sie zu Boden und eine einzelne Pfauenfeder lag vor ihren Füßen. Ein Gedanke jagte den nächsten und Hera blickte hoch zu ihrem eigenen Zuhause. Es erschien ihr unmöglich und dumm, dort etwas zu verstecken. Aber es war ihre letzte Möglichkeit. Einen Wimpernschlag später stand Hera vor dem Anwesen im Garten und wagte einen Blick nach unten.

Sie hatte ganz vergessen, wie einzigartig der Ausblick von der Terrasse aus war. Der gesamte Olymp konnte überblickt werden und Hera schnürte es das Herz zusammen, als sie den Kampf an der Ostseite des göttlichen Tals erkannte.

Zeus stand an vorderster Front, an seiner Seite Ares und unentwegt kreisten die Schwerter. Das Kampfgetümmel war bis zu ihr hinauf hörbar. Ein leises Fiepen riss sie von diesem Anblick los.

Sie sah zur Seite und erkannte ihren treuen Pfau Fenix, der sie entdeckt und erkannt hatte. Er ging auf sie zu und sie ging etwas in die Knie, um über seine weichen Federn zu streicheln. Ein paar Federn fehlten, er musste ebenfalls in einem Kampf verwickelt worden sein und erst jetzt bemerkte sie kleinen Blutstropfen, die an seinem Schnabel hingen.

»Ich habe dich auch vermisst, aber jetzt kann ich mich leider nicht mit dir beschäftigen. Wir suchen den Donnerkeil. Du bewachst doch immer den Palast, hast du etwas gesehen?«, fragte sie den Vogel leise. Dieser fiepte laut auf und deutete mit dem Kopf in die Richtung des großen Hauses.

»Ist er dort?« Fenix nickte. Hera verstärkte den Griff um den Hals ihres Schwertes und nickte Fenix zu.

»Gut, danke. Bleib im Garten und komm nicht hinein. Wir feiern unser Wiedersehen später.«

Mit langsamen Schritten betrat Hera das Anwesen, das Schwert hoch erhoben und sie war sich sicher, dass sie den Donnerkeil bald in ihren Händen halten würde.

Kapitel 31

Ihre Schritte hallten in der verlassenen Eingangshalle wider, während ihr Blick stets von der einer Seite des Raumes zur anderen huschte.

»Ich weiß, dass du dich hier versteckst. Komm heraus und gib mir den Donnerkeil freiwillig, dann verschone ich dich vielleicht.«

Hatte Eris ihre Finger im Spiel und die mächtigste Waffe des Olymps an sich genommen? Hera wusste es nicht und doch rechnete sie damit, während sie sich durch die Halle bewegte. Die Kunstwerke, die die Menschen von Zeus und ihr angefertigt hatten, standen in der Halle. Die Kopien ließen sich heutzutage in den Museen der Menschen wiederfinden, doch die echten Skulpturen und Statuen befanden sich auf dem Olymp. Hera ging weiter, als ihr ein kleiner Schatten ins Auge fiel.

»Ich habe dich gesehen.«

Sie richtete den Lauf ihres Schwertes in die Richtung, in der eine besonders große Statue von Zeus stand und erkannte direkt hinter dieser eine kleine Bewegung. Kurz sah Hera zu Boden und bemerkte kleine Blutstropfen. Fenix hatte den Einbrecher wohl stärker verletzt, als sie je gedacht hatte.

Fenix, ihr treuer Pfau.

»Zeige dich! Das ist ein Befehl!« Doch anstatt, dass die Gestalt aus dem Schatten trat, ertönte ein mädchenhaftes Kichern. Hera ging weiter, noch immer das Schwert hoch erhoben.

Doch dann, endlich. Bewegung kam in den Schatten, der langsam hinter der Statue hervortrat. Hera kniff die Augen zusammen. Eine Frau, oder eher ein Mädchen, stand direkt vor ihr. Die Augen waren pechschwarz, während die schwarzen Haare zu einem hohen Pferdeschwanz gebunden waren. Das Schwarz der Augen und Haare bildeten einen starken Kontrast zu der blassen Haut. Wieder kicherte es oder sie. Hera brauchte einen kurzen Moment, ehe sie erkannte, wer vor ihr stand.

»Dysnomia«, begrüßte sie eine der Töchter der Eris, die bei dem Klang ihres Namens leise kicherte.

»Zu deinen Diensten, große Königin der Götter«, spottete ihr gegenüber und vollführte eine übertriebene Verbeugung. Hera knurrte laut. In der einen Hand von Dysnomia lag der Donnerkeil und Hera bemerkte, dass die Hand, die ihn hielt, verbrannt war.

Das überraschte sie nicht, denn wer des Donnerkeils nicht würdig war und ihn dennoch an sich nahm, verbrannte die Stelle auf ewig, die mit der Waffe in Berührung kam. Doch das schien Dysnomia, die Verblendung, nicht zu stören. Wieder kicherte sie.

»Gib mir den Donnerkeil!« Keine Bitte, ein Befehl, der durch die große Halle echote. Doch Dysnomia schüttelte den Kopf.

»Wieso sollte ich? Er gehört jetzt mir.« Hera stieß einen Seufzer aus und schwang ihr Schwert.

»Wir können auch um ihn kämpfen, oder soll ich Eunomia holen, die diesen Kampf für mich übernimmt?« Bei dem Klang von Eunomias Namen zuckte Dysnomia kurz zusammen, doch raffte die Schultern direkt wieder. Sie schüttelte den Kopf.

»Ich nehme an, sie ist beschäftigt.« Eunomia war einer der Horen des Zeus und Hera wusste, dass sie der Gegenpart zu der Verblendung der Dysnomia war. Eunomia stand für Gerechtigkeit und sie war gnadenlos, wenn sie diese einforderte.

Dysnomia schwang den Donnerkeil in ihrer Hand und richtete die Waffe auf Hera. Ein Zeichen, dass sie sich nicht kampflos ergeben würde. Hera hatte keine andere Wahl, sie musste den Kampf selbst bestreiten. Sie kniff die Augen zusammen. Einer Göttin gegenüberzustehen und mit ihr zu kämpfen, war etwas gänzlich anderes, als gegen die seelenlosen Androktasiai zu kämpfen. Die Androktasiai stammten ebenfalls von Eris ab und die drei namenlosen Schwestern befehligten diese Kreaturen, die für sie in den Kampf zogen. Hera ließ ihr Schwert noch immer als Zeichen schwingen, dass sie den Kampf selbst ausführen würde.

»Dann zeig mir, was du kannst. In all den Jahren musst du bestimmt eingerostet sein«, lästerte Dysnomia, die sich mit einer schnellen Bewegung auf Hera zudrehte. Doch sie wich geschickt aus und parierte den Schlag des Donnerkeils ohne Probleme. Hätte Zeus ihn geführt, wäre ihr Schwert in zwei Teile zerbrochen, doch er gehorchte Dysnomia nicht. Nur Zeus konnte ihn führen, Zeus und Athena.

Selbst Hera gehorchte er nicht, auch wenn sie ihn dank der Verbindung mit Zeus problemlos berühren konnte.

Selbst Hephaistos hatte dafür seinen Segen von Zeus gebraucht.

»Er tut nicht das, was er soll, oder?«, machte sich Hera über Dysnomia lustig. Sie verzog das Gesicht, Hera wusste warum. Immerhin führte sie den Donnerkeil mit ihrer verbrannten Hand, die einen furchtbaren Geruch von sich gab. Ihn zu führen, musste ihr höllische Schmerzen bereiten.

Nun führte Hera einen Schlag aus und es überraschte sie nicht, dass der Kampf genauso schnell vorüber war, wie er aufgekommen war. Der Donnerkeil fiel aus Dysnomias Hand, denn mit der Verletzung hatte sie der Wucht von Heras Schlag nicht standhalten können. Scheppernd fiel Zeus' Waffe zu Boden und blitzschnell griff Hera nach dieser.

Erleichterung umfasste ihr Herz, als sie ihn in ihrer zweiten Hand barg und ein Lachen erfüllte den Raum. Doch es stammte nicht von Hera.

Dysnomia war in ein hysterisches Lachen über- gegangen und ging ein paar Schritte von Hera zurück.

»Wenn ihr alle glaubt, dass es vorbei ist, dann habt ihr euch getäuscht.« Hera runzelte die Stirn und musterte Dysnomia lange.

»Wie meinst du das?«, verlangte sie mit hoheitsvoller Stimme zu wissen, doch die Göttin der Verblendung zuckte mit den Schultern.

»Ganz einfach: Poseidon und Zeus haben vielleicht gesiegt, aber gewonnen habt ihr noch lange nicht.« So wie Dysnomia ihre Worte aussprach, waren sie nichts weiter als eine Drohung. Eine Drohung gegen Persephone, von der Hera hoffte, dass sie Eris verborgen geblieben war.

»Hades wird sein Ziel auch erreichen.«

Mit diesen Worten drehte sich Hera um und lief aus der Halle, direkt auf die Terrasse. Fenix gab ein Gurren von sich, als er sie entdeckte und sie blieb am Rand des Anwesens stehen. Noch immer standen Zeus und die anderen Kämpfer vor den Androktasiai und deren Diener und hielten sie so gut wie möglich davon ab, das Tal zu stürmen.

»Zeus!«

Heras Stimme donnerte über den Olymp, so laut, dass er in jede Ritze einer jeden Halle getragen wurde. Es überraschte sie nicht, dass Zeus sich zu ihr umdrehte und seinen Blick auf sie richtete. Sie hob die Hand, in der der Donnerkeil lag und erkannte selbst aus der Entfernung, dass ein Grinsen auf Zeus' Gesicht erschien. Ohne nach-zudenken, schleuderte sie den Donnerkeil auf den König der Götter zu. Der Keil drehte sich in der Luft immer wieder um seine eigene Achse, während er direkt auf Zeus zuflog. Dieser sprang hoch, fing ihn in der Luft und ein mächtiger, riesiger Blitz erschien über dem Olymp, der augenblicklich von einem ohrenbetäubenden Donner gefolgt wurde.

Zeus hatte seine ganze Stärke zurück und das ließ er die Angreifer auch spüren. Kurz beobachtete Hera, wie er kurzen Prozess mit den Lakaien machte und mit einem Schlag dutzende von ihnen erledigte. Er schlug die Androktasiai mit wenigen Hieben in die Flucht und als sich Poseidon neben ihn stellte, und sie gemeinsam eine von Blitzen durchzogene Wasserwelle über die Androktasiai jagten, hatten sie den Kampf beendet.

Erleichtert drehte Hera sich zurück, blickte in die Halle und es überraschte sie wenig, dass Dysnomia gegangen war. Nur die wenigen Blutstropfen zeugten noch davon, dass sie hier gewesen war. Kurz blickte Hera in den Palast, ehe sie zu den Göttern blickte, die sich jubelnd um Zeus versammelten.

Der König der Götter war zurück, sowie Hera, ihre Königin.

Fenix fiepste leise neben ihr und wie von selbst legte Hera ihre freie Hand auf dem Kopf des Vogels ab, der sich an ihre Berührung schmiegte. So als wollte er ihr für den Sieg gratulieren, einen Sieg, für den jeder hier auf dem Olymp etwas beigetragen hatte.

»Ich weiß, Fenix. Ich weiß. Jetzt ist es vorbei«, sagte sie leise und lächelte, als sich die Götter umwandten und auch ihr zujubelten.

Sie war wieder Zuhause, dort, wo sie hingehörte.

Kapitel 32

Sämtliche Lasten fielen von Heras Schultern, als sie lächelnd zu den Göttern unter ihr blickte. Als sie spürte, dass Zeus neben ihr auftauchte, lehnte sie sich vorsichtig an seine Seite und sah mit einem leichten Lächeln zu ihm hoch.

»Wir haben es geschafft«, murmelte Hera leise und schloss die Augen. Zeus' starker Arm legte sich um Hera, die sich nur zu gern von ihm halten ließ. Es war überwunden, sie hatte ihr menschliches Leben für ihn aufgegeben. Kurz genoss Hera den Moment, während der Jubel langsam verebbte und die restlichen Götter sich an die Aufräumarbeiten machten.

»Jetzt bist du wieder hier, her bei mir. Wie hast du den Donnerkeil gefunden?«, brummte Zeus leise und sie spürte, wie er auch den anderen Arm um sie legte. Vorsichtig drehte sie sich zu ihm und schmiegte sich an seine starke Brust. Mit einem leichten Lächeln auf den Lippen sah sie zu Zeus hoch.

»Ja, ich hoffe, ich bereue es nicht. Deinen Donnerkeil hatte Dysnomia, sie wird eine ihrer Hände nie wieder benutzen können«, erzählte sie leise und schenkte ihm ein sanftes Lächeln. Zeus schnaubte entrüstet, während er sie weiterhin in seinen Armen barg und langsam mit den

Fingerspitzen ihre Wirbelsäule entlangfuhr. Zeus dachte einen Moment nach und zuckte mit den Schultern.

»Wirst du nicht und Dysnomia hat ihre gerechte Strafe erhalten. Es überrascht mich nicht, dass Eris eine ihrer Töchter vorschickt, um die Aufgaben zu erledigen, die ihr selbst lästig werden könnten«, stellte er fest und Hera musste grinsen.

»Das hoffe ich, du weißt ja nun, wozu ich fähig bin, wenn du etwas anstellst ... aber ja, du hast recht. Das Verhalten ist typisch für sie«, murmelte sie und lächelte zu ihm hoch, doch Zeus erwiderte ihr Lächeln nicht. Er sah mit zusammengepressten Lippen zu ihr hinab.

»Darüber macht man keine Witze, Hera. Was du getan hast, was gefährlich. Eris hätte sich auch entschließen können, dich in deiner menschlichen Hülle zu töten.«

Hera seufzte und wusste, dass Zeus recht hatte. Doch das sprach sie nicht aus, immerhin wollte sie sein Ego nicht weiter ansteigen lassen.

»Das hat sie aber nicht.« Eine kleine Feststellung, wobei jedoch ein Schauer über ihren Rücken lief. Es wäre denkbar einfach für Eris gewesen, sie zu töten und in den Hades zu schicken. Doch sie hatte es nicht getan. Weshalb? Hera vermutete, dass Eris das Spiel genossen hatte. Vorsichtig lehnte sie ihren Kopf an seine Brust und hielt eine ihrer Hände zu Fenix hin, der sich an die ausgestreckten Finger schmiegte und nach mehr Zuwendung verlangte.

»Sie wird immer gefährlicher. Wir sollten Hades warnen, ich traue ihr zu, dass sie bei ihm zu drastischen Mitteln greifen wird.« Auch Hera konnte sich gut vorstellen, dass Eris' Fokus nun auf die Suche nach

Persephone lag. Sie wollte sich gar nicht ausmalen, was geschehen würde, sollte sie Persephone in die Finger bekommen.

Ein Schauer jagte über ihren Körper und sie flüchtete sich lieber weiter in Zeus' Arme, der sie sanft barg.

»Das Jahr neigt sich bald dem Ende zu«, brummte Zeus, auch Hera wusste, was das bedeutete. Nun lag alles an Hades, an dessen Scheitern oder Erfolg das Schicksal der Welt gewebt war. Hera stieß einen Seufzer aus.

»Wir müssen ihm helfen, so gut es geht.« Und wenn alles vorbei war, so schwor sich Hera, würde sie sich bei Amphitrite und Persephone für das entschuldigen, was sie ihnen angetan hatte. Sie war dumm gewesen und wollte sich selbst für ihre Entscheidung vor mehr als tausend Jahren ohrfeigen.

Zeus legte sanft seinen Zeigefinger unter ihr Kinn und hob ihren Kopf leicht an.

»Du musst dir nicht die Schuld für das geben, was geschehen ist. Jeder macht Fehler und ich verzeihe dir den deinen, so wie du mir die meinen immer verziehen hast. Zumindest soweit es dir möglich war«, sagte Zeus mit einem leichten Lächeln und lehnte sich sanft nach vorne. Hera lächelte, stellte sich sanft auf die Zehenspitzen und legte ihre Lippen vorsichtig auf seine. Die Zurückhaltung war verflogen und sie hatte es nicht mehr ertragen, noch länger von seinen Lippen getrennt zu sein. Kurz bewegte sie die ihren gegen jene von Zeus, ehe sie sich sanft löste.

Er verzog das Gesicht.

»Du lässt es jetzt schon enden?« Hera lächelte sanft und nickte entschuldigend.

»Ich muss, Isabella und Matteo sind noch im Garten der Hesperiden und ich kann sie nicht länger im Ungewissen lassen.« Bestimmt hatten beide schreckliche Angst und Hera würde es sich niemals verzeihen, wenn ihnen etwas zustoßen würde.

»Ich liebe dich, Hera«, hauchte Zeus leise und Hera sah überrascht zu ihm hoch. Es war nicht das erste Mal, dass er diese Worte an sie richtete, doch sie konnte sich nicht daran erinnern, dass er jemals so ehrlich dabei geklungen hatte.

»All die Jahre haben mir gezeigt, dass es du bist, an deren Seite ich gehöre. Nur du. Und in den Wochen nach unserem Streit, als ich mich vor der Welt zurückgezogen habe, ist mir all das bewusst geworden.« Heras Herz wurde weich, als sie die Hand hob und diese sanft an Zeus' glatte Wange legte. Er schmiegte sein Gesicht gegen ihre Berührung und sie schenkte ihm ein sanftes Lächeln.

»Ich hatte immer gehofft, dass du all das eines Tages einsiehst.« Zeus nickte und sein Blick sagte ihr, dass er das getan hatte. Ihre Herzen hatten nach all den Jahrtausenden endlich ihren Weg zueinander gefunden und zum ersten Mal fühlte sich ihre Liebe, ihre Beziehung ehrlich an. Erneut lehnte sich Hera zu ihm hoch und küsste ihn sanft.

»Ich bin bald zurück, in der Zwischenzeit kannst du hier ein wenig aufräumen.« Hera löste sich gänzlich von Zeus und im nächsten Moment tauchte sie im Garten der Hesperiden auf.

Isabella und Matteo saßen in einigem Abstand zu Ladon, der das Paar nicht aus den Augen ließ. Langsam ging Hera auf die kleine Gruppe zu und Ladon war der Erste, der sie bemerkte. Er stieß ein kehliges Brummen aus und augenblicklich reckten sich ihr alle drei Köpfe entgegen, die sie vorsichtig streichelte.

»Das hast du gut gemacht, mein Junge«, sagte sie leise und tätschelte ihn sanft, ehe sie sich Isabella und Matteo zuwandte. Diese saßen stumm daneben und beobachteten Hera verwirrt, sagten jedoch kein Wort. Hera stellte sich den beiden gegenüber und sie erhoben sich.

»Bist du wirklich eine Göttin?«, fragte Isabella sie leise, während Hera sanft nickte. Sie streckte die Hand nach ihrer Freundin aus, welche die Berührung zuließ und hart schluckte.

»Ja, ich wusste es immer und ich habe vor diesem Leben viele Leben als Mensch gelebt. Eines Tages werde ich dir die ganze Geschichte erzählen, wenn du möchtest«, bot Hera an. Sie hatte Angst, dass es für Isabella noch zu viel wäre, alles auf einmal zu erfahren.

»Das kann ich nicht glauben«, mischte sich Matteo ein. Hera deutet auf den Garten um sich herum.

»Du bist, wo du bist, dein Verstand wehrt sich noch, aber all das ist die Realität«, erklärte sie und deutete ihnen, dass sie zusammen etwas durch den Garten gehen sollten. Isabella folgte ihr sofort, Matteo zögerte erst etwas.

Sie schwiegen und Hera war dankbar, dass Isabella nicht komplett die Nerven verlor. Allerdings konnte es gut sein, dass sie sich mit dem Gedanken angefreundet hatte, als Hera dem Olymp hatte beistehen müssen.

»Und Zeus ist der Zeus?«, fragte Isabella leise nach und Hera nickte sanft.

»Ja, das ist er. Er ist der König der Götter und ich bin seine Königin. Aber das alles ändert nichts daran, dass du meine beste Freundin bist«, sagte sie leise. Isabella schwieg und sah auf den Boden.

»Das ist schwer zu glauben, all die Legenden, die sollen wahr sein? Ich kann das wirklich nicht verstehen.« Hera nickte sanft und ging langsam weiter. Sie deutete auf die goldenen Äpfel.

»Das sind meine, ich habe sie von Gaia geschenkt bekommen«, erklärte sie, als sie den Blick ihrer Freundin auf die goldenen Früchte bemerkte. Isabella blieb unter dem Baum stehen und streckte die Hand nach dem Obst aus, berührte sanft die Schale und sah zu Hera.

»Ihr seid in Gefahr, ich will euch nicht anlügen. Ich fürchte, dass sich jemand an mir rächen könnte und dafür euch als Schutzscheibe verwendet. Immerhin seid ihr Menschen«, sagte Hera leise. Isabellas Lächeln verstummte, Matteo schnaubte.

»Also bringst du uns in Schwierigkeiten«, stellte er fest, Hera senkte betroffen den Blick.

»Leider, aber das wollte ich nie. Ihr steht allerdings unter meinem Schutz. Wenn ihr möchtet, könnt ihr auch hier im Garten bleiben«, schlug sie vor, ohne auch nur kurz vorher darüber nachzudenken.

Ihr Blick glitt zu den Äpfeln und dann zu Isabella.

»Ich werde dich verlieren, oder? Als Göttin hast du keine Zeit mehr für mich«, murmelte diese traurig, während Matteo sie sanft in den Arm nahm. Hera schluckte.

»Du wirst mich nie verlieren. Ich bleibe immer an deiner Seite.« Kurzerhand griff auch Hera nach den Äpfeln und erntete zwei davon. Sie reichte sie Isabella und Matteo.

»Wenn ihr nicht hierbleiben wollt, dann werde ich euch Schutz zur Seite stellen, dass euch unter den Menschen nichts geschieht. Aber wenn ihr ein Teil meiner Welt werden möchtet, dann esst die Äpfel. Sie machen euch unsterblich und dann könnt ihr hier unter den anderen Nymphen, meinen engsten Vertrauten, leben«, erklärte Hera leise. Isabella blickte auf den Apfel in ihrer Hand.

»Du musst die Entscheidung nicht gleich treffen. Und selbst wenn ihr wieder in eure alten Leben zurückwollt, ist das problemlos möglich. Isabella, isst du von dem Apfel, so wird die Unsterblichkeit auch auf dein Kind übergehen. Es wird dann das, was du sein würdest – eine Nymphe.« Hera lächelte beide an und deutete auf den Garten. Diese Entscheidung konnte sie dem Paar nicht abnehmen, aber sollten sie sich für ihre menschlichen Leben entscheiden, dann würde sich Hera etwas anderes für ihren Schutz ausdenken.

»Du bist meine beste Freundin, Isabella, und ich würde alles mit dir teilen. Denkt ein wenig über alles nach und lernt die anderen Nymphen kennen. Sie können euch am besten erklären, welches Leben ihr hättet, wenn ihr bleiben würdet. Ich werde es wissen, wenn ihr euch entschieden habt.« Kurz umarmte Hera ihre Freundin und kehrte zu Zeus zurück, denn sie wusste, dass sie ihnen nicht helfen konnte, ihren Weg zu wählen.

Sie musste warten und mit dem leben, wie auch immer sie sich entscheiden würden.

Epilog

Sanft lächelnd kuschelte sich Hera an Zeus' Brust. Die Aufräumarbeiten waren längst beendet worden und der Alltag war wieder eingekehrt. Hera hatte wieder ihren alten Platz eingenommen und war zur Königin der Götter aufgestiegen. Es war fast so, als wäre sie nie fortgewesen.

»Du bist wunderschön, weißt du das?«, hauchte Zeus leise und Hera musste lächeln.

»Ich weiß, das sagst du mir jeden Tag.«

Und Hera konnte es immer wieder hören, diese kleinen Worte schmeichelten ihrem Herzen und nur zu gern kuschelte sie sich an ihn. Sie strich gedankenverloren über seine Brust. Auch Isabella und Matteo hatten ihre Entscheidung getroffen. Als Hera sich zu ihnen begeben hatte, hatten beide ihre Früchte bereits verspeist und waren zu einem Teil ihrer Welt geworden.

Damit waren sie noch immer verwundbar, aber nun, da sie inmitten der Nymphen lebten, drohte ihnen deutlich weniger Gefahr. Und Eris würde es nicht wagen, ihren Garten zu betreten, denn Ladon war einsatzbereiter als je zuvor.

»Sag es mir nochmal«, forderte Hera mit leiser Stimme und Zeus musste leise lachen.

»Du bist die wunderschönste Frau auf der ganzen Welt und von allen Zeiten, die ich durchlebt habe«, murmelte er sanft und Hera verschloss seine Lippen sanft mit einem Kuss.

»Und du bist einfach nur Zeus, der umwerfendste Mann, der mir je über den Weg gelaufen ist«, raunte Hera leise und küsste ihn erneut sanft. Sie schmiegte ihren Körper an seinen, verdrängte den letzten Platz zwischen ihnen. Sie waren eins, sie waren Zeus und Hera.

Das Königspaar der Götter. Zusammen würden sie jeder Gefahr strotzen und jedes Unheil überwinden, doch noch mussten sie auf Hades vertrauen, der über ihrer aller Schicksal entscheiden würde.

»Das bin ich. Und ich gehöre dir, nur dir. Für jetzt und für immer. Es wird keine andere mehr neben dir geben, das schwöre ich«, hauchte Zeus leise und Heras Herz klopfte wie wild, ehe sie erneut ihre Lippen auf seine legte.

Noch nie in ihrem Leben war sie so glücklich gewesen wie in diesem Moment, in dem sie in Zeus' Armen lag.

Denn Zeus war die Liebe ihres Lebens.

Er war ihr Leben.

Ende des zweiten Teils

Danksagung

Zunächst möchte ich mich bei meiner Lektorin Yvonne bedanken, die sich stets die Zeit nimmt und mir bereits während des Schreibens hilft, Löcher zu füllen und mir Denkanstöße gibt, die ich ohne sie nicht gefunden hätte. Dank dir ist das Buch so, wie es jetzt ist. Danke

Ein weiterer Dank gilt meinem Lebensgefährten Wilhelm, der mir stets die Zeit zum Schreiben und Überarbeiten gibt und auch Verständnis dafür hat, wenn ich stundenlang in meinen Geschichten vertieft bin. Danke.

Ein weiterer großer Dank geht an meine Mutter, die mir immer die Kraft und den Mut gegeben hat, für das zu kämpfen, was man erreichen möchte. Ohne sie hätte ich diesen Schritt niemals gewagt. Danke.

Auch meiner Patentochter Vanessa danke ich für die Euphorie, mit der sie meine Geschichten liest. Ich hoffe, Zeus und Hera konnten dich ebenfalls begeistern.

Ein weiterer Dank gilt meinen Bloggern, die mir bei der Vermarktung des Buches unter die Arme gegriffen haben. Danke, ich wüsste wirklich nicht, was ich ohne euch tun sollte.

Und zu guter Letzt danke ich dir, lieber Leser. Danke dafür, dass ich dich in die Welt von Zeus und Hera entführen durfte.

Personenregister

Amphitrite
Nereide, Königin der Meere, Gattin des Poseidons

Androktasiai
Personifikationen des Schlachtgemetzels

Alekto
Schwester der Megaira und Tisiphone, bezeichnet als "die Unaufhörliche", eine der Erinnyen

Aphrodite
Göttin der Liebe und der Schönheit

Ares
Gott des Krieges

Ate
Tochter der Eris, Verblendung

Athena
Göttin der Weisheit

Atropos
Älteste der drei Moiren, zerschneidet den Faden

Daimonen
Geistwesen, die Schabernack treiben

Dionysos
Gott des Weines, des Rausches und der Fruchtbarkeit

Dysnomia
Daimona der Gesetzlosigkeit

Eris

Göttin der Zwietracht und des Streites

Erinnyen

Die Rachegöttinnen, bestehend aus Alekto, Megaira und Tisiphone

Eros

Gott der begehrlichen Liebe

Eunomia

Eine der Horen (bewachen das geregelte Leben) und eine Tochter des Zeus

Gaia

Eine der ersten Gottheiten, personifiziert die Erde

Hades

Herrscher der Unterwelt, Bruder des Zeus und des Poseidons, Gatte der Persephone

Hamadryaden

Nymphen, die im Garten der Hesperiden leben

Hera

Königin der Götter, Göttin der Frauen und der Ehe, Königin des Himmels und des Sternenhimmels

Hermes

Gott der Diebe, der Götterbote

Isabella

Mensch

Klotho

Jüngste der drei Moiren, spinnt den Faden

Lachesis

Mittlere der drei Moiren, bemisst den Faden

Ladon

Dreiköpfiger Drache, bewacht die goldenen Äpfel

Lucien

Mensch

Matteo

Mensch

Megaira

Schwester der Alekto und Tisiphone, eine der drei Erinnyen, tritt auf aus "der neidische Zorn"

Moiren

Die drei Schwestern Klotho, Lachesis und Atropos, Schicksalsgöttinnen

Nemesis

Göttin des gerechten Zorns und der ausgleichenden Gerechtigkeit

Persephone

Königin der Unterwelt, Göttin des Frühlings

Poseidon

Gott der Meere, Meereskönig

Syke

Nymphe, lebt in einem Feigenbaum

Tisiphone

Schwester der Alekto und Megaira, eine der drei Erinnyen, bezeichnet als "die Vergeltung"

Zeus

oberster Gott, Herrscher des Himmels, als auch von Blitz und Donner

Zeus

Zeus ist der oberste olympische Gott der griechischen Mythologie und er ist mächtiger als alle anderen Götter zusammen. Es gibt nur eines, das über ihm steht: das personifizierte Schicksal, die Moiren. Auch er muss sich ihnen fügen. Zeus selbst ist ein Sohn von Kronos und Rhea, ein Titanenpaar.

Seine Geschwister sind Hestia, Demeter, Hera, Hades und Poseidon. Der Mythos besagt, dass Kronos all seine Kinder verschlungen hatte, da er eine Entmachtung fürchtete. Als Zeus geboren wurde, wurde er versteckt und Kronos hat an der Stelle seines Sohnes einen Felsen verspeist.

Zeus wird von Gaia versteckt und wird von den Nymphen Adrasteia und Ide aufgezogen. Als Zeus alt genug ist, gelingt es ihm, seine Geschwister zu befreien und er selbst wurde zum König der Götter.

Hera ist die Gattin und gleichzeitig die Schwester von Zeus und ebenfalls eine Tochter der Titanen Kronos und Rhea. Sie gehört zu den zwölf olympischen Gottheiten. Sie gilt als besonders eifersüchtig in Bezug auf die zahlreichen Liebschaften von Zeus und ihr Groll zeigt sich durch Schmollen und Gezänk.

Ihr fehlt für den Widerstand der Mut, dennoch weiß sie sich an Listen zu bedienen. Hera gilt als Wächterin über die Ehe und ihr obliegt der Schutz dieser sowie der Niederkunft. Ihr heiliges Tier war der Pfau.

Zeus ist insbesondere für seine Affären und Liebschaften bekannt, die die Eifersucht in Hera weckten. Die Ehe hatte Hera nur widerwillig zugestimmt, denn der Mythos besagt, dass er sie überlistet habe, indem er sich ihr in Gestalt eines Kuckucks genähert und sich so auf ihren Schoß gesetzt hatte. Den Groll über die Liebschaften ihres Mannes lässt Hera an den verschiedenen Damen aus. So erging es auch Echo, die Hera dazu verdammte, stets die letzten an sie gerichteten Worte zu wiederholen, als diese den Auftrag von Zeus erhielt, Hera mit Geschichten abzulenken.

Die Hesperiden sind Nymphen, die sich im fernsten Westen von Griechenland aufhalten sollten. Dieser Aufenthalt verschob sich allerdings im Laufe der Jahrhunderte immer wieder.

Die Hesperiden hüten in einem wunderschönen Garten einen Baum, der goldene Äpfel trug. Dieser war ein Geschenk von Gaia an Hera zu ihrer Hochzeit mit Zeus und wird Ladon bewacht, ein mehrköpfiger Drache. Die goldenen Äpfel verleihen Un-sterblichkeit.

Ruf der Magie
Dämonenblut

Linnea Bennett

Aurora zieht mit ihrer Familie nach Schottland und muss schon bald feststellen, dass ihr Leben nicht das sein wird, was es einmal war.

Rätselhafte Träume, mysteriöse Begebenheiten und ihre Großtante machen es ihr nicht gerade leicht, sich einzuleben.

Als sie dann auch noch ein magisches Ritual bei Vollmond beobachtet, steht ihre Welt gänzlich Kopf.

Und wer ist dieser geheimnisvolle Mann, der ihr plötzlich im Wald gegenübersteht?

Schneller als es Aurora lieb ist, findet sie sich in einer Welt voller Magie wieder und muss einen Weg beschreiten, von dem sie sich nie erträumt hätte, ihn gehen zu müssen.

Band 1 der Dilogie aus der Reihe "Ruf der Magie".

Ruf der Magie
Dämonenfeuer

Linnea Bennett

Aurora steht vor einem Trümmerhaufen, der einst ihr Leben war. Entsetzt stellt sie fest, dass sie ihre Hexenkräfte verloren hat und ihr nur noch die Dämonenfähigkeiten bleiben.

Es zieht sie in die Unterwelt, wo sie ihren Vater, einen mächtigen Dämon, finden muss. Angetrieben von Rachsucht und Wut will sie Valaria stürzen, die ihr alles genommen hat, was ihr lieb ist.

In einem Strudel aus Verrat, Intrige, Liebe und Freundschaft muss Aurora die richtigen Entscheidungen treffen, wenn sie ihr Leben zurück möchte. Aber ist das überhaupt noch möglich?

Band 2 der Dilogie aus der Reihe "Ruf der Magie".

Ruf der Magie
Seelensammler - Prequel
Linnea Bennett

Schottland, 16. Jahrhundert

Der junge Cole Campbell träumt von einem besseren Leben, nachdem er sein bisheriges Dasein am Rande der Gesellschaft fristen musste und von dieser nicht weiter beachtet wurde. So zögert er nicht, den Dämon Deumus zu beschwören, der ihm einen Handel unterbreitet: Zehn Jahre in Reichtum, mit allem, was sein Herz begehrt, im Gegenzug erhält Deumus Coles Seele.

Doch diese zehn Jahre vergehen schnell und Cole muss den Preis bezahlen: seine Seele soll dem Seelenverschlinger geopfert werden. Glücklicherweise steht ihm die Dämonin Alayla zur Seite, die für ihn einen neuen Pakt aushandelt: Cole darf als Dämon weiterleben, wenn er Deumus fünfzig Seelen in nur einer Woche opfert.

Wird Cole es schaffen, den Preis für seine Seele zu bezahlen? Und ist es wahr, dass Dämonen nicht lieben können?

// Prequel der Dilogie "Ruf der Magie" - von der Reihe unabhängiger Einzelband //

Der Ruf der Eris
Meeresrufen
Linnea Bennett

Vor vielen tausend Jahren hat die griechische Göttin Eris Amphitrite, Persephone und Hera um ihre Unsterblichkeit betrogen und sie in den Tod geschickt. Damit wurde ein Fluch ausgelöst, der Poseidon und seine beiden Brüder erheblich schwächt, doch er ist nicht unauflöslich. Erblüht der Olivenbaum des Olymps, öffnet sich ein Zeitfenster von einem Jahr, in dem sie die wiedergeborenen Göttinnen zurück in die Welt der Mythen führen können.

Seitdem wartet Poseidon auf seine Liebste, doch als sich ihm die langersehnte Gelegenheit bietet, lässt sie sich nicht so einfach erobern, wie er es sich erhofft hat. Wird er ihr Herz für sich gewinnen und den alten Fluch brechen können? Band 1 der Trilogie "Der Fluch der Eris".

//Alle Bücher der Reihe können unabhängig voneinander gelesen werden.//

Märchenwaldchronik
Band 1

Lilyana Ravenheart, Alice Valeré, Linnea Bennett

Es war einmal....

So beginnen die altbekannten Märchen. Aber wer kennt die wahren Geschichten hinter diesen alten Erzählungen?

Ein Wesen, das Stroh zu Gold spinnt und als Gegenleistung das Erstgeborene der künftigen Königin verlangt. Eine grausame Forderung, hinter der mehr steckt als es scheint.

Die Hexe von Hänsel und Gretel. Alle sehen in ihr nur das Böse, aber niemand sieht den tiefen Schmerz im inneren ihres Herzens.

Ein wunderschönes Wesen mit einem Herz, so kalt und dunkel wie der Grund des Meeres. Ist es möglich, dieses Herz zu erwärmen und mit Licht zu erfüllen?

Taucht ein in die Welt der Märchenwald Chroniken und erfahrt, was es wirklich auf sich hat, mit den Figuren der altbekannten Märchen.

Mohnblütenträume

Lilyana Ravenheart

Bastet und Morpheus, eine göttliche Liebe, die nicht sein darf. Zumindest, wenn es nach dem Rat der Götter geht. So beschließt Bastet letztendlich, sich zu opfern, um in einer Zeit wiedergeboren zu werden, in der sie und Morpheus glücklich sein können.

Mehrere tausend Jahre später kehrt sie zurück – als Mensch und ohne Erinnerungen an ihr göttliches Ich. Morpheus setzt alles daran, seine Liebste zurückzugewinnen, was allerdings nicht so einfach ist. Glücklicherweise steht ihm sein bester Freund Eros, der griechische Gott der Leidenschaft, zur Seite.

Doch dann taucht plötzlich eine unbekannte Macht auf, die hinter Morpheus und Bastets Kräften her ist und alles versucht, um die Reiche der Götter zu vernichten.